KiWi
PAPERBACK
869

Über das Buch:
Dieser Roman beschreibt eine Entdeckungsreise ins Innere des Himalaja und in die Innenwelt eines deutschen Wissenschaftlers, der im »Ahnenerbe« der Himmlerschen SS Karriere macht. Sie beginnt in der Kindheit des Helden, führt in das Berlin der 30er Jahre und endet im Hochland von Tibet, wo eine SS-Expedition Spuren eines unbekannten Wesens entdeckt.
Die Fiktion einer Expedition, die sich im 2. Weltkrieg auf die Suche nach den Vorfahren der Deutschen macht, gründet auf Originaldokumenten, die Jens Sparschuh in Archiven gefunden hat. Heinrich Himmler, ein Anhänger der Welteislehre, glaubte, daß die Germanen ihren Ursprung im ewigen Eis hätten. Und die Innenansichten des Romanhelden scheinen diese Auffassung zu belegen.
Die Wirklichkeit eines totalitären Staates, die Versuche des Helden, sich mit der Macht zu arrangieren, und eine eigenwillige Version der Schneemenschenlegende vermischen sich in diesem Roman auf überraschende Weise.

Der Autor:
Jens Sparschuh, geboren 1955 in Karl-Marx-Stadt, studierte von 1973–1978 Philosophie und Logik in Leningrad. 1983 promovierte er in Berlin. Seitdem ist er freiberuflicher Schriftsteller. Er veröffentlichte u.a. »Waldwärts«, 1985, »Kopfsprung«, 1989, Hörspiele und drei Kinderbücher.

Weitere Titel bei K & W:
»Der Schneemensch«, 1993. »Der Zimmerspringbrunnen«, 1995. »Der große Coup«, KiWi 402, 1996. »Ich dachte, sie finden uns nicht«, KiWi 456, 1997. »Lavaters Maske«, 1999. »Eins zu eins«, 2003. »Silberblick«, 2004. »Ich glaube, sie haben uns nicht gesucht«, 2005.

Jens Sparschuh

Der Schneemensch

Roman

Kiepenheuer & Witsch

Die Arbeit des Autors am vorliegenden Roman wurde durch den Deutschen Literaturfond e. V. gefördert.

1. Auflage 2005

Umschlaggestaltung: Barbara Thoben, Köln
Umschlagfoto: © photonica/Jana Leon
Satz: Pinkuin Satz und Datentechnik, Berlin
Druck und Bindearbeiten: Clausen & Bosse, Leck
ISBN 3-462-03478-2

»Herrlich ist es, ein Ding zu schauen,
furchtbar, es zu sein.«

Buddha

»Und wandelt mit bedächt'ger Schnelle
Vom Himmel durch die Welt zur Hölle!«

Goethe

Heinrich Himmler an
SS-Oberführer Prof. Dr. Walter Wüst
Kurator des Ahnenerbe am 17. 8. 1944

...

»Hier muß ich einen in unserer Zeit um das Jahr 1930 offenkundig noch lebendig gewesenen Brauch erzählen:
In Kiel gebar ein Mädchen in einem Krankenhaus ein Kind. Auf die Frage, wer der Vater dieses Kindes wäre, erklärte sie, es wäre ein Kind vom Stein. Als man der Sache näher nachging, handelte es sich um folgende alte Sitte:
Gab es in einem Dorf ein Mädchen, das in das heiratsfähige Alter gekommen war und keinen Mann gefunden hatte, ging in einer mondfinsteren Nacht, also zur Neumondzeit, der Vater mit dem Mädchen und den Bauern des Dorfes hinaus. Das Mädchen wurde auf das Hünengrab oder Ahnengrab gestellt, die Bauern stellten sich in weitem Umkreis, das Gesicht nach außen, um diesen Stein. Der Vater hatte vorher mit einem Bauern aus dem Dorfe, also mit einem aus der Blutsgemeinschaft gesprochen. Dieser begab sich auf das Ahnengrab und begattete das Mädchen. Der Liebes- und Geschlechtsakt fand auf dem Ahnengrab statt.
Der Sinn ist: Es darf kein gutes Blut, ohne fruchtbar zu sein, aussterben. Das Kind muß aber eine solche Tochter von einem Mann guten Blutes aus der Dorf- und Blutsgemeinschaft bekommen. Was getan wird, darf kein leichtsinniger Akt sein, sondern es findet angesichts der Ahnen und auf dem Grabe der Ahnen statt.«

...

Erstes Kapitel

Seine Zelle ist überheizt. Schon seit Tagen, seit Wochen. Eigentlich schon, solange er zurückdenken kann, hier …

Besonders schlimm ist es nachts.

Meist schläft er vor Erschöpfung ziemlich schnell ein. Plötzlich, er erwacht – schweißnaß, er will das Fenster aufreißen – da sieht er die vergitterte Luke, hoch oben … und sinkt kraftlos zurück. (Einen Vierkantschlüssel hat er natürlich nicht; außerdem käme er gar nicht an das Fenster heran, der Sitzschemel ist ja am Fußboden fest angeschraubt. Aus Sicherheitsgründen! Und die Scheibe einzuschlagen – nein, das lieber nicht, es gab schon so genug Mißverständnisse.)

Nachts ist er hellwach.

Draußen die Tiefstrahler, schwarze halbrunde Metallschirme, baumeln in langer, durchhängender Kette quer über den Innenhof. Sie werfen weiße Lichtkegel. Wenn die Lichter im Wind schaukeln, huschen die Gitterschatten taumelnd über die Wände, hin und her, die Zelle schwankt, und er liegt im Bauch eines Schiffes bei hoher See – dumpf, stickig, es ist die Hölle. Er versucht, sich am Fußboden festzukrallen, umsonst, er rutscht ab, sie haben ihm die Nägel ganz kurz geschnitten. Ihm ist dann sehr schlecht. Und tief innen rumort es im Maschinenraum – oder ist das sein Herz?

Einmal, lange her, versuchte er, mit dem Wächter darüber ins Gespräch zu kommen. Es gelang nicht. Nur Undeutliches konnte er hervorbringen, Stammeln. Und seine Armbewegung – er riß ein unsichtbares Fenster

auf – mißverstand der Wächter; er schob in der darauffolgenden Nacht nur noch einen Extrariegel vor.
Vor einigen Wochen aber, nach einem Verhör, gelang es ihm, mit Monbluhm darüber zu sprechen. »Sprechen« ist eigentlich zuviel gesagt. Sein Kehlkopf war noch wie ein Stein, er konnte nur mit Mühe einzelne Laute, kaum Worte, ausstoßen – »heiß«, »Nacht« –, dann winselte er jämmerlich. Monbluhm schien ihn jedoch verstanden zu haben (zwar – er tat immer so, als verstünde er ihn), aber tatsächlich, schon am Tag darauf sagte Monbluhm ihm, er habe sich bei der Verwaltung erkundigt: Die Temperatur sei normal, außerdem sei dies hier kein Hilton-Hotel, wenn er überhaupt (was Monbluhm sehr bezweifle) wisse, was das sei, sondern ein geschlossenes (closed) Militärhospital, und manche der Insassen, so die Verwaltung, hätten sich sogar zusätzliche Decken geben lassen, sie frören nämlich, was auch durchaus vernünftig sei, es sei ja bereits Anfang Dezember, nachts gebe es Fröste. Würden die Fenster geöffnet, könnten die Wasserleitungen einfrieren.
Er war verzweifelt und bat Monbluhm, wenigstens einmal mit in seine Zelle zu kommen – will heißen: zupfte inständig an Monbluhms Uniformärmel. Schließlich ließ Monbluhm sich dazu herbei; ein Wärter schloß sie durch bis zu seiner Zelle.
Eine etwas kuriose Situation übrigens: Zu dritt standen sie vor der Eisentür; er hob den Kopf, konnte aber nur wieder (seine Brille ist doch abhanden!) das große handschriftliche Fragezeichen hinter dem Namen auf seiner Tür erkennen; Monbluhm bat den Wärter, draußen zu bleiben (was eigentlich gegen die Vorschrift ist), dann wollte Monbluhm ihn in die Zelle beordern, er aber

wehrte ab und ließ Monbluhm mit einer Handbewegung, die sagen sollte: Bitte, gehen Sie nur voran, ich bin ja hier zu Hause!, den Vortritt. Steif, mit ungelenken Schritten, trat Monbluhm ein. Er folgte ihm gebückt.
Dann standen sie sich gegenüber.
Monbluhm hochaufgerichtet – als könnte so der Eindruck der erbärmlichen Klause (Wandpritsche, Klapptisch und Schemel, eiserner Ausguß, Klosettbecken) besser von ihm abgleiten. Er hatte seinen Kopf gehoben und fixierte Monbluhm lauernd: Was der wohl zu dieser unerträglichen Hitze hier sagen würde? Monbluhm sagte nichts.
Obwohl sein Rücken unbestreitbar Fortschritte gemacht hatte, stützte er sich doch mit der Hand am Klapptisch ab; mit der anderen Hand aber (wieder in Hausherrenmanier) bot er Monbluhm nun Platz auf seiner Pritsche an.
Der lehnte ab.
Dabei – sie war sauber, er benutzte sie ja nie!
Monbluhm stand in der Mitte der Zelle.
Ihm fiel auf, daß Monbluhms spitze Nase, die aus dem blassen Gesicht hervorragte, sich leicht gerötet hatte. Monbluhm schüttelte den Kopf. Keinesfalls sei es hier zu warm, eher zu kalt. Hier ist es kalt, sagte er und betonte jedes Wort: kalt, sehr kalt, nicht heiß, no no, nein nein.
In der Zellenluft beschlug sein Atem. Seine Worte waren wie Watte.
Er könne sich ja, sagte Monbluhm zu ihm, lieber noch zusätzliche Decken geben lassen …
Als Monbluhm sah, daß – in Erinnerung an die höllischen Nächte – er nur entsetzt den Kopf schüttelte, mehr noch: einen Schüttelfrostanfall bekam, der ihn durchrüt-

telte, nickte Monbluhm: Ja, das sehe man doch, er friere, wahrscheinlich habe er Fieber – er werde ihn nochmals im Krankenrevier vorführen lassen.
Nein, nein, nicht wieder dorthin! – er sprang aufgeregt in der Zelle herum.
Die Erinnerung an die Untersuchung ist ihm schrecklich! Arme, Beine, Füße wurden vermessen. Selbst die Zehen. Der Schädel. Natürlich auch die Körpergröße, wobei ihn zwei Wächter mit hartem Armgriff – er wand sich vor Schmerzen – gegen eine hölzerne Meßlatte preßten. Sein Unterarm – mit dem eingebrannten Runenzeichen – wurde fotografiert. Sogar die Länge seiner Brustbehaarung schien von Interesse zu sein. Er mußte lachen. Doch das verging ihm, er hatte nun den Mund aufzumachen – fasziniert, mit großen Augen blickte der weißbekittelte Uniformarzt in die offene Klappe. Er blickte währenddessen von unten den Arzt mit ebensogroßen Augen an. Der Arzt staunte, daß er keine Plomben hatte, dafür fehlten aber auch etliche Zähne. Er wollte etwas sagen, aber da der Arzt ihm den Mund vorher mit Stahlklammern aufgesperrt hatte, kamen nur ein paar gurgelnde Laute hervor, konnte er den Arzt nicht einmal, mangels anderer Verständigungsmöglichkeiten, in den Finger beißen.
Als der Arzt etwas, was offenbar besonders bemerkenswert zu sein schien, entdeckt hatte, winkte er sogar die beiden Wächter heran – auch sie wagten einen schüchternen Blick in den aufgerissenen Rachen.
Dann, plötzlich, ließ der Arzt den Mund zuklappen. Er wurde wieder hinausgeführt, ohne daß er noch etwas hätte sagen können. Nur ein metallischer Geschmack lag ihm noch auf der Zunge.

Nein, nein – nicht wieder dorthin, dann hielte er lieber die unsägliche Hitze aus. Angstschweiß stand ihm auf der Stirn. Er lief hin und her, seine Arme baumelten hilflos an ihm herunter. Dabei – es sieht nur so aus, sie scheinen nur länger als normal zu sein, weil doch der Rücken noch immer gekrümmt ist.
Schließlich rollte er sich in seine Ecke, zog die Beine an und gab keinen Laut mehr. Er tat so, als ob er schliefe. Monbluhm setzte sich dann doch noch auf die Pritsche, zündete sich eine Zigarette an und betrachtete ihn lange, nachdenklich. (Er sah es durch den winzigen Spalt seiner Augenlider, sein Kopf lag in der Beuge der angewinkelten Arme, die Finger hatte er fest ineinander verkrallt.)
Irgendwann muß er eingeschlafen sein.
Als er wieder aufwachte (Hitzewellen!), war Monbluhm schon gegangen. So kann er es natürlich nie feststellen.
Er setzte sich auf, lehnte den Kopf an die Mauer. Das Hoffnungslose seiner Lage stand ihm klar vor Augen und drückte ihn nieder: Nicht einmal die Heizung konnte man abstellen. Es gibt hier gar keine Heizung.
Das alles ist ein paar Wochen her.
Inzwischen ist es etwas besser geworden. Schon der Umstand, daß man ihm wieder Papier und Bleistifte in die Zelle gelegt hat, ist als Fortschritt zu werten. Mit dem Stift in der Hand kann er allmählich die Sprache wiederfinden, obwohl an Sprechen natürlich nach wie vor nicht zu denken ist.
Freilich, auch mit dem Schreibzeug hatte es seine Art. Schon einmal, er war noch nicht lange hier, hatten sie ihm ein Heft und Stifte in die Zelle gelegt, auf den Tisch. Dann gingen sie. Ein leises metallisches Klicken hinter ihm, er blickte unauffällig zur Tür – natürlich, der Tür-

guck war aufgeschoben worden. Er tat, was niemand erwartet hatte: Er nahm einen Stift in die Hand und hockte sich auf den Schemel. Eigentlich hatte er ja tatsächlich etwas aufschreiben wollen, aber nun, ihre forschenden Blicke unsichtbar im Nacken, brachte er nichts zustande. Er malte, ganz wie der Stift es wollte, konfuse Linien und Gebilde aufs Papier. Die ganze Zeit spürte er ihre Blicke. Dann säuberte er sich mit der Bleistiftspitze seine Fingernägel.

Als der Wächter das Abendbrot brachte, war auch ein Offizier dabei. Der nahm das Heft hoch, durchblätterte es und steckte es zu sich. Es war ihm anzusehen, daß er nichts anderes erwartet hatte.

Er saß dabei teilnahmslos in der Ecke.

Der Wächter trat auf ihn zu, zog mit spitzen Fingern den Stift, den er sich bis zur Hälfte in den Mund gesteckt hatte, heraus – dann verließen sie die Zelle.

Er rutschte mit dem Rücken langsam an der Wand herunter und lag schließlich wieder in seiner Stammlage.

Das, wie gesagt, ist einige Wochen her.

Damals wollte Monbluhm auch immer herausfinden, warum er auf dem Fußboden und nicht auf der Wandpritsche schlafe.

Er zuckte die Schultern. Er konnte es ihm nicht sagen. Und hätte er es ihm sagen können, Monbluhm hätte es nicht begriffen. Wie auch? Und hätte Monbluhm es – Wunder über Wunder – doch begriffen, das hätte dann er nicht verstanden. Wie versteht ein anderer diese unsagbare Angst, nachts, im tiefsten Schlaf, von der Pritsche zu fallen? Dunkel erinnerte er sich zwar, daß auch er früher einmal in einem »Bett« geschlafen hatte. Das ist ihm heute unvorstellbar. Man schläft, wirft sich zwei-,

dreimal herum – und schon ist man aus dem Bett, von der hohen Bettkante hinab in die Tiefe gestürzt, immerhin doch einen halben Meter tief, ungefähr.
Wie gemütlich dagegen seine Ecke ist, in die er sich allabendlich hineinrollt ... Er sitzt noch einen Moment, da fallen schon seine Augen zu, er sinkt langsam wie ein gefällter Baum um und schmiegt sich fest, fest an den Boden an.
Das wird es auch gewesen sein, weshalb sie ihm anfangs den Eßnapf immer gleich auf den Fußboden stellten. Die Zellentür einen Spalt geöffnet, wurde er hereingeschoben – dann die Tür schnell wieder zu. Rasch war er jedesmal heran, gleich auf allen vieren, nahm die schmierige Blechschüssel vorsichtig auf und trug sie mit beiden Händen zum Tisch. Es dampfte!
Ein feierlicher Augenblick jedesmal, zeigte er doch ihn als den Herren seiner Zelle, mit Mäusen, Schaben würde er sein Mahl nicht teilen!
Das Essen? Reichlich, aber auch reichlich lieblos.
Nachts, wenn es in seiner Zelle vor Hitze kocht, brodelt es auch in seinem Kopf, Erinnerungen tauchen auf, eine kehrt immer wieder: Es ist Donnerstag. Mutter hat Frischfleisch aus der Schlächterei Seydel geholt, ein blutdurchtränktes Paket, das auf den Küchentisch gelegt, geklatscht! wird. Tante Gerda setzt sich die Brille auf, geht zur Kammertür und nimmt feierlich ihre Schürze vom Nagel. Er darf unterdessen den Fleischwolf am Küchentisch festschrauben. Dann ist es soweit: Das Fleisch wird durch den Wolf gedreht, Mutter, den Mund halb offen, hält die Glasschüssel drunter, in die sich nun aus dem Eisensieb des Wolfs lange Fleischfäden hinabringeln, blutige rote Würmer, die sie mit ihren Blicken verschlin-

gen. Zunächst aber noch Salz, Pfeffer, Kümmel, eine Zwiebel, ein Ei. Jeden Donnerstag gab es bei ihnen Tatar. Tante Gerda sitzt breitbeinig auf dem Küchenstuhl, an ihrer Brille klebt ein blutiges Zwiebelstückchen, doch das merkt sie nicht, sie verschlingt ihr Brötchen mit geschlossenen Augen, Mutter ißt gleich im Stehen, er …

Jedesmal, wenn er daran denkt, merkt er, wie seine Zunge unwillkürlich über die trockenen Lippen fährt. Fleisch essen wie zu Hause, bei Muttern …

Gibt es aber, was es hier oft gibt, Suppe, dann verfährt er so: Er stellt die Terrine auf den Klapptisch, setzt sich davor, legt die Hände in den Schoß und wartet. Obwohl ihm das Wasser im Munde zusammenläuft, wartet er, bis die Suppe kalt ist und das bißchen Fett gelblich-weiß ausklumpt. Die Talgklümpchen fischt er sich dann mit den Fingerspitzen heraus. Das sind seine kleinen Leckereien.

Der Rest schlürft sich so weg. Löffel braucht er nicht. Höchstens, um damit Krach zu schlagen – tock-tock-tock gegen den leeren Eßnapf oder die Eisentür. Aber das läßt er lieber. Sie könnten sonst auf den Einfall kommen, ihn wieder dorthin zu verfrachten, woher sie ihn geholt haben.

Die Erinnerung an einen Käfig. Gestank.

Holzplanken, die immer wieder mit einem Schlauch abgespritzt werden. Er umklammert die Gitterstäbe und kreischt.

Wärter, die ihn mit eiskaltem Wasser zur Ruhe bringen – ein harter Strahl, der wie ein Stock auf ihn einschlägt.

Schließlich liegt er am Boden und wimmert nur noch. Manchmal werden braungefleckte Bananen hereingeschoben, Fisch, auch rohes Fleisch, große Batzen.

Draußen, vor dem Gitter, Männer in weißen Kitteln. Sie haben Stiefel an. Sie sprechen eine fremde Sprache. Englisch? Einmal ist Monbluhm unter ihnen.
Aber da kennt er ihn noch nicht.
Er ist immer hungrig, also schlägt er das grauschillernde Fleisch in sich hinein. Es ist halbverwest und bietet den Zähnen kaum Widerstand. Mit einem gebieterischen Handwink hatte er vorher natürlich die Fliegen, die zu Dutzenden auf dem Fleisch saßen, verscheucht. Sie stoben auf – eine summende Wolke, die über seinem Mahl hing. Er sitzt nackt da. Tag und Nacht, in einem kleinen Drahtkörbchen, eine brennende Glühbirne über ihm. Um ihn – Eisengitter. Unter ihm – blankgescheuertes Holz. Morgens findet er dort immer wieder Haare. (Wann ist morgens? Die Glühbirne brennt doch ununterbrochen, und anderes Licht ist nicht. Morgen ist, wenn die Nacht um ist. Und wann ist die Nacht um? Die Nacht ist um, wenn er nicht mehr schläft. Dann ist Morgen.)
Wie lange das dort gedauert hat? Er weiß es nicht.
Einmal kamen seine Wärter – während ihn der eine mit dem Wasserstrahl in Schach hielt, schob der andere schnell ein Bündel herein. Er schleppte das Zeug in eine trockene Ecke, schnupperte daran, es roch irgendwie ... Desinfektion? Ja, vielleicht. Es war Drillichzeug, Jacke wie Hose. Ohne Hilfe zog er das an. Es war ungewohnt und scheuerte auch. Vor allem: Das Drillichzeug nahm ihm seinen Eigengeruch, der ihn bislang umhüllt hatte. Er fühlte sich in den Sachen ausgelöscht, schutzlos, nackt.
Sie sind dann in einem vergitterten Auto gefahren. Er hinten, im blechausgeschlagenen Laderaum, ein Soldat, Monbluhm und der Fahrer vorn, im Fahrerhäuschen.
Es war ein verregneter Tag. Der Himmel hielt sich be-

deckt. Das war gut so. Diesen Anblick hätte er unvorbereitet wohl auch kaum ausgehalten.
Hinter ihm, in der vergitterten Heckluke, rollte eine nasse Landstraße ab. Die Bäume, links und rechts, schoben sich in der Ferne zusammen wie eine Schiebetür.
Irgendwo eine Stadt. Es dunkelte schon. Er war hungrig auf Bilder, Eindrücke, Farben und riß die Augen auf. Doch da er hinten aus seiner Luke nie voraussehen konnte, was kommen würde, sondern Backsteinmauern, Telefonhäuschen, Parks mit weißen Zäunen usw. ihm jeweils abrupt und gänzlich unvorbereitet in den Kopf flogen und, wollte er genauer hinsehen, schon kleiner wurden und verschwanden – schlug er bald die überreizten Augen nieder, er muß dann eingeschlafen sein; als er aufwachte, war er hier, hier in seiner Zelle 2011, wo sein Zuhause ist.

Zweites Kapitel

Vorgestern wurde er außer der Reihe geholt: Rasieren, Haare schneiden. Da in seiner Zelle kein Spiegel hängt, seit langem der erste Blick ins eigene Gesicht. Ein rasierter Mann um die Vierzig, würde man schätzen, die Haare kurz geschnitten und, was das Erstaunlichste ist: eine runde, schwarzeingefaßte Brille.

Er ist Brillenträger! Also doch (er hatte es geahnt) – irgendwann müssen sie ihm dieses Gestell aufgesetzt haben.

Die Augen blaugrau. Scharfer, forschender Blick. Der Mensch im Spiegel beobachtet sich selbst und kann sich kaum davon losreißen.

Diese unerwartete Wiederbegegnung blieb nicht ohne Folgen. Eine heiße, zunächst schlaflose Nacht. Ein innerer Wärmestrom riß ihn fort – beginnend, das war die Quelle, im Unterleib, durchrieselte er Arme und Beine, steigerte sich zur Hitzewelle, vor der er nur hilflos die Augen schließen konnte, noch lange, als schon alles vorbei war, spürte er die Wärme wohlig im Nacken. Erst der Speichel, der kalt aus seinen Mundwinkeln floß, brachte ihn wieder zur Besinnung.

Er muß geschrien haben, denn sie kamen und flößten ihm ein milchiges bitteres Beruhigungsmittel ein, worauf er dann auch einschlief.

Unruhiger Schlaf; sein stets wiederkehrender Albtraum: Sie würden ihn ausstopfen und in ein Museum stellen. Von neugierigen Blicken durchbohrt, erwachte er morgens in seiner Ecke und fand nur schwer wieder zu sich und in die Wirklichkeit zurück.

Er solle sich erinnern, hatte Monbluhm gesagt, an alles erinnern, was vorher war.
Auf und ab in der Zelle, die Gedanken aber laufen auseinander, er muß erst wieder sprechen lernen, die Gedanken bündeln.
»Und Sie – wie lange sitzen Sie denn schon?« hatte ihn der Friseur gefragt, schnippelnd und nebenbei, über die Schulter hinweg.
Er hatte nachgedacht und keine Antwort gefunden – seltsame Frage: Er lag, kauerte, hockte, lief – aber gesessen, gesessen hatte er hier noch nicht.
Als er nur ratlos die Schultern hochzog, wechselte Monbluhm mit dem Friseur einen raschen Blick durch den Spiegel: die fragend hochgezogenen Brauen des Friseurs – und Monbluhms wissendes Nicken, die Augenlider besänftigend herabgesenkt.
Noch am selben Tag, nach dem Mittag, fand er wieder Stift und Papier in seiner Zelle vor. Er soll sich erinnern …
Oben, auf dem Klapptisch, das weiße, unberührte Papier, wie eine Schneewüste; der Stift, um Spuren darin zu hinterlassen.
Er legte sich in seine Ecke. Abwarten, dachte er und schloß die Augen halb, es wird sich schon etwas zeigen. Es zeigte sich nichts.
Nach einer Weile änderte er seine Taktik, drehte sich unauffällig vom Rücken auf den Bauch und ließ Klapptisch, mit Stift und Papier darauf, nun nicht mehr aus den Augen. Er legte sich auf Lauer, versuchte, irgendeiner Erinnerung aufzulauern, die er dann rasch aufs Papier werfen würde. Sein Jagdfieber war erwacht …
Nichts.

Jetzt pirschte er sich anders heran, stemmte sich hoch in den Sitz, schob sich zur Seite und lehnte sich an die Wand. Sonnenstrahlen lagen auf seinem Gesicht.
Erinnern – das hieß doch: Er mußte in sich gehen, die Augen schließen …
Er wagte kaum zu atmen, um die Erinnerungen oder Gedanken nicht zu verscheuchen … Langsam stiegen sie auf, ganz langsam, wie jene schwarzen Punkte, die jetzt, da er die Augen fest geschlossen hielt, aufstiegen und doch – sobald er einen davon fixieren wollte – im roten Flimmern wegrutschten, davonschwammen.
So war es auch mit seinen Gedanken: Sooft er einen davon ins Visier nahm, einen Gedanken fassen und festhalten wollte, entzog der sich ihm. Er saß inmitten flüchtiger Bilder, immer neue drängten sich hervor, in seinem Kopf war ein großes Durcheinander, vor dem er die Augen nicht schließen konnte, da er sie schon geschlossen hatte.

Drittes Kapitel

Blaues Wunder –
das muß man erlebt haben, morgens im Frühlicht …
Vom Fluß auf stiegen diesige Schwaden und hüllten den Tag, der noch ganz frisch und kaum angebrochen war, in Watte. Es war, als würde dieser Sommertag, der heiß zu werden versprach, erst vorsichtig aus Dunst und Nebeln ausgewickelt, wie ein Geschenk.
Gleich mit dem ersten Dampfschiff, der »Königin Carola«, waren wir aufgebrochen – »in See gestochen«, wie Tante Gerda das nannte –, elbaufwärts, in die Rocky Mountains.
Früh waren wir mit einer rumpelnden Straßenbahn ins Zentrum gefahren. Der Schaffner war einer jener alten, erfahrenen Westmänner, für die ich seit jeher Bewunderung hegte. Ein langes Straßenbahnergesicht, starke Backenknochen, dunkle Stellen, wo der Bart wuchs, obwohl er frisch rasiert war. Auf der Brust das schwarzgelbe Löwenwappen der Dresdner Straßenbahn, davor baumelte eine aufgeklappte Fahrkartentasche mit den silberblanken Röllchen fürs Wechselgeld und den Fahrkartenblocks. Über den rechten Daumen hatte er, ich glaube, um die Billetts besser abreißen zu können, einen schwarzen Gummi gestreift. Die Knipszange hing locker am Gürtel.
»Wohin, Mesch'schurs?« fragte er, worauf Mutter das Ziel nannte, ansonsten aber schwieg. Als der Schaffner sich hinauslehnte, prüfend nach vorn und hinten blickte und schließlich nach vorn, zum Fahrerstand, das Zeichen zur Abfahrt gab – da bewunderte ich ihn: stand er doch

einen Moment lang in der offenen Tür des gefährlich anruckenden Wagens, der sich auch schon bald – grau flog unten das Pflaster vorbei – quietschend in die nächste Kurve legte.
Der Schaffner aber schien meine anerkennenden Blicke nicht einmal zu bemerken. Er konnte ja nicht ahnen ... Vielleicht hielt er mich auch nur für irgendein »neugieriges Greenhorn« – meinen guten alten Bärentöter und den fünfundzwanzigschüssigen Henrystutzen, an denen er mich sicher erkannt hätte, hatte ich ja zu Hause lassen müssen. Nur ein kleines Bowiemesser steckte in meiner Hosentasche. Ich spürte es durch den dünnen Stoff auf dem Oberschenkel, das beruhigte mich – ich konnte mich also jederzeit befreien, obwohl ich momentan ja durch Verrat den zwei feindlichen Indsmen in die Hände gefallen war, zwischen denen eingequetscht ich saß und die sich über meinen Kopf hinweg miteinander unterhielten.
Tante Gerdas Gestalt steckte hauptsächlich in einem unergründlichen, sackartigen Hosenrock. Sie trug ein knappes Jäckchen mit eichenblattförmig umgeschlagenem Kragen; auf dem Haupt, als Krönung, das unternehmungslustige Filzhütchen, welches statt einer Adlerfeder jedoch lediglich mit einer kleinen schillernden Pfauenfeder versehen war. Unten bildeten festes Schuhwerk und dicke Kniestrümpfe den zünftigen Beschluß.
Ein Rucksack lag auf ihren Knien.
Mutter war das ganze Gegenteil. Zunächst fiel der lange rötlichblonde Haarschopf auf. Ein weites Sommerkleid, darüber eine Strickjacke, die mit kleinen perlmuttschimmernden Knöpfen besetzt war. Die Füße in weißen Söckchen und zierlichen, durchbrochenen Sandaletten.

Uff – endlich hatten wir den Schloßplatz erreicht.
Weil noch Zeit war, setzten wir uns noch ein bißchen hin, oben, auf der Brühlschen Terrasse. Mich hielt es allerdings auf keiner Bank, und ich mußte trotz aller Ermahnungen immer wieder aufspringen, über die Brüstung spähen, ob es nicht bald losginge.
Als sich die Kassenluke öffnete, stiegen wir hinunter, ich – immer zwei Stufen auf einmal – vorneweg, lief voraus, stellte mich schon an. Obwohl ich ungeduldig war und mich immer wieder nach Mutter und Tante umdrehen und auch rufen wollte, bezähmte ich mich doch: Ich hob nur, wobei ich mein Gesicht über die Schulter zurückwandte, stolz und indianisch meine rechte Hand, Mutter und Tante Gerda zum Zeichen meines Hierseins. Sie näherten sich gemessenen Schritts der Schiffsanlegestelle.
Dabei war es noch ganz leer, und meine Angst, das Schiff könnte ohne uns auslaufen, war sicher unbegründet. Endlich Mutters erlösende Worte, in die runde Öffnung des Kassenfensters hineingesprochen: »Zwei Erwachsene, ein Kind – Kurort Rathen und zurück.«
Endlich! Über den schmalen hölzernen Laufsteg an Bord. Der Steg, der vom Schiff aus ans Ufer geschoben worden war, schaukelte im Rhythmus der Wellen, die das Schiff hoben und senkten, auf und ab, es knirschte. Die erste Mutprobe, die ich leichtfüßig bestand. Sofort lief ich weiter aufs Vorderdeck, setzte mich schnell auf den besten Platz und bedeckte die beiden Sitze links und rechts mit den Händen.
Mutter und Tante Gerda war es oben aber noch zu kühl; sie suchten sich unten, im Zwischendeck, ihre Plätze. Nachdem mich Mutter eingehend ermahnt hatte, gut

aufzupassen, mich nicht hinauszulehnen, meine Hände nicht zu weit vorzustrecken und überhaupt ... erlaubte sie mir, wenn ich nicht sitzen wolle, mich ans weiße Innengeländer zu stellen, von wo aus ich eines der Schaufelräder beobachten konnte.

Dann ging es los, Leinen los – das Schiff setzte sich schwerfällig in Bewegung, es tutete, der Schaufelraddampfer begann, sich tapfer flußaufwärts durchs Wasser zu graben. Hinter uns, hinter einer Flußbiegung, verschwanden Türme, Kuppeln und Engel, die vertraute Silhouette der Stadt – vor uns lag ein Sommertag in der Sächsischen Schweiz.

Schon wenn wir Loschwitz erreichten und mit langanhaltendem Tuten passierten, begann eine andere Welt, der Süden. Und das »Blaue Wunder«, diese luftige blaue Stahlbrücke, die zwischen Schillerplatz und Körnerplatz über die Elbe gespannt war, schien mir zu dieser anderen Welt das Tor zu sein – zusammengefügt aus Teilen eines riesenhaften »Märklin«-Stabilbaukastens.

Eben noch waren linker Hand grünbewaldete Hänge und Berge vorbeigezogen, darinnen versteckt Schlösser und Villen, oben Bühlau, der »Weiße Hirsch«, der für mich kein Luftkurort, sondern ein sagenhaftes, zugleich aber wirkliches Tier war; die Plattleite mit dem winzigen Schillerpavillon, von dem Mutter und Tante Gerda so oft erzählt hatten – nun aber begann schon »Italien«, der Süden.

Große, weit zum Ufer hin vorgelagerte Terrassen; Fensterfronten, teils aus kleinen rechteckigen Buntgläsern, teils auch mit geschliffenen Blumenornamenten und Rankenmotiven versehen; Balkone, darauf weißes Korbgestühl, offene Fenster eines Sommermorgens; flache,

leichtgewellte Uferwiesen ... All das zog vorüber, mit unserm Wildwestdampfer ging es daran vorbei.
Wohin? Das Ziel verschwamm ... Die Sächsische Schweiz, das war doch stets ein insgeheimer Fluchtpunkt meiner Gedanken. Wenn es zu Hause Ärger gab oder Streit mit den Jungen von der Straße – letztendlich, das wußte ich immer, könnte ich ja noch in die Berge fliehen, mich in einer Sandsteinhöhle versteckt halten als Wilderer oder Rächer der Berge. Vor Augen hatte ich dabei immer eine Winterlandschaft, verschneite Tannen, schwarzes Unterholz, dumpf-feuchte Höhlen ... Den Sommer würde ich dort zwar unsichtbar überstehen müssen, denn da entweihten Ausflügler das Gefilde: feindliche Lederhosenmenschen und böse Kinder, die Zweige abbrachen – sie verwandelten die geheimen Schneepfade des Winters singend und rufend in bevölkerte Wanderwege. Diese Frist würde ich überstehen, überwintern müssen. Im Winter aber wäre ich – der Herr der Berge!
Und war das da unten nicht eigentlich auch schon so etwas wie die »Schweiz«, wie es oft verkürzend aus Tante Gerdas Mund verlautete: »Morchen gehds in de Schweiz!« – Die Schweiz, das Land Wilhelm Tells ... Deshalb kam mir vielleicht auch Schiller immer wie ein jüngerer Bruder des Meisterschützen aus der Villa Bärenfett vor, der ein Stück weiter flußabwärts, in Radebeul, gewohnt hatte. Schließlich standen ja auch beide auf dem Spielplan der Rathener Felsenbühne: »Die Räuber« und »Der Schatz im Silbersee«.
Das Wasser, das unters schaufelnde Rad kam, schäumte auf – und zerrann wieder. Es strömte eine betäubende, wohltuende Kühle aus, die ich, ich trug kurze Hosen, auf meiner nackten Haut und in Mark und Bein spürte.

Doch es machte nichts, inzwischen schwammen schon – um es mal so zu sagen – die ersten funkelnden Sonnensplitter auf der Elbe.
Lustschloß Pillnitz, Pirna. (Eigentlich ja »Billnitz« und »Bir'na«.)
Jedes Jahr, einmal, gab es diesen Ausflug, die »Bergtour«, wie es zu Hause hieß. Und das Beste daran war zweifellos die Dampferpartie. Solange wir nämlich an Bord waren, gab es ja an meinem Matrosenanzug auch nichts auszusetzen, im Gegenteil. Gingen wir aber in Rathen an Land, begann mein Leidensweg. Unter all den zielgerichtet dahinknickerbockernden Bergsteigern, die munter zum Aufstieg schritten, kam ich mir – der Matrose auf Landurlaub, in kurzen Hosen – so unsäglich verloren vor.
Derweil hatten Mutter und Tante Gerda nach kurzer Beratung (»Ob das der Kleine auch wird schaffen, Gerdi?«) schon einen der am hölzernen Pfahl ausgepfeilten Wanderwege gewählt – und es ging los.
Das ging ja noch. Doch wenn dann Tante Gerda, die es besonders zünftig liebte – ich sage nur »Häuptling Geierfeder« –, auf das erstbeste Hügelchen wies und lautschallend, so daß es alle, bis ins Elbtal hinunter, hören mußten, zu mir herüberrief: »Na, will unser kleiner Mann da nich emoal 'naufkraxeln?« und mir dabei verschwörerisch zunickte, schüttelte ich nur stumm den Kopf. Es fehlte nicht viel, und Tante Gerda hätte mir vorgemacht, wie man einen Berg besteigt – da wäre dann das Elend vollkommen gewesen. So gab ich vor, kein Interesse zu haben, und suspendierte einstweilen den Indianer in mir. Lieber als Söhnchen auf dem Weg spazieren, hinter den beiden hinterhertrottend oder auch mal ein Stückchen

voraushüpfend – nur nicht so tun als ob, nur nicht mit Tante Gerda Bergsteiger spielen, nur das nicht!
Abwechslung brachte eine kleine Ruderpartie, unten auf dem silbernen Amselsee. Tante Gerda ruderte, Mutter saß hinten am Steuer – ich kniete vorn am Bug und spähte aus. Wir drehten ein paar Runden.
Später ging es dann weiter, wieder bergan. Ein schmaler Aufstieg über ausgetretene, in den Stein gehauene Stufen, kleine Leitern; wir zwängten uns zwischen aufgetürmten Sandsteinfelsen hindurch und erreichten schließlich ein lichtes kleines Plateau, eine Felskuppe, wo längere Rast gehalten werden sollte. Ein bißchen Moos in den Spalten des warmen, ausgewaschenen Sandsteins und eine schiefgewachsene, irgendwie tragische Birke – das war der einzige Bewuchs.
Mutter und Tante Gerda machten es sich bequem, breiteten ihre Jacken aus und saßen wie zwei Winkeleisen auf der Bergeshöh. Sie tranken Kaffee aus der Thermoskanne. Ich bekam die Erlaubnis, ein bißchen herumzusteigen. Aber nicht zu weit!
Ich lief ein Stück, tat so, als würde ich Blumen betrachten – plötzlich duckte ich mich weg und verschwand im grünen Gefilde. Dort oben, auf der Anhöhe, da saßen also die beiden feindlichen Häuptlinge. Ich mußte mich unerkannt anschleichen, um ihre finsteren Pläne zu erlauschen oder um sie einfach nur zu erschrecken. Ich huschte zwischen Bäumen hindurch, kroch schließlich, wie ich es gelernt hatte, auf dem Bauch voran, jeder Baum und Strauch, jede Pflanze und jeder Stein boten mir Deckung.
Da – ich hörte, wie mein Name gerufen wurde. Ich erschauderte.

Mir war, als würde er verräterisch durchs ganze Elbtal schallen. Dann, etwas leiser, aber immer noch zu hören: »Wo d'r Junge nur wieder steckt?« Und darauf, als Erwiderung: »Nu lass'n nuhr, er muß sich doch ooch e'ma richtich ausdolln.« Offenbar hatte der eine der beiden Häuptlinge es auf mich abgesehen; es hieß, auf der Hut zu sein, ich duckte mich noch tiefer, um unsichtbar zu bleiben. Langsam kroch ich näher. Kein Laut. Ich erinnerte mich an die Regel, an die sich jeder Westmann hält: nicht die Augen aufreißen – das Funkeln könnte ihn verraten, und schon fällt er einem überraschenden Knieschuß zum Opfer. Zwar galt diese Regel nur nachts – und über mir, in den sonnendurchflirrten Baumwipfeln des Sommertags, zwitscherten die Vögel –, dennoch, ich war vorsichtig, meine Augen hielt ich nur einen winzigen Spalt geöffnet. Ich hatte mich inzwischen so weit herangeschlichen, daß ich die Häuptlinge gut hören konnte. Doch offenbar kam ich zu spät: Sie beendeten gerade das heikle Thema, daß »der Junge« einen Vater brauche, jedenfalls aber in ein Internat gehöre ...
Uff ... uff ... uff ..., sagte meine innere Stimme.
Dann, bruchstückhaft, Äußerungen über das Wetter. Die beiden Häuptlinge sprachen einen indianischen Dialekt, den ich ohne Mühe verstehen konnte: »'s is tüchtich schwühle, wenn's ma heite nich doch noch plauzt ... daß mer wer'n trocken heeme komm'.«
Leise schlängelte ich mich wieder zurück – da geschah es, ich hatte gerade das schützende Strauchwerk erreicht, als ich bemerkte, daß Tante Gerda aufstand, sich streckte, wachsam in die Runde spähte und ein Stück seitwärts, stracks in meine Richtung, trat. Gerade wollte ich mit einem schrillen gellenden Kriegsruf aus dem

Gebüsch hervorstürzen, da blieb Tante Gerda dicht vor mir stehen, zum Greifen nahe, spähte noch einmal in die Runde – mich, der ich flach an den Hang gedrückt hinter einem Busch lag, sah sie nicht –, öffnete blitzgeschwind ihren Hosenrock, zog ihre großen rosa Unterhosen auf Halbmast und ging in die Hocke. Sie kauerte einen Moment erwartungsvoll, dann schlug der Urinstrahl hart und klärend auf den Waldboden nieder. Dort schäumte es. Es duftete bis zu mir herüber nach Kaffee. Es sah aus, als hocke oder ritte Tante Gerda auf diesem Strahl. Wie eine Hexe. Die Sonne schwamm golden am Himmel.
Ein abschließender seufzender Urlaut, Tante Gerda erhob sich, wobei sie ihr Hinterteil schüttelnd hin und her schwenkte – ich starrte fassungslos auf diese Erscheinung! –, mit einem Ruck hatte sie die rosa Unterhose, dann den Hosenrock hochgezogen und war ebenso schnell, wie sie gekommen war, wieder verschwunden.
Zurück blieb eine schwach schäumende Goldlache, die allmählich zwischen den braunen Tannadeln im trockenen Boden versickerte.
Und ich! der ich reglos lag. Das Blut war mir ins Gesicht geschossen. Ich hatte alles gehört, alles gesehen, das Ungeheure, die große haarige Wunde! Die Augen hatte ich geschlossen, um das Bild noch so lange wie möglich in mir zu behalten. Das also …
Als es soweit wieder ging, richtete ich mich auf, huschte mit schwachen Knien davon, rannte einen großen Bogen und kam von der entgegengesetzten Seite her atemlos schlendernd zum Rastplatz zurück.
Mutter und Tante Gerda warteten schon auf mich. Mutter wickelte mir ein Stück Eierschecke aus dem glänzen-

den, durchgefetteten Papier. Tante Gerda reichte es mir herüber, sie leckte sich, nachdem sie mir das Stück gegeben hatte, die Krümel von den klebrigen Fingern ab, sie sah mich an. Ich wagte nicht, ihr ins Gesicht zu blicken. Daß man nach all dem noch so im Gras sitzen konnte, als wäre nichts geschehen ... Die Eierschecke verschlang ich mit wollüstigem Ekel.

Auch der Rest des Tages war von dem Großereignis überschattet. Ich beobachtete Käfer, die ich mit einem Stöckchen auf den Rücken drehte, ihre Beinchen schwammen durchs Leere; betrachtete verwirrt die faltige Borke der Kiefern – die Natur schien mir ein großes Symbol, ein Ebenbild, zu sein, und sie hatte es darauf angelegt, mich daran zu erinnern. Auf Schritt und Tritt. Es summte und brummte, um mich – in mir.

Am liebsten wäre ich jetzt in irgendein kaltes Wasser gesprungen, untergetaucht, wie die anderen Jungen aus meiner Straße, die jetzt sicherlich im Stadtbad waren oder bei den Dippelsdorfer Teichen und die nicht ahnen konnten, was ich seit heute wußte.

Am frühen Nachmittag brachen wir auf, es zog sich etwas am Himmel zusammen. Doch wir hatten Glück. Die ersten schweren Tropfen fielen, als wir schon in die Gundelachstraße einbogen. Ein Wolkenbruch, kurz und klärend. Ich starrte ins herabstürzende Wasser, und mir fiel alles wieder ein ...

Dann, durchs offene Fenster, strömte milde die Abendluft ins Zimmer.

Später am Abend kam Tante Gerda noch einmal zu mir. Ich hatte ihre Schritte schon draußen im Flur gehört – ein Griff zum Schalter der Nachttischlampe, das Buch verschwand unterm Kopfkissen; als die Tür aufging, lag

ich schlafend da. Tante Gerda trat zum Bett, beugte sich über mich … Plötzlich ein leises, erschrockenes »Au«, sie war, wie ich durch die halboffenen Augen sah, mit dem nackten Unterarm an die Tischlampe gekommen.
Ich rekelte mich schlaftrunken zur Seite, Tante Gerda zog das Buch unter dem Kopfkissen vor, sagte etwas wie »Komm nuhr, das Buch geht jetzt auch schlafen«, klappte es zu und legte es auf den Nachttisch. Ihren Unterarm befeuchtete sie mit Spucke. Ich überlegte blitzschnell, wo ich gewesen war, das Bild stand mir noch vor Augen: Ein Indsmen hatte sich von hinten auf das Pferd des verräterischen Renders geschwungen und diesem – im Galopp – den Skalp abgezogen.
Eine Hand legte sich auf meine Haare. Ich spürte, etwas Warmes, Dunkles kam näher … Tante Gerda drückte mir einen Kuß auf die geschlossenen Lippen. Die Sache war besiegelt.
Ich lag totstarr mit aufgerissenen Augen im Dunkeln. Lange wagte ich nicht zu atmen.

Viertes Kapitel

Monbluhm ist mit einem Weißkittelmann in die Zelle gekommen. Sie stehen vorn bei der Tür, während er wie üblich in seiner Ecke unterm vergitterten Fenster sitzt.
Vorher hatten ihm zwei Wächter noch etwas zu trinken gegeben, eine weißliche Flüssigkeit, die bitter schmeckte. Jetzt ist er ganz müde, und er kann dem Gespräch, das die beiden dort führen, kaum folgen. Er sieht nur, daß der Weißkittelmann, wenn Monbluhm etwas sagt, sich Notizen macht:
»Eingeliefert am 3.11. Allgemeinzustand: normal. Sprachvermögen: noch nicht wiederhergestellt. Leichte Erregbarkeit, dann phasenweise Stumpfsinn – wie z.B. jetzt: völlig apathisch, kaum ansprechbar (diesmal natürlich medikamentös verstärkt). Scheint aber Vertrauen zu fassen. Gestern mehrere Seiten geschrieben, alles unleserlich. Gutes Zureden meinerseits. Die nächsten Tage keine Belastungen für ihn. Keine Befragung. Ruhigstellen, eventuell wieder medikamentös. Vor weiteren Schritten unbedingt ärztlichen Untersuchungsbefund abwarten. (Gebißabdruck ist sicherheitshalber auch an den Tierarzt gegangen.)
Direkt an ihn gerichtete Fragen führen zu Stammeln und Armrudern. Letzteres geradezu charakteristisch für ihn. Die Folge: unkontrollierte Bewegungen und offenbar plötzlich einsetzendes Engegefühl. Aggressionen gegen Wände und Einrichtungsgegenstände.«
Monbluhm tritt zum Klapptisch und hält kurz den zerbeulten Blechnapf hoch. Der Weißkittelmann nickt.

Monbluhm geht wieder zurück, wobei er seine Hand an einem Taschentuch abwischt.
»Scheint über ungewöhnliche Kräfte zu verfügen. Bemerkenswert: Aggression klingt ebenso schnell ab, wie sie aufkommt. Demutsgebärden: Liegt auf dem Zellenboden, winselt, macht sich klein. Sieht aus, als wolle er im Steinfußboden verschwinden. Reißt sich an der Kleidung, letztere offenbar ungewohnt für ihn. In diesem Fall wirkt ein Spiegel, plötzlich vors Gesicht gehalten, Wunder: liegt dann sofort still, betrachtet sein Ebenbild ›wie mit Menschenaugen‹. – Erschütternder Anblick!«
Zum Schluß macht Monbluhm noch einen Test mit ihm. Aus der Brusttasche seiner Uniform zieht er eine zerknitterte Ansichtskarte hervor: Was ist das?
Er richtet sich in seiner Ecke auf.
Es liegt ihm auf der Zunge ... aber er hat vergessen, wie das Ding heißt, er schnipst mit den Fingern ... Ähhh – nur so ein undeutlicher kehliger Knurrlaut.
Monbluhm steckt die Ansichtskarte vom Eiffelturm wieder weg und nickt. Auch der Weißkittelmann nickt bedächtig.
Da der Weißkittelmann jetzt alles aufgeschrieben zu haben scheint, klappt er das Buch zu, und sie verlassen, nachdem sie noch einmal kurz in seine Richtung genickt haben, die Zelle.
Als sie gegangen sind, sitzt er immer noch unbeweglich da. Er versucht, den Mund zu verziehen und die Zähne zu fletschen, aber das mißlingt. Er ist zu müde.
Bald darauf ist er umgesunken und eingeschlafen.

Fünftes Kapitel

Das erste Mal allein von zu Hause weg – auf »Landverschickung«. Mutter hatte mich noch zum Bahnhof gebracht. Mir war das peinlich – es war auch schon so schlimm genug –, aber sie war nicht davon abzubringen gewesen, und es war ja auch noch sehr früh, sieben Uhr. Oberförster Wilhelm nahm uns in Empfang. Ein hochragender, irgendwie knöcherner Herr im Lodenmantel. Hornknöpfe. Genagelte Schuhe. Der Stock und die knorrige Hand schienen fest miteinander verwachsen zu sein. Herr Wilhelm sah mich prüfend an – das Wasserblau seiner Augen war kalt und tief (wie der Gardasee in Oberitalien, den ich nicht kannte). Er nickte streng zur Bahnhofsuhr hinauf. Dann ging es los. Alles stürmte in die Abteile; ich hinterher, bei mir ging es nicht so schnell, mein Rucksack blieb überall hängen. (»Mach doch deine Käsenäppe auf!« hörte ich schimpfen.) Ein Pfiff draußen, der Zug ruckte an. Ich schaffte es nicht, mich bis zum Fenster durchzukämpfen, und sah nur noch – zwischen Rücken und Armen – Mutters suchendes Gesicht, ihren halb erhobenen Arm, das Taschentuch in der Hand. Das Bild verschwamm – ich merkte, daß meine Augen unter Wasser standen, und quetschte mich, so schnell es ging, durch die Abteiltür hinaus auf den Gang. Dort stand Oberförster Wilhelm, der gerade seinen Filzhut abgenommen hatte und sich mit einem großen karierten Taschentuch Gesicht und Nacken abwischte.

Ich hab was ins Auge bekommen, murmelte ich leise und blickte angestrengt zu Boden. Mit dem Handrücken rieb ich am Auge herum. – Nuja, das kommt vor, warum auch

nicht, hörte ich den Oberförster sagen. In der engen, ruckenden und schwankenden Abortkabine, als ich für mich allein war, ging es noch einmal richtig los, Rotz und Wasser, dann wusch ich mir die Augen aus, schnaubte kräftig ins Taschentuch und ging wieder zurück.
Die andern in meinem Abteil hatten inzwischen ihre Köpfe zusammengesteckt und waren mit etwas beschäftigt, was in einem der am Boden stehenden Rucksäcke zu sein schien. Etwas Verbotenes? Wahrscheinlich, denn als ich die Abteiltür aufschob, hatten sie mich nur schief von unten angeblickt. Ich setzte mich auf meinen Platz und sah, an den andern vorbei, aus dem Fenster. Plötzlich stieß mich jemand hart mit dem Ellenbogen in die Seite, mir blieb fast die Luft weg. Es war der kleine Kurt, vor dem ich schon immer Angst hatte. In seiner Hand blitzte etwas – ein Hirschfänger! Wenn du uns verpetzt, zischte er mir zu – ich sah ihn groß an –, dann … (und jetzt zog er die Klinge scharf an meiner Kehle vorbei) … dann wirst du abgemurkst!
Ich nickte. Das war klar.
Unser Zeltlager war hinter der Försterei aufgeschlagen. Ich wohnte im Zelt »Rumpelstilzchen«; ein graues Steilwandzelt, links vier Pritschen, rechts vier Pritschen, in der Mitte ein schmaler Tisch. Als es ans Auspacken ging, fiel ein großes Paket aus meinem Rucksack. Deswegen hatte es am Abend so gerochen: Mutter und Tante Gerda hatten noch Zimtplätzchen gebacken, eine Überraschung … Ich merkte, wie das Wasser wieder in meine Augen stieg, ich mußte schlucken – und trat das Paket mit dem Fuß zur Seite. Es platzte auf, und ein paar Plätzchen, Herzform mit Zuckerguß, fielen heraus. Ich achtete nicht darauf und trat, als ich weiter auspackte, halb

mit Absicht, halb versehentlich, auf die herumliegenden Plätzchen, die unter meiner Sohle zerbröselten. Die andern sahen herüber. Jetzt hatte ich ihre Aufmerksamkeit. Ich gab nun dem Paket noch einen letzten Tritt, so daß es durchs halbe Zelt flog und vollends aufplatzte: Da, könnt ihr alles haben, brauch ich nicht, rief ich mutig – und das sollte heißen: Mit solchem Kinderzeug geb ich mich doch nicht ab, in meinem Rucksack muß Platz für ganz andere Sachen sein – von wegen! – und zur Bekräftigung drehte ich meinen Absatz mehrmals wütend auf einem Plätzchen herum, das gerade vor meinen Füßen lag, bis es zu feinen Krümeln zerstob.
Die andern knufften sich und lachten, sie belächelten wohl auch mitleidig meine hilflose Zerstörungswut – genau sah ich das nicht, denn ich räumte schon wieder verbissen und ruppig in meinem Rucksack herum, als sei das jetzt das Wichtigste auf der Welt.
Aus den Augenwinkeln aber sah ich, daß Kurt aufgestanden war. Er schob das ganze herumliegende Zeug zusammen, las auch die Plätzchen unterm Tisch auf und setzte sich im Schneidersitz neben den Zelteingang; dort verteilte er die Plätzchen – meine Lieblingsplätzchen! –, wobei er sich selbst am meisten bediente. Sie achteten jetzt nicht weiter auf mich. Nur manchmal, nachdem einer leise etwas gesagt hatte, lachten sie plötzlich ganz laut. Obwohl ich kein Wort verstand, wußte ich: Sie lachten über mich, voller Verachtung. Ich tat so, als würde es mich nicht interessieren – und spannte dabei auf jeden Laut.
Als alles alle war, faltete Kurt das Einwickelpapier zusammen. Plötzlich stand er neben mir. In der einen Hand hatte er noch ein Plätzchen, an dem er knabberte, mit

der anderen hielt er mir ein kleines Kärtchen hin. Er sah mich frech an.

Ich erschrak, solche Kärtchen hatten wir ja zu Hause, es mußte aus dem Papier gerutscht sein ... Ich schniefte verächtlich über die Schulter, es sollte wie ein »Psawh« aus den Indianerbüchern klingen, und zerknickte das Kärtchen, ohne es angesehen zu haben, in meiner Faust.

Später spielten die anderen »Schwarzer Peter«. Ich ging hinaus. Erst im Wald, als mich keiner mehr sehen konnte, traute ich mich, das Kärtchen aus der Hosentasche zu ziehen. Ein kleiner Vogel – der Knick ging mitten durch ihn hindurch – war darauf abgebildet. Aus seinem Schnabel stieg eine glitzernd umhüllte Wolke und darin stand (Mutters Schrift!): »Damit die Zeit nicht lang wird, ein paar Betthupferl für unsern lieben Kleinen – und gib auch was ab!«

Wild und hilflos schnupperte ich daran herum, es roch nach Zimt und nach unserm Küchenschrank zu Hause. Ich stand unter den Bäumen und heulte wie ein Wolfshund. Da das aber auch keine Erleichterung brachte und ich Angst hatte, im Lager gehört zu werden, tat ich es leise und ließ es dann vollends bleiben. Gebückt schlich ich zurück zum Lager.

Die Zeit im Lager wurde lang, natürlich – obwohl der Oberförster jeden Tag etwas mit uns unternahm. Jeder Morgen begann mit einem Fanfarenstoß. Die Zelte wurden aufgerissen – und wir taumelten schlaftrunken hinaus. Wir hatten uns im Kreis aufzustellen und verschiedene gymnastische Übungen zu absolvieren. Das Gras war noch ganz taunaß, die Feuchtigkeit drang durch unsere Schuhe; bis auf unser Keuchen und Schnaufen und die Kommandorufe des Oberförsters lag die Waldlich-

tung in dunstiger Stille. Dann ging es zum Waschen. Ein Rohrgestänge im Freien, beidseits mit mehreren Wasserhähnen versehen, darunter standen Blechschüsseln. Der Oberförster zeigte uns, wie man sich richtig wäscht: Er zog sich aus, bis er splitternackt vor uns stand, ein hoher Greisenkörper, die Haut braungefleckt und faltig, die Hoden hingen wie Tannenzapfen an ihm herunter. Mit beiden Händen faßte er eine Schüssel, die er randvoll laufen ließ, dann stülpte er sich kurzerhand die Schüssel über – und röhrte vor Schmerz und Wollust wie ein verendender Hirsch, daß es über die Lichtung schallte.
Schon dieser Anblick machte mich wach!
Tagsüber machten wir Exkursionen, sammelten Blätter, mußten Bäume bestimmen, Spuren lesen (»Jungs, schaut euch das an!«) und nach Karte und Kompaß marschieren – abends spielten wir Völkerball.
Einmal, auf einer Wanderung, hatte ich mir den Fuß verknackst, nur ein bißchen, nicht schlimm. Die Sache war schon vergessen, und ich merkte es gar nicht mehr – da hatte ich plötzlich den Einfall: Wäre ich ein Verwundeter, könnte ich vielleicht so zu Ruhm und Anerkennung gelangen, der Oberförster müßte mich auf den Arm nehmen und zurück ins Lager tragen ... Womöglich mußte ich sogar nach Hause geschickt werden. Ich sah mich schon, zwischen zwei Krücken auf einem Bein, stumm die Gundelachstraße hinunterschweben, ein Hosenbein zugenäht, leer herunterbaumelnd ... Stolze Tränen stiegen mir auf. Ich ließ mich ins Gras fallen und verzog mein Gesicht vor Schmerz. Die andern riefen Herrn Wilhelm, der stramm vorneweg marschierte. Er beugte sich über meinen Fuß, ich mußte ihn bewegen, was ich langsam und vorsichtig tat, den Blick immer ängstlich auf Herrn

Wilhelm gerichtet: Was der wohl sagen würde? Er sagte nichts, brummelte nur etwas. Schließlich stand ich wieder – und es ging weiter. Ich ging langsam und trat sehr konzentriert auf. Ich mußte ja achtgeben, daß ich nicht aus Versehen mit dem falschen Bein humpelte.
Jeweils zwei von uns wurden jeden Abend eingeteilt, das Reh zu füttern, das im Gehege hinter dem Forsthaus stand. Einmal war ich mit Kurt an der Reihe. Kurt war, ohne daß es jemals in Frage gestellt worden wäre, der Wortführer in unserem Lager, er bestimmte, wer in welcher Völkerballmannschaft spielte, wer den Ball holen mußte, wer vom Ballholen befreit war. Er hatte es sogar soweit gebracht, daß auch Oberförster Wilhelm (»der Waldschrat«) seine Sonderstellung akzeptierte. So war es auch kein Wunder, daß der Oberförster namentlich Kurt eingewiesen hatte – ich also nur der Vollständigkeit halber hinterhertrottete. Ich stieg im Stall die schmale Holzleiter hoch und warf ein Bündel Stroh hinunter. Beim Heruntersteigen überlegte ich: Wenn ich nun Kurt meinen Lieblingsbleisoldaten schenken würde – jetzt, wo wir beide hier ganz allein waren und es niemand sah –, vielleicht würde ... nein, dann mußte doch alles besser werden. Allein der Gedanke machte mich froh, ich sah schon Kurt und mich als die besten Freunde, unzertrennlich ... Kurt hatte das Stroh in der Futterkrippe verteilt und tätschelte nun das zahme Reh – da streckte ich ihm meinen kleinen grauen Infanteristen hin: Laufstellung, das Gewehr mit aufgesetztem Bajonett vorgestreckt, auf dem Rücken ein unförmiger Tornister. Er war, seit er unter dem Weihnachtsbaum gestanden hatte, mein Liebling in der Truppe, der »Mann für alle Fälle«. Die andern Bleisoldaten standen oder lagen nur so sinn-

los herum, dieser hier konnte kämpfen und hatte schon manche Schlacht durch kühne Vorstöße entschieden. Kurt schob das Reh weg, das erschrocken den Kopf zur Seite ruckte. Er sah sich den Soldaten genau an, drehte ihn prüfend hin und her, verzog ein wenig seinen Mundwinkel und steckte ihn schließlich wortlos in die Hosentasche. Dann pfiff er leise, mehrmals, kurz hintereinander und versuchte mit einem frischen Bündel Stroh in der Hand, das Reh wieder anzulocken. Mich beachtete er nicht weiter.

Sechstes Kapitel

Großtante Klara war, einundneunzigjährig, gestorben – »heimgegangen«, wie Mutter es nannte oder, wie Tante Gerda sagte: »Sie hat es nu hinter sich …«, wobei aber unklar blieb, was sie hinter sich hatte.

»Heimgegangen« traf die Sache wohl eher, denn daß Tante Klara beim Tod zu Hause war, stand für mich außer Frage. Ich hatte sie nie richtig lebendig in Erinnerung. Wenn wir sie besuchten, was selten genug vorkam, saß sie immer im Nachthemd, um die Schultern ein Spitzenjäckchen, in ihrem Bett. Das Bett selbst war schwarz furniert, es hatte einen hohen, etwas ausgefransten Himmel. Am Kopfende rankten holzgedrechselte Blumen hoch, und über dem geschwungenen Fußteil hingen verschiedene Lappen, die Tante Klara für Heilerde-Umschläge brauchte. Das Bett kam mir immer wie ein Gefährt vor, es ähnelte aber ebenso einem Sarg. Vielleicht war es auch beides. Überhaupt, das dunkle, mit uraltem Mobilar vollgestellte Zimmer – es roch nach Totenreich, in dem sich Körperausdünstungen mit scharfem Medizingeruch mischten.

Tante Klaras Augen waren beständig entzündet und irgendwie verklebt, dennoch, die Augen waren noch das Lebendigste an ihr. Wenn es unumgänglich wurde, ihr meine Hand hinzuschieben, hatte ich trotz der Wärme ihrer fast fleischlosen Hand immer das Gefühl, etwas Totes, Lebloses anzufassen. Ich rieb dann meine Hand unauffällig am Hosenbein ab.

Aber es kam noch besser! Ich konnte darauf warten, daß sie plötzlich für einen Moment verstummte, um dann, den Vogelkopf zurückgeruckt, ihren stechenden Blick fest auf mich gerichtet, triumphierend, mit singender Stimme auszurufen: »Ganz der Gustl!« Da brach es dann völlig in mir zusammen. Ich erstarrte inwendig, denn meine hilfesuchenden Blicke prallten auch an Mutter und Tante Gerda ab, die sich offenbar noch darüber zu freuen schienen, daß ich wie der vor Jahren verstorbene Opa Gustav aussah: ein haarloser Schrumpelgreis, hustend und krächzend, braune Kautabakflecken auf dem Latz des Hemdeinsatzes, furchtbar abstehende Ohren, deren Umfang er zu allem Überfluß – weil er schwerhörig war – noch wechselseitig mit abgeschirmter Hand erweiterte. Ein Schreckbild von einem Menschenwesen!

Ängstlich stand ich dann zu Hause vor dem Flurspiegel und durchforschte argwöhnisch mein Gesicht, was es damit auf sich habe und was ich mit diesem Mann, dessen Fotografie übrigens bedrohlich lächelnd auf dem Wohnzimmerbuffet stand, gemein haben könnte.

Ich atmete immer auf, wenn wir Großtante Klara endlich verließen. Einmal, nach solch einem Besuch, schnitt ich vor ihrem Haus die gemeinste Grimasse, die ich je einstudiert hatte und mit der ich damals, vor Eingeweihten, erstaunliche Achtungserfolge auf dem Schulhof erzielte: die Augen fest eingedreht und auf die Nasenspitze gerichtet, den Mund schief aufgezogen, die Zunge halb heraus, beide Ohren mit den Fingern langgezogen – und ich zischte: »Ganz der Gustl ...«

Tante Gerda lachte kurz auf, Mutter ermahnte mich – als ich aber nicht damit aufhörte und noch in der Straßenbahn diesen Jux trieb, langte es ihr: Ich bekam einen Klaps – und schwieg.

Aber nun war ich der toten Großtante Klara nicht mehr böse. Vielmehr war ich ihr ganz dankbar, daß sie gestorben war. So konnte ich immerhin zum erstenmal Vaters dunkelblauen Konfirmationsanzug anziehen, der im Schrank für mich bereithing – bis es bei mir soweit wäre. Die Mottenkugeln wurden entfernt. Ich trat, gefolgt von Tante Gerda – ein gelbes Maßband flatterte ihr um den Hals –, ins Zimmer. Mutter starrte mich an wie eine Erscheinung. Vielleicht erinnerte es sie an Vater? Ich versuchte nämlich so zu gucken wie Vater auf dem Hochzeitsphoto, das ich mal irgendwo zwischen dem Silberbesteck entdeckt hatte: den Kopf leicht schräg, mit zusammengepreßten Lippen, lächelnd – aber Mutter strich mir nur zerstreut die Haare aus der Stirn und sagte etwas von der »armen Klara«.
Tante Gerda, wie immer, griff beherzt ein. Sie zog mich in die Mitte des Zimmers, plötzlich griff sie von hinten unter die Jacke und tief in den Hosenbund hinein. »Woll'n mer's abnähen?« fragte Mutter und sah an mir herunter. Tante Gerda, sie hatte Stecknadeln zwischen den zusammengepreßten Lippen, schüttelte nur den Kopf und knurrte, weil sie den Mund nicht aufbekam: »Ä'cha, Hosenträcher – und unten'e nähn mer's eifach noach innen um, des werd genüchen – is ja nu fast 'neingewachsen, der Kleine.«
Ich mußte mich auf einen Stuhl stellen, Mutter und Tante Gerda fummelten an den Hosenbeinen herum (»nu steh doch ma grade, Junge, einen Auchenbligg«), ich stand unbeweglich wie eine Schaufensterpuppe in der Prager Straße.
Dann, am Abend, war es fertig. Mit Vaters Anzug fühlte ich mich erwachsen. Ich war nun hineingewachsen. Und

vor dem Gang zum Friedhof hatte ich sowieso keine Angst.
Den Weg zum Friedhof kannte ich ja. Wir fuhren jedes Jahr hin, zum Sedantag. Tante Gerda kam meist nicht mit. Die Vorbereitungen waren stets aufwendig und nach einer vorbestimmten Ordnung. Es begann schon am Abend vorher, mit dem Ritual der Waschung. Große Wäsche – die gab es vor Feiertagen, mindestens aber einmal im Monat. Die untrüglichen Vorzeichen der Säuberung waren, daß Mutter den Küchenherd einheizte, mit Tante Gerda aus der Waschküche die Zinkwanne herunterholte und sie zwischen Ausguß und Küchentisch aufstellte. Dann wurden auf dem Küchentisch die Instrumente ausgelegt: Seife, Bürste, Fußnagelschere – alle Folterwerkzeuge griffbereit. Wenn das Wasser in beiden Töpfen zu brodeln begann und die ersten Tropfen zischend über die glühende Herdplatte sprangen, kam das Signal, und ich hatte bereit zu sein. Jetzt gab es kein Entrinnen mehr. Ich stand nackend neben der Wanne. Mutter, sie hatte inzwischen eine Schürze umgebunden, füllte das Wasser ein, Tante Gerda prüfte es mit der Hand – bis es richtig war. Es war viel zu heiß! Ich hüpfte in der Wanne von einem Fuß auf den andern, hielt mich mit beiden Händen an den Rändern fest. Tante Gerda steckte noch einmal den Finger hinein und sagte kopfschüttelnd »Ä'cha« – doch Mutter gab endlich noch ein bißchen Kaltes dazu. Ich ließ mich langsam und stöhnend abwärts. Einen Moment hatte ich jetzt Ruhe. Erstmal einweichen! lautete das Kommando. Doch bald begann schon das Bürsten und Schrubben. Rücken, Arme, Beine, Füße – alles kam an die Reihe. Ich hielt es leise wimmernd aus, denn der Gedanke, Mutter würde sonst wieder mit spuckefeuch-

tem Taschentuch an meinem Hals, meinen Mundwinkeln herumwischen, um mir dann kopfschüttelnd die Graufärbung des feuchten Tuchs vor Augen zu halten – dieser Gedanke war noch grauenvoller. Endlich ließen sie von mir ab – »den Rest machst du selbst!« Ich bürstete die Fingernägel, die Füße – »… und vergiß nur auch den kleinen Schnieps nich!«, womit sie jenes Teilstück meinten, welches ich aber heimlich und für mich umgetauft hatte, nämlich in »mein kleines Stinktier«. Ich wusch es aber nur ein bißchen, es kam mir überflüssig und außerdem unmännlich vor. Ich konnte mir auch nicht vorstellen, daß Winnetou oder Schiller derlei mit sich herumgeschleppt hätten. Auch bei den marmornen Speerträgern, Ringern, Diskuswerfern im Zwinger und im Großen Garten war es verdeckt oder wenigstens doch abgeschlagen, so wie es sich gehört.

Ich durfte dann noch ein bißchen spielen. Das tat ich auch, nach all den Strapazen.

Die Holzbürste wurde nun endlich wieder das, was sie in Wirklichkeit war: ein Überseeschiff. Meine Knie ragten als Klippen im Meer auf, wir lagen vor Kap Hoorn. Sooft die Wellen, die ich mit dem Bauch erzeugte, schwappten, stieß das Schiff entweder schlingernd gegen die Felsen oder es strandete an der flachen weißen Küste meines Bauches. Oder aber meine Hand, die gefährliche fünfarmige Riesenkrake, riß es urplötzlich mit all seinen Passagieren in die Tiefe der eisigen See. Das Meer schäumte auf … »Die ganze Güche schwimmd!« – Ja, das war schon richtig; dieser Ruf beendete dann auch ziemlich abrupt die große Zeit der Schiffsuntergänge. Ich wurde, einziger Überlebender, aus den Fluten gezogen (»Das is ja äwäng schon ganz eisich – du holst dir noch den Doht,

Junge!«). Dann saß ich, ins Handtuch gewickelt, auf dem Küchentisch. Jetzt wurden noch die Haare trockengerubbelt und gekämmt und die Fußnägel geschnitten. Letzteres war eine ganz besondere Pein, und ich brachte nur bibbernd hervor, daß sie ja noch gar nicht so lang seien … »Nuh frailisch«, sagte Mutter, wobei sie aber schon heimtückisch nach meinem Fuß griff, »mihr lassen'se einfach wachsen, niwoahr, und morchen biste e Raubdiehr, nu.« Mutter fauchte mich noch spaßeshalber an und begann mit dem kitzligen Geschäft. An meinen Fußnägeln verbogen sich und zerbrachen sogar mehrere Nagelscheren. »Diese Krallen aber auch«, stöhnte Mutter, »von wem er die nur hat, möscht ich wissen …« – »Na, von mir jedenfalls nich«, antwortete Tante Gerda, worauf Mutter sie ganz sonderbar anblickte und beide schwiegen.

Später, als ich elf oder zwölf war und mich für kurze Zeit (und mangels anderer Gelegenheit) ein unstillbares Verlangen nach Tante Gerda erfaßt hatte, ich ihr in meinen Phantasien regelrecht verfallen war, konnte ich durchsetzen, daß ich die eigentliche Wäsche allein vornahm. Die Vorstellung, ihr in meiner ganzen erbärmlichen Unvollkommenheit gegenüberzustehen, die Blöße dürftig, notdürftig mit einem Handtuch bedeckt – diese Vorstellung war einfach peinigend. (Doch das gehört schon nicht mehr hierher.)

War nun der Sedantag angebrochen, lief Mutter schon morgens im schwarzen Kostüm durchs Haus, borgte sich Zucker oder Mehl, fragte irgend etwas – mittags jedenfalls war es im ganzen Haus herum: Ilschen geht heute wieder ihren Mann besuchen, in Tolkewitz.

Vorher holten wir noch den bestellten Blumenstrauß

in der Gärtnerei Seevogt ab, dann fuhren wir mit der Elektrischen zum Friedhof. Sobald wir aber den Friedhof erreicht hatten, hörte Mutters Zielstrebigkeit auf. Wir spazierten die Wege ab, ziemlich planlos, setzten uns auch auf eine Bank, und wenn Mutter die Blumen abgelegt hatte und ich sie fragte, ob das Vaters Grab sei und er hier eingegraben liege (denn mir war aufgefallen, daß Mutter die Blumen jedesmal an anderen Grabstellen ablegte), schüttelte sie nur leicht den Kopf. Sie hatte Tränen in den Augen. Wo denn das Grab sei? wollte ich wissen – worauf Mutter antwortete: Manche Menschen sind im Herzen begraben ... Warum wir dann aber zum Friedhof gingen? – Das macht man so, antwortete Mutter, und die Sache war erledigt.

Wir fuhren wieder nach Hause. Tante Gerda hatte inzwischen Kuchen gebacken, Mutter zog sich um, und das Leben ging weiter wie gewohnt – bis zum nächsten Sedantag.

Erst sehr viel später erfuhr ich, welche tiefere Bewandtnis es in Wirklichkeit mit Mutters stehender Redewendung hatte: »Mein Mann ist nicht aus dem Weltkrieg heimgekehrt.«

Im allgemeinen fehlte mir ja ein Vater auch nicht. Im Gegenteil, auf diese Weise war ich ja, wie Mutter und Tante Gerda es nannten, »unser kleiner Mann« und genoß Vorrechte, die andere Jungen meines Alters nicht hatten.

Aber manchmal, wenn ich zum Beispiel meine »Märklin«-Lok auseinandergeschraubt hatte, weil ich wissen wollte, wie es drinnen aussieht, und sie sich – hatte man erst einmal eine Schraube gelöst – unter der Hand in lauter Zahnräder, Schrauben, wegspringende Aufziehfedern, grüne Blechteile auflöste, schließlich auseinanderfiel, und ich schon Schlimmes ahnte (denn irgendwo waren beim Auseinanderbauen auch schon ein paar Teile abgebrochen), es aber kein Zurück mehr gab und ich sie jetzt ganz und gar auseinandernehmen mußte, all die so geschickt ineinandergefügten Teile – so daß mir meine ungeschickten Finger wie Klauen vorkamen, dann war ich traurig; andere Kinder hatten Väter, und es würde bei denen zwar ein Donnerwetter und vielleicht auch eine Tracht Prügel geben, aber – als Ausgleich – hätte der Vater die Lokomotive schon irgendwie wieder zusammengebaut.

Hockte ich aber vor den Trümmern meiner Lok und beichtete ich schließlich Mutter und Tante Gerda mein Malheur, gab es zwar auch ein bißchen Schimpfen, dann aber saßen wir alle drei ratlos um den Küchentisch herum. Und wenn Mutter, um mich zu trösten, die Teile zusammensetzen wollte und ich sah, wie ungeschickt sie das tat – dann mußte ich nur noch mehr weinen und wurde böse und wütend, weil es mir das letzte bißchen Hoffnung nahm. »Jetzt hat er wieder seinen Rappel!« hörte ich durch mein Schluchzen hindurch Tante Gerda sagen.

Nun wußte ich zwar, wie die Lok von innen aussah und wie die Aufziehfeder ihre Kraft auf die Räder übertrug, ich wußte eigentlich alles über die Lok – nur, daß sie jetzt nicht mehr fuhr und bald irgendwo im untersten Winkel der Spielzeugkiste landen würde. Das eigentliche Wunder an der Lok war doch, und das hatte ich zu spät begriffen: Man zog sie auf, und sie fuhr los …

Als ich später beim Studium oder beim Nachweis der Ahnentafel mit Zeugnissen und Lebensläufen vor verschiedene Behörden treten mußte, fehlte mir Vater – der

Vollständigkeit halber – dann doch wieder sehr. Mit Umschreibungen war wenig getan. Mir half ein gnädiges Schicksal, ein Beamter, der mein Gestammel kurzerhand mit dem Wort »vermißt« zusammenfaßte, worauf ich traurig nickte. »Vermißt, ja«, das war ja nicht falsch, denn vermissen taten wir ihn schon, und es stimmte auch irgendwie mit der Tatsache überein, die mir Tante Gerda genau an meinem sechzehnten Geburtstag eröffnet hatte: Während seiner Einquartierung in Frankreich hatte der Vater eine Dame aus Lausanne kennengelernt (in seinen Feldpostbriefen soll zunächst ganz allgemein die Rede davon gewesen sein, daß er es im Unterschied zu seinen Kameraden »erstaunlich gut getroffen« habe), nach kurzer Kriegsgefangenschaft nach Kriegsende war er dann in die Nähe von Montreux, in eine kleine Alpengemeinde, übergesiedelt. Anfang der zwanziger Jahre seien noch einige Lebensmittelpakete aus der Schweiz gekommen, die wir zwar nicht zurückgeschickt, aber auch nicht quittiert hatten – bis auch diese letzte Verbindung abriß.

Siebentes Kapitel

Aus dem blauen wasserdichten Tagebuch (1)

22.6.41 – Das Flugzeug war eine dreimotorige Ju 52 der »Eurasia«, Schriftzeichen und Zahlen am Rumpf mit weißer Farbe übermalt (Tarnung).
Wir waren von Kagoshima aus gestartet, wohin wir über mehrere Etappenabschnitte nach mehr als dreieinhalb Wochen aus Berlin gelangt waren. Ziemlich abenteuerliche Reise. In Stichworten: Militärzug Berlin – Triest. Von dort im kleinen Geleitzug mit einem Nachschubtrupp für das Rommelkorps nach Nordafrika. Kurzer Weiterflug. Dann Schiffspassage durch das Rote Meer und den Indischen Ozean. Ungefähr auf dem 98. Längengrad Übernahme durch ein U-Boot der Kaiserlich-Japanischen Marine. Mehrere englische Torpedoangriffe, aber alles heil überstanden. Ankunft in Japan – alles, wegen der Geheimhaltung, ohne großen Bahnhof. Weiterfahrt zum Flugplatz. Umladen des Gepäcks in die »Eurasia«-Maschine.
Bei unserer letzten Zwischenlandung, während der Pilot nachtankte, meldete sich bei Meyer ein Asiate (Chinese oder Japaner?). Plötzlich, wie aus dem Boden gewachsen, war er aufgetaucht. Eine wunderliche Erscheinung: Sein kleiner, schmächtiger Körper steckte in einer weiten Filzjacke, deren Ärmel viel zu lang waren und die in der Mitte, da es keine Knöpfe gab, von einem Gürtel zusammengehalten wurde. Auf dem Rücken trug er eine Art Lederrucksack und auf dem Kopf eine Fellmütze, die sein kupferfarbenes zerknittertes Gesicht noch klei-

ner erscheinen ließ, als es vielleicht in Wirklichkeit war. Die Hosenbeine steckten unten in einem sonderbaren Durcheinander von Lederlappen, Riemen und Sohlen – die Füße des Mannes sahen aus wie Hufe.
Erst hatte er sich an den Piloten gewandt, doch der hatte ihn an Meyer verwiesen. Diesem überreichte er einen Brief, mit etlichen Stempeln und Siegeln versehen. Meyer überflog das Schreiben, offenbar schien er Bescheid zu wissen, denn er stellte uns kurz darauf unsern neuen Reisebegleiter vor: »Kameraden – Herr Hu, unser Bergführer; Träger, Jäger – alles in einem. Im übrigen: ein Geschenk der Japaner. – Möge er uns Glück bringen!« Rapp setzte hinzu: »Es lebe die Achse Berlin – Tokio!«
Herr Hu, die Hände über der Brust gefaltet, verneigte sich lächelnd; dann nahm er sein Bündel auf. Er wartete aber neben der offenen Einstiegsluke. Erst als wir alle hineingeklettert waren, kroch er hinterher und klappte zu.
Ich saß ihm gegenüber und versuchte, ihm zuzulächeln. Er verzog sein Gesicht zu einer grinsenden Maske. – Wir hatten schweres Wetter. Als wir durch die Wolkenwände stießen, waren Flügel und Flugzeugspitze kaum noch auszumachen – ein Flug ins Ungewisse. Durch die Maschine ging ein gewaltiges Rucken, ich glaubte, sie würde jeden Moment auseinanderbrechen. Doch dann lichtete es sich wieder. Wir gingen auf 800 Meter herunter – der Schatten unseres Flugzeugs glitt unten mit, über die rötlichbraunen Hänge.
Landung auf einem Hochplateau.
Wir bildeten eine Kette und hatten nach einer halben Stunde alles ausgeladen.
Das Flugzeug, nachdem es holpernd über das wellige

Grasland gehüpft war wie eine Dohle, gewann langsam an Höhe, drehte noch einen Halbkreis, ein kurzes grüßendes Flügelwackeln, dann verschwand es Richtung Osten.

Keine Zeit, sich groß Gedanken zu machen – nun sind alle Verbindungen abgeschnitten. Trotzdem ein Hochgefühl: im Südwesten der indische Subkontinent – im Norden das Hochland von Tibet; und wir: mittendrin, am Fuße des Himalaja.

Achtes Kapitel

Seine Zelle ist immerhin so etwas wie eine Höhle, in die man sich verkriechen kann. Die Mauern sperren die Welt aus. So ist er auf diesen paar Metern im Quadrat frei – frei vor allem vom Draußen, das hier keinen Zugriff hat.
Und dennoch – er ist nie vollkommen allein. Die Wände sind wie Lautsprecher. Mal wird draußen der Gang gescheuert. Dann wird eine Tür aufgeschlossen, dann wieder eine Tür zugeschlossen. Die hallenden Schritte draußen, das Geräusch, wenn der Wächter beim nächtlichen Rundgang das Schlüsselbund gegen das Eisengeländer schlagen läßt.
Eines der Geräusche übrigens, das er lange nicht einordnen konnte, verbindet sich inzwischen, seit er das letzte Mal zur Vernehmung geführt wurde, mit einem Bild: der halbvolle Eimer, wie er mit dem Schrubber ein Stück weiter geschoben wird und über den nassen Boden scheppert.
In letzter Zeit wird er wieder häufiger zum Verhör geholt. Jedesmal dieselbe Schrittfolge, so auch heute: Die Tür wird aufgeschlossen, das Türgitter wird aufgestoßen; er muß dann, soweit das geht, aufrecht unterm Fenster stehen; Handschellen werden angelegt. Der Gang. Die durchbrochene Eisentreppe hinunter. Wobei ihn jedesmal schwindelt, weil unter dieser Eisentreppe wieder so eine Eisentreppe und unter dieser wieder so eine Eisentreppe ist, und so weiter, und kein Ende abzusehen. Mehrere große Gittertüren. Dann jener Teil des Hauses, wo zwar die Fenster ebenfalls vergittert sind, es aber ganz normale Türen gibt. Sein Vernehmungsraum.

Monbluhm, der schon hinter dem Schreibtisch sitzt, gibt den Wächtern ein Zeichen, ihn auf den Stuhl zu setzen. (Sie warten dann draußen vor der Tür.)
Er sitzt auf dem Stuhl, und da er Monbluhm nicht ansehen will, hebt er die Augen nur halb: Sein Blick fällt auf den Aktenordner, der vor Monbluhm liegt. Darauf ist mit schwarzer Tinte ein seltsames Zeichen geschrieben. Es könnte ein Ypsilon sein.
Heute stellt Monbluhm zunächst nur Fragen – und er muß jeweils mit »ja« oder »nein«, beziehungsweise mit Nicken oder Kopfschütteln, antworten. Wenn er eine Frage nicht versteht, was oft der Fall ist, legt Monbluhm den Füllhalter nieder und erklärt es noch einmal, wobei er auch mit den Händen spricht. Dadurch wird es aber auch nicht klarer.
Ob er sich daran erinnern könne, wie er nach Pokhara gekommen sei? – (Achselzucken.)
Gut, anders gefragt: Er sei doch in der Nähe des nepalesischen Pokhara von einer britischen Militärstreife aufgegriffen worden … – (Unbestimmtes Nicken, das in Kopfschütteln übergeht.)
Er sei dann ja, daran könne er sich wahrscheinlich nicht mehr erinnern, wegen seiner Erfrierungen in ein Marinehospital überführt worden. Dort habe er wochenlang im Delirium gelegen – und im Delirium habe er mehrfach einzelne unzusammenhängende deutsche Sätze gesprochen. Die Marineärzte hätten daraufhin diesen undurchsichtigen Fall abgegeben – deswegen sei er ja schließlich auch hierher, nach Deutschland, überstellt worden.
»Sie verstehen doch, was ich sage?« fragt Monbluhm. Monbluhm sieht ihn scharf an: Es sei doch immerhin merkwürdig, daß ein verwahrlostes, zusammenhanglos

deutsche Laute stammelndes Wesen anderthalb Jahre nach Ende des Weltkrieges am Himalajarand aufgegriffen werde …

Monbluhm legt den Füller nieder: Ob das Runenzeichen auf seinem Unterarm (Monbluhm beugt sich über den Schreibtisch und tippt darauf) dort (er zeigt mit dem Finger in die Ferne) oder hier (mit den beiden herausgestreckten Zeigefingern weist er nun nach unten), hier in Deutschland eingebrannt worden sei? – (Hilfloser Blick auf Monbluhm, Schulterzucken, dann Nicken.)

Ob ihm eigentlich bewußt sei, daß er sich hier in Deutschland, in Nürnberg, beziehungsweise in unmittelbarer Nähe der Stadt, befinde? (Keine Reaktion.)

In der Nähe jener Stelle, fährt Monbluhm fort, wo er in hilflosem Zustand aufgegriffen worden sei, habe man unter Schneewehen die Reste zweier Zelte entdeckt … Sämtliche Fundstücke seien inzwischen katalogisiert, in mehrere Kisten verpackt und auf dem Schiffsweg nach Europa. Spätestens das Eintreffen dieser Kisten werde letzte Aufschlüsse geben.

Monbluhm lehnt sich zurück. Es sei ihm doch hoffentlich klar, sagt er jetzt streng, daß es überhaupt keinen Zweck habe, wenn er etwas wisse, das zu verschweigen. Die Kisten seien ja ohnehin hierher unterwegs. Mit einem Geständnis könne er jetzt seinen guten Willen zeigen, was später sicherlich vorteilhaft angerechnet würde. Er persönlich glaube schon, daß es Erinnerungslücken geben könne, zumal wenn man, womöglich jahrelang, in Schnee und Eis … Dennoch: ein Zeichen, wenigstens ein Zeichen der Bereitschaft, ein Zeichen der Bereitschaft zur Mitarbeit!

Der Gefangene sieht ihn groß an und schweigt.

Im übrigen, setzt Monbluhm mit leiser Stimme hinzu, aus den bisherigen Pokhara-Unterlagen gehe hervor, daß zahlreiche der Ausrüstungsgegenstände, die in dem Zelt gefunden worden seien, den Stempelaufdruck »RuSHA/ Amt VII Ahnenerbe« trügen.
Monbluhm läßt eine Pause – und wiederholt jetzt laut und deutlich: Rasse- und Siedlungs-Hauptamt … – Im Himalaja? Ob er vielleicht dazu etwas zu sagen habe?
Da keine Antworten mehr kommen, bricht Monbluhm vorerst die Befragung ab. In ein paar Wochen, spätestens einigen Monaten, sehe man in der Frage seiner Identität sicher weiter.
Das Wort »Identität« bereitet Schwierigkeiten. Monbluhm versucht es mit Hilfe zweier Streichhölzchen zu erklären, gibt es dann aber bald auf, und das Verhör ist beendet.

Neuntes Kapitel

Aus dem blauen wasserdichten Tagebuch (2)

23.6.41 – Heute abend im Zelt, 20 Uhr hiesiger Zeit, begann Meyer die Aufgaben zu verteilen.
Er selbst hat die Leitung unserer Expedition. Ich bin sein erster Stellvertreter, außerdem zuständig für den Schriftkram und natürlich, das in erster Linie, habe ich den Hut auf für meinen Forschungsauftrag. Das heißt also: Weiterarbeit an meinem Sprachmodell »Esperanto mit Unbekannt«, das in Berlin die Kurzbezeichnung Ypsilon bekommen hat.
Rapp ist Stellvertreter für Organisation, verantwortlich für die Zelte (Auf- und Abbau), Pflege und Wartung des Schlittenwagens, Vollständigkeit der Ausrüstung. Er hat die Pläne für Küchen- und Wachdienst aufzustellen.
Herr Hu, für den Rapp direkt weisungsbefugt ist, dient als »Mädchen für alles«. Herr Hu nickt und lächelt, hat aber offenbar gar nicht begriffen, worum es geht.
Danach Abendbrot.
Da soweit erst einmal alles an seinem Platz ist, nutzt Meyer die Gelegenheit, uns nun ganz offiziell die wärmsten Grüße des Reichsführers der SS zu übermitteln. (Bisher war dafür ja noch gar keine Zeit gewesen.) In unsere Expedition, so Meyer, setze die Führung große, sehr große Hoffnungen.
Auf unsere eigentlichen Aufgaben eingehend: »Ich will mal kurz so zusammenfassen. Sie wissen, im Reichssicherheitshauptamt sind in den letzten anderthalb Jahren systematisch alle Augenzeugenberichte über Begegnun-

gen mit dem sogenannten Schneemenschen gesammelt, zusammengestellt und ausgewertet worden. Das war höchste Geheimhaltungsstufe, deswegen ist davon ja auch nichts nach draußen durchgesickert. Sie haben das natürlich mitbekommen, und Sie haben wahrscheinlich gedacht … (Meyer macht eine unbestimmte Handbewegung vor seiner Stirn) … na, lassen wir das mal.
An unserem jetzigen Standort (Meyer entrollt eine Karte), den ich mal mit X bezeichne – auf der Karte ›Südliches Tibet, nördlicher und zentraler Himalaja‹ wäre das hier (er umkreist mit dem gekrümmten Zeigefinger eine handgroße Fläche) –, verdichtet es sich am augenfälligsten. Sie sehen die schwarzen Punkte auf der Karte, jeweils mit Jahreszahl versehen. Hier ist es sozusagen schwarz vor Schneemenschen. Oder müßte es sein, zumindest.
Warum interessieren wir uns nun dafür? Diese Frage, Kameraden, ist überhaupt der springende Punkt bei der ganzen Angelegenheit.«
Meyer senkt seine Stimme: »Es gibt Hinweise und Indizien, wonach es sich bei den sogenannten Schneemenschen um – ich sage das mit aller Vorsicht – … Rasseverwandte von uns handeln könnte, verstehen Sie, um einen Evolutionszweig unserer Vorfahren, der womöglich im Eis des Himalaja gerankt ist und dort die Zeiten unbeschadet überdauert hat, während wir, als die europäischen Ableger sozusagen … na ja.« Vielsagend läßt Meyer diesen Satz offen.
»Kameraden, verstehen Sie die enorme weltanschauliche Bedeutung dieser Frage?«
Da Rapp etwas verdattert guckt (offensichtlich ist er in Berlin lediglich in den organisatorischen Teil seiner Auf-

gabe eingeweiht worden), nimmt Meyer die Gelegenheit wahr, ein paar grundsätzliche Worte zu sagen – Argumente, die ich schon aus Berlin kenne und die mich dennoch nicht hundertprozentig überzeugen. In Stichworten: Ursprung der Indogermanen in Zentralasien, Quellgebiet des Oxys, an den Abhängen des Hindukusch, genau jenes Gebiet also, wo immer wieder der sogenannte Schneemensch gesichtet wird, einzelne Stämme nach Europa, dort aber: Schmelztiegel der Rassen (»Blutcocktail« – davon schwerer Kopf), Zivilisation, aber keine Kultur, gnadenlose Vermischung. Dagegen Tibet: abgeschlossen von der Welt durch hohe Gebirgszüge, z.T. voreiszeitliche Lebensbedingungen (Urwisent, Höhlenbär usw.), ähnlich wie in der Physik das »reine Gas«, hier die »reine Rasse«, beinahe hermetisch abgeschlossenes Rückzugsgebiet für anderswo längst ausgestorbene Lebensformen, Überwinterung des Eiszeitklimas in Höhlen, Blondheit auch bei Inkas beobachtet (als Zeichen der Sonnenabstammung?), über Inzest vererbt (»Wir müssen auch der Möglichkeit Albino ins Auge sehen«), Drachensagen als gemeinsames Erbgut aller indogermanischen Völker, Hinweis auf die Urzeugung aus dem All, bei den Inkas heißen die Sternschnuppen »Speichel der Sterne«, so ähnlich auch hier, Kehrseite davon – tibetischer Totenkult, obwohl barbarisch anmutend, tiefer Sinn darin: Die Toten auf Berggipfel gelegt oder in Bäume gebunden – die Geier holen sie zurück in den Himmel.
Hinwendung zum ewigen Eis: keine Reise in die Vergangenheit, sondern Schritt in die Zukunft (allgemeiner Weltlauf: zuerst Sonnenglut, dann allmähliche Vereisung); allgemein: Wer sich im Daseinskampf gegen die Kälte behauptet und aufgeartet hat – Zeuge der Zukunft. –

Rapp zeigt sich von all dem beeindruckt, obwohl er zugibt, nicht alles verstanden zu haben …
Auch bei mir Fragen: Gesetzt, alle Voraussetzungen treffen zu – was hat sich nach Jahrhunderten, vielleicht Jahrtausenden in Schnee und Eis aus dem Urahn herausgemendelt? Werden wir, wenn wir ihn finden, auch eine gemeinsame Sprache finden?
Wieder aufs Praktische kommend, setzt Meyer fort: »Wir werden nun Planquadrat für Planquadrat das gesamte Gebiet durchforsten. Ausnahmsweise, Herrschaften, plädiere ich hier mal für deutsche Gründlichkeit! Wir machen ja nicht eine halbe Weltreise, damit er uns, einfach weil wir schlampig arbeiten, dann doch durch die Lappen geht.
Jetzt mal ins einzelne. Also: Wenn es den sagenhaften Schneemenschen gibt, müssen wir ihn, erstens, zunächst natürlich aufspüren. Falls wir ihn finden sollten, ist, zweitens, der Kontakt zu ihm herzustellen, eine Sprachbrücke zu bauen. – Das ist Ihr Bier. (Meyer blickt kurz zu mir herüber.) Des weiteren: die Erforschung seiner Lebensumstände, Gewohnheiten usw. Es ist die Frage zu klären: Wie kann ein Lebewesen, dessen Ursprünge germanisch sind, im Himalaja existieren? Kann es das überhaupt?
Daran schließen sich weitere Fragen an: Ist, perspektivisch gesehen, die Besiedlung dieses Gebietes durch nordische Menschen denkbar? – Perspektivisch! Nicht von heute auf morgen! – Vice versa: Kann völkischer Nachschub aus diesem reinen Rassenraum erwartet werden? Die Frage der Kreuzung des hier aufzufindenden reinen Erbmaterials mit, sagen wir mal, nordfriesischen Bauernmädchen etwa. – Ein reizvoller Gedanke, den der Reichsführer ins Spiel gebracht hat.

Das ist natürlich alles noch Zukunftsmusik! Erst einmal müssen wir ihn finden. Das ist klar. Und deswegen suchen wir ganz stur das fragliche Gebiet ab, ganz stur, Planquadrat für Planquadrat.«
Meyer läßt eine kurze Pause. – Dann: »Nun kann man natürlich sagen: Das ist doch alles unausgegorenes Zeug, wir rennen hier einem Phantom, einer Schnapsidee, hinterher.« Meyer lehnt sich zurück und blickt uns der Reihe nach an. »Das kann man natürlich sagen. Derlei hat man uns ja nun, weiß Gott, oft genug gesagt. Aber ebenso kann man erwidern: In allen Legenden steckt ein rationaler Kern. Manchmal ist es nur die sprichwörtliche Nadel im Heuhaufen. Aber es gibt sie eben. Und es ist Ignoranz, darüber hinwegzugehen.
Im Grunde genommen ist das also gute alte Ahnenerbearbeit, die wir hier leisten werden. Wir gehen einer Sache, die sich erst mal ziemlich phantastisch anhört, systematisch auf den Grund und sehen, was dran ist. Ich meine, auf ähnliche Weise, das muß ich hier nicht ausführen, war das Ahnenerbe ja schon auf vielen Gebieten erfolgreich. Unsere Zusammenarbeit etwa mit dem meteorologischen Dienst, als es um die Auswertung niedersächsischer Bauernkalender aus dem 17. Jahrhundert ging, die Versuche mit der Fruchtfliege, das Forschungsprojekt ›Der deutsche Wald – Märchen und Wirklichkeit‹ usw. usw. Sie wissen, was ich meine. Es ist doch eine gute Tradition des Ahnenerbes, dort nicht haltzumachen, wo die herkömmliche Wissenschaft ihre Waffen streckt. Da muß man keine Gegensätze konstruieren. Das ist eher eine Ergänzung zur reinen Fachwissenschaft, zu den Fachidioten, wenn Sie so wollen.«
Sogar Herr Hu, der kaum etwas verstanden haben dürf-

te, nickt immer wieder freudig zu allen Ausführungen Meyers.
Rapp jedoch mustert kritisch die Karte. Als Meyer ihn daraufhin anspricht, zuckt er die Schultern. Das sei ihm alles ein bißchen »zu hoch«. Und außerdem: »Wie ist es zum Beispiel mit Feindberührung? Wo steht der Brite? Der ist hier gar nicht mit eingezeichnet.«
Meyer nickt, auf diese Frage hat er gewartet. »Darum kümmern wir uns gar nicht. Vor unserer Abreise habe ich noch mal mit der Auslandsaufklärung geredet. Wir haben hier absolut grünes Licht. Hier oben ist Ruhe. Seit die Japaner mitmischen, ist der Brite hundertprozentig auf den Kriegsschauplatz umgeschwenkt. Und vor ein paar pensionierten Colonels, die vielleicht noch in Kalkutta herumsitzen, haben wir ja wohl keine Angst, oder? Außerdem, im Zweifelsfall sind wir Schweizer. Wir sind Bergfreunde, und wir verhalten uns absolut neutral, ja.«
Rapp nickt, Befehl ist Befehl. Aber es ist ihm anzusehen, daß er nicht froh dabei ist. Nun sei er zwar hierher abkommandiert worden, gut und schön, die wirklichen Entscheidungsschlachten aber würden ja wohl nicht hier, sondern doch eher an der Ostfront geschlagen. Der bevorstehende Fall Moskaus, Stalingrads …
Meyer nickt. »Grundfalsch, Kamerad Rapp, grundfalsch. Das hier ist unter Umständen die Entscheidungsschlacht, historisch gesehen. Es gibt immer wieder im Kriegsverlauf unvorhersehbare Rückschläge, Katastrophen. Dieses Wissen gehört zu unserm jahrtausendealten unverlierbaren Erfahrungsschatz. Wir hier, Kameraden, brechen nun gewissermaßen aus der Klammer des uns aufgezwungenen Zweifrontenkrieges aus und eröffnen eine dritte Front … an einer Flanke, die der Gegner gar nicht kennt.

Wir arbeiten uns in unser, ich möchte sagen: historisches Hinterland vor, aus dem uns unter Umständen ungeahnte Nachschubkräfte erwachsen können. – Außerdem, und das sollten Sie eigentlich wissen, Kamerad Rapp, ist die Sicherung eines geeigneten Rückzugsgebietes fast ebenso wichtig wie ein geglückter Vorstoß.«
Meyer erwähnte noch Überlegungen der Führung, in etwaigen militärischen Ernstfällen den Begriff »Wunderwaffe« offensiv in der Propaganda einzusetzen – und daß dieser keinesfalls nur auf neue Waffensysteme zu reduzieren sei: Die Rasseüberlegenheit müsse sich auch in einem neuen, einem kaltblütigen Kämpfertyp spiegeln …
Rapp ging hinaus, den Hund zu füttern, und Hu war ihm auf dem Fuß gefolgt.
Meyer war inzwischen in seinen Schlafsack gestiegen. Er lag jetzt auf dem Rücken, die Arme unterm Kopf verschränkt.
Nach einer Weile, ich hatte schon gedacht, er wäre eingeschlafen, sagte er leise in meine Richtung: »Erinnern Sie sich noch – in Berlin, da hatte ich Ihnen doch neulich ein Schillergedicht gezeigt … ›Das ist nicht des Deutschen Größe/Obzusiegen mit dem Schwert,/In das Geisterreich zu dringen,/Vorurteile zu besiegen,/Männlich mit dem Wahn zu kriegen/Das ist seines Eifers Wert.‹ –
Ich meine, noch läuft's ja an allen Fronten, bestens, gar keine Frage. Aber – lassen Sie es mal anders kommen. Dann, und das ist ja nicht zu verachten, sind wir hier oben ziemlich weit ab vom Schuß. Gar nicht so übel, wie? Auch wenn das unserm guten Rapp nicht so sehr in den Kram paßt.«
Er drehte sich auf die Seite und lag jetzt mit dem Rükken zu mir: »Ach, und übrigens, bevor ich's vergesse: Im

grauen Notköfferchen sind Schweizer Pässe. Ich geb Ihnen Ihren mal in den nächsten Tagen, zum Unterschreiben und zum Auswendiglernen. Ist ja nur für alle Fälle. Sie sind Alois Guggenbroich, Fabrikant, aus Bern ... glaube ich. Geboren ... hab ich vergessen. Aber Sie müssen das wissen! Im Schlaf! – Gute Nacht denn.«
Lange vor dem Einschlafen hin und her überlegt.
Neutrale Pässe – zweifellos eine zusätzliche Sicherheit.
Trotzdem, es verunsichert mich. Schon die Art, wie Meyer darüber redete.
Egal. Ich konzentriere mich auf die ersten Aufgaben für morgen: eine Aufstellung aller Ausrüstungsgegenstände, Posten und Stückzahl. Dann: die in Berlin vorgenommene Aufteilung des Areals in Planquadrate schrittweise in die Detailkarten übertragen. Durchforsten mit dem Ziel: Kontaktaufnahme zum Schneemenschen in den nächsten Monaten.
Für heute aber – die erste Nacht ...
24.6.41 – Gleich nach Tagesanbruch sehen wir die Bescherung: großes Durcheinander im Gepäck! Wahrscheinlich von der Reise. Während Meyer in Begleitung des Asiaten, wie er sagt, »schnüren geht«, haben wir die Sauarbeit. Rapp sortiert alles neu in die Schnappsäcke, ich beschrifte.
Bei der Zusammenstellung der Proviantkisten in Berlin wurden übrigens die Erfahrungen, die Fridtjof Nansen während seiner Nordmeerpassage gesammelt hat, ausgewertet. Zehn große Kisten mit Konservendosen (vor allem Blut- und Leberwurst), Sauerkraut, Rotkraut, 35 lange Räucherwürste, 2500 Maggiwürfel, 12 Kanister Sonnenblumenöl, eingelegte Oliven aus Spanien, gesalzene Erdnüsse, Dörrobst, Dauerkekse, dunkler und

heller Zwieback (der zwar leicht ist, aber sehr viel Platz wegnimmt), Pflaumenmus (6 große Pappeimer), Aprikosenkonfitüre für besondere Gelegenheiten. Da wir reichlich Schnee haben werden und 3 Kartons Spiritustabletten (außerdem 3 Petroleumkanister), wird es an heißem Wasser nicht fehlen. Kaffee und Tee ebenfalls reichlich vorhanden, in luftdicht verschlossenen Paketen.
Bei vernünftiger Einteilung sind das Vorräte für zweieinhalb Jahre. (So lange wird es ja hoffentlich nicht dauern.) Für kleine Extras, etwa den Sonntagsbraten, sind die mitgeführten Gewehre zuständig.
Bis auf die Frühstückseier, so Meyer, wird es uns an nichts fehlen.
Trotzdem, erste Mängelliste: z. B. Unmengen Zahnwatte und Gesichtswasser, dafür viel zu wenig Vaseline für Gesicht und Hände. Wo sind die Codeintabletten? Bei den Lebensmitteln sieht es besser aus, obwohl uns die 5 Pakete Zitronatwürfel überflüssig erscheinen, aber vielleicht für den Tee? (Herr Hu hatte noch, bevor sie aufbrachen, einige faserige Ziegel aus seinem Rucksack zum Lebensmittelhaufen dazugelegt. Erst dachten wir: Kohlenanzünder – und wollten das Zeug schon wegfeuern; dann schnupperte Rapp daran: Es ist tibetischer Tee. Wird mit Yakbutter und Salz getrunken. Kommt erst mal zuunterst.)
Vieles, was wir wirklich gebrauchen können, wird sich erst mit der Zeit erweisen, noch fehlt es ja vor allem an einem: an Erfahrung.
Wir verstauen die Säcke und Kisten auf unserm »Dussel«, exakt: auf dem Deutschen Universal-Schlitten/Variante 1 (DUS/V1), einem Patent der Außenstelle Harz, für das aber auch die Südtiroler Bergjäger schon Inter-

esse angemeldet haben. Mit wenigen Handgriffen lassen sich durch die in den Kufen eingebrachten Löcher Stahlachsen einführen und Räder aufsetzen (2 Achsen und dazugehörige Räder hinten, eine Achse am beweglichen Deichselteil vorn) – und fertig ist der Wagen. So für alle Fälle (also festen Boden und Schnee) gerüstet.
Obenauf kommen Spirituskocher, Kurzwellenempfänger und eines der beiden Brennecke-Gewehre (geladen). Die Zelte dienen als Planen, und die Skier, links und rechts über Kreuz, geben den nötigen Seitenhalt.
Meyer, als er zurückkommt, sehr zufrieden. Wörtlich: »Das ist zünftig, Männer!«
Das Gefährt ist nicht leicht zu ziehen, aber es geht.
Auf eine Motorisierung wurde, abgesehen vom Treibstoffproblem, vor allem deswegen verzichtet, weil dem deutschen »Otto«-Verbrennungsmotor in der dünnen Hochgebirgsluft buchstäblich die Luft ausgehen, er also dauernd absaufen würde. (Die Arbeiten an einem speziellen Tibetvergaser waren nicht rechtzeitig abgeschlossen worden. – Meyers Sabotageverdacht.)
2.7.41 – Da ich als Chronist »einen Jagdschein« habe, kann ich ungestört über dem Papier sitzen und schreibe auf diese Weise, was ich hiermit tue, auch mein privates wasserdichtes Tagebuch fort. Ich halte alles fest, damit uns nichts davonläuft.
5.7.41 – Der Tibeter, um sich vor der unbarmherzigen Einstrahlung der Hochgebirgssonne zu schützen, bestreicht sein Gesicht mit ranziger Yak-Butter. So entsteht ein nützlicher Schutzfilm gegen Sonne und Kälte, der nur zu ganz besonderen Anlässen abgewaschen wird.
Tibetisches Sprichwort: Einmal wäscht sich der Tibeter – vor der Hochzeit. Zweimal wird er gewaschen – nach

der Geburt und nach dem Tod. (Meyer: Gegen den Wind sind Tibeter auf mehrere hundert Meter zu riechen.)
Nun, es kann jeder halten, wie er will: Ich schwöre auf Nivea-Creme!

1.8.41 – Die ganzen letzten Wochen stramm durchmarschiert. Sitze seit langem das erste Mal wieder vor dem Zelt, ich lehne mich zurück, Kopf auf dem Rucksack: Himmel – meine Augenweide!

23.8.41 – Unterredung mit Meyer.
Aufschlußreich, so meint er, könne jene Beschreibung sein, die Tacitus in seiner Germania (4) gibt: unsere Vorfahren vor der großen Völkerwanderung – sozusagen im »Urzustand«.
Ein Steckbrief?
Nehme es jedenfalls zu den Akten. Bemerkenswert natürlich der Schluß: »Ich selbst schließe mich den Meinungen derer an, die glauben, daß die Stämme Germaniens – in keiner Weise durch eheliche Verbindungen mit anderen Völkern verfälscht – ein eigenwüchsiges, unvermischtes Volk von unvergleichlicher Eigenart sind. Darum ist auch die äußere Erscheinung, soweit man das bei einer so großen Zahl von Menschen sagen kann, bei allen die gleiche: Alle haben trotzige, blaue Augen, rotblondes Haar und hünenhafte Leiber, die freilich nur zum Angriff taugen. In mühseliger Arbeit und Strapazen haben sie nicht die gleiche Ausdauer, und am wenigsten sind sie Durst und Hitze zu ertragen gewöhnt, wohl aber infolge des Klimas und der Bodenbeschaffenheit Kälte und Hunger.« Beim Rasieren verwirrter Blick in das kleine Spiegelchen. Scharf geschnitten!

Zehntes Kapitel

»Du hast so schöne warme Hände …« So hat es angefangen mit Hildegard und mir. Sie sagte es leise, über meine Schulter hinweg, beim Schrebergartentanzvergnügen in Blasewitz, und ich hörte es trotz der lauten Musik. Wir tanzten zwischen anderen Paaren unter einem gelbflakkernden Papiermond, der lachend auf uns herabstrahlte. Und wir waren, als Hildegard das gesagt hatte, plötzlich ganz allein inmitten all der andern. »Du hast so schöne warme Hände …«

Es war das Abschlußfest der Tanzschule Scholz-Weinreich. (»Scholz-Weinreich – Es ist wahr: Alle Standardtänze in nur einem Jahr!!!«)

Insbesondere auf Tante Gerdas Betreiben war ich in diese fragwürdige Unternehmung hineingeraten. Doch auch Mutter stimmte bald bedenkenlos in diesen Chorus ein, kurzum, es half nichts: Ein Mann, »der etwas darstellen will«, muß tanzen können. Eine andere Frage: Was ich da darstellte, wenn ich mich Donnerstag für Donnerstag in meinen zu eng gewordenen Konfirmationsanzug hineinzwängte und mit gesenktem Blick zu Scholz-Weinreich trottete; ein hoher, immer zu schwach erleuchteter Saalbau auf der Altstädter Seite. Schon allein der schwarze Anzug, den ich zu diesen Tanzstunden anzuziehen hatte, unterstrich ja das Schicksalhafte der ganzen Sache. Es kam mir immer wie ein Abschied von meinem Leben vor, wenn ich so loszog, werktags – wie ein Lackaffe.

Die ersten Tanzstunden – das war ganz schlimm, und es machte mich kopflos. Gesellschaftstanz war doch wohl eine der perfidesten Formen der Menschenschinderei.

Ein Affenzirkus ohnegleichen. Wo man vernünftig, ohne viel Aufhebens, von einem Punkt des Saales hätte zu einem andern gelangen können, gab es hier ein laut vorgezähltes Schrittritual, über dessen exakte Einhaltung Herr Tanzlehrer Weinreich, ungeachtet dessen, daß er selbst beispielhaft-gummigelenkig diese Schritte vorführte, scharfäugig wachte ... Eins-zwo-drei-vier-vorwärts-und-vorwärts-zur-Seite-zurück-und-Eins-zwo-drei-vier.

Ein Dressurakt, der uns Tanzschüler in Herrn Weinreichs willenlose Geschöpfe verwandelte. Im Hintergrund des bis auf die Stuhlreihen und ein paar Vorjahrsgirlanden leeren Saales wurde unbarmherzig ein Klavier behämmert. Es lieferte die Taktschläge, wie auf der Galeere. Etwas in mir sagte laut und feierlich: Nein, ihr Lackaffen.

Der offenbare Widersinn aber kulminierte für mich allein schon in der Bezeichnung jener Sache, auf die wir uns da Donnerstag für Donnerstag schweißtreibend qualvoll vorbereiteten; Ziel der Ausbildung nämlich war die Teilnahme an einem öffentlichen – jetzt kommt das Wort –: »Tanzvergnügen«.

Wenn Mutter und Tante Gerda mich abends fragten, ob es denn Fortschritte mache, dann vollführte ich gleich in der Küche und noch im Anzug diese »Fortschritte«, ich gab Proben, indem ich unter allen möglichen Verrenkungen der Arme und Beine die jeweils neugelernten Tanzschritte vorführte. »'s genücht, 's genücht!« bremsten sie mich bald unter Lachen oder mit gespieltem Entsetzen, wenn ich es gar zu wild trieb oder sie sogar, was auch vorkam, packte und im Tanzschritt durch die Küche führte. Da scheuchten sie mich dann schnell aus der Küche, jetzt hätte ich doch sicher »tüchtich« Hunger,

ich solle mich nur rasch umziehen und zum Abendbrot kommen. Im Hinausgehen hörte ich dann, wie sie sich zuflüsterten: Irgendwann lernt er es sicher noch.
Und tatsächlich – nach den Anfangsschwierigkeiten, den ersten mühsamen, unsicheren Schritten, fand ich wirklich bald so etwas wie Gefallen an der Sache. Nicht, daß ich ein richtiger Tänzer geworden wäre, das nicht. Es war nur so ein Reiz, die Tanzvorschriften exakter einzuhalten, als es die anderen Mittänzer vermochten. Lob allerdings konnte ich damit kaum ernten. Herr Weinreich sah mir jedesmal, wenn ich an der Reihe war, eine Übung vorzuturnen, fassungslos auf die Füße. Zwar – ich machte keinen Schritt falsch, und es gab im strengen Sinne nichts zu korrigieren, aber Herr Weinreich war trotzdem unzufrieden mit mir: »Sie sträuben sich, junger Herr, Sie sträuben sich – es ist so ... so ... einstudiert bei Ihnen, es kommt nicht von innen. Sie ...« Ein theatralisch verzweifeltes Augenverdrehen und Armeschwenken.
Offenbar war ich ein schwerer Fall.
Viel besser gefielen Herrn Weinreich da die leichtfüßigen Eleven, die – ruhig mal einen Schritt daneben – sich flott ihrer Aufgabe entledigten, leichtfertig geradezu. Es half auch nichts, daß ich ab und an Bedenken anmeldete und auf offensichtliche Schrittverzähler verwies; am Ende stand ich nur als der Anschwärzer da.
Hildegard lernte ich erst richtig bei besagtem Abschlußfest kennen. Vorher waren wir – einfach von der Größe her – nie aneinandergeraten. Und ich war ja immer auch viel zu sehr damit beschäftigt, meine Schritte auszuzählen. Meine jeweiligen »Partnerinnen« verblieben stets nur als flüchtige, wenngleich deutlich verschieden be-

schuhte Schemen in meiner Erinnerung. Ich konnte auch nie so belanglos wie andere beim Tanzen plaudern. Das verbot sich mir von selbst.

Dann das Abschlußfest. Freie Partnerwahl. Hildegard forderte mich zweimal auf. Ich ließ mich nicht lange bitten. Das erlöste mich schließlich vom peinlichen Herumsitzen. Und so konnte ich dann sie, als die Damenwahl vorbei war, ohne mich länger erklären zu müssen, auffordern.

Irgendwie war ich doch sehr erleichtert an diesem Abend – die Tanzschule war vorbei, auch wenn Herr Weinreich es sich nicht nehmen ließ, laut flüsternd kleine Korrekturen anzumahnen: »Armhaltung, mein Herr, Armhaltung ...«, doch dann huschte er schon weiter, um sich irgendwoanders unentbehrlich zu machen. Aber es war schon nicht mehr der richtige alte Herr Weinreich, er hatte schon seine Macht über mich verloren.

Wir saßen dann an einem Gartentisch, Hildegard und ich, und tranken Obstwein. Ich merkte, wie mir dieser wäßrig-süße Wein schnell zu Kopf stieg, zumal ich viel trank, um nicht so viel sprechen zu müssen. Als wir wieder auf der Tanzfläche waren, machte es mir richtig Spaß, falsch zu tanzen, ich ließ die Beine unbeaufsichtigt laufen, wohin sie wollten. Es war ja auch bis auf ein paar Lampions dunkel, niemand, auch nicht Herr Weinreich, konnte sehen, wie verkehrt ich tanzte. Fast ein bißchen schade – es war so herrlich, alle mühsam erlernten Schrittregeln mit Füßen zu treten, auf ihnen herumzutrampeln. Der Kopf war beurlaubt, nur die Füße tanzten.

Und Hildegard? Ihr schien das gar nichts auszumachen. Sobald wir auf der Tanzfläche waren, uns nicht mehr Auge in Auge gegenüber saßen, hatte sie ihre Scheu verloren und fing zu reden an. Sie habe schon immer einen Blick auf mich gehabt und sehr wohl bemerkt, daß auch ich ... Ja, sagte ich leise an ihrem Kopf vorbei, das ist wahr. (Ich versuchte mich zu erinnern, wann das gewesen sein sollte, doch mir fiel nichts ein.) Erst sei es ihr ja so albern vorgekommen, so besserwisserisch, wie ich egal mit Herrn Weinreich über die Schrittzahlen diskutiert hätte (schuldbewußt nickte ich), dann aber ... Sie ließ es offen und zog mich an sich. Wir tanzten stumm die Runde zu Ende.

An diesem Abend begann es mit uns. Wir liefen am dunklen Elbufer entlang, zunächst einfach so, nebeneinander, dann Hand in Hand, später legte ich meinen Arm um ihre Schulter, es war ein bißchen unbequem, aber es ging. Bald machte sie sich aber auch los, ging vor mir her, sah mich an, lief also rückwärts, während ich weiter vorwärts lief. Dann hüpfte sie albern von Stein zu Stein, ich sollte sie schließlich auffangen – gut, ich fing sie auf; es war dies das übliche verliebte Herumscharwenzeln junger Leute, so jedenfalls, wie ich es nach meinen bisherigen Ausspähungen kannte.

Einmal ließ ich mich dazu hinreißen, über ein Geländer zu balancieren, aber erstens hatte ich zuviel getrunken, um das in der wohl angebrachten lockeren Art zu tun, und zweitens überkamen mich beim Balancieren wieder mein Ehrgeiz, mein blinder Eifer, mich in besonderer Weise hervorzutun, so daß ich abwechselnd auf dem linken beziehungsweise rechten Bein stand und, die Arme in der Seithalte, in die Beuge ging; kurzum, ich vergaß über all diesen wackligen Kunststückchen Hildegard, sie war auch schon ein Stück weitergegangen, sie konnte das gar nicht mit ansehen, ich sprang

hinunter, verknackste mir etwas den Fuß und rannte ihr humpelnd hinterher. So war das.
Geschlechtsverkehr im eigentlichen Sinne – um es auf den Punkt zu bringen und hier keine Unklarheit aufkommen zu lassen –, also das, was sich dann für gewöhnlich in Gebüschen oder hinter Hecken, meist sehr hastig und mit rasch aufgeknöpften Hosen und hochgeschobenem Rock abspielt, das pflegten, genauer, trieben wir an diesem ersten Abend natürlich noch nicht. So eine war Hildegard nicht! Ich muß gestehen, zunächst war ich sehr erleichtert, daß mir »das« nicht gleich abverlangt wurde – Scholz-Weinreich hatte meinen scheuen Respekt vor Leibesübungen aller Art merklich verstärkt. Aber es gab schon erste, unumkehrbare Schritte in diese Richtung, erste unverkennbare Anzeichen, daß es schließlich auch darauf hinauslaufen würde, das ja. Ich glaube mich zu erinnern, daß Hildegard der treibende Teil war. Aber ich kann mich täuschen. Wie gesagt, der billige Obstwein … ich war ziemlich beduselt an diesem Abend.
Nur an eines, an eines erinnere ich mich deutlich. Ich hatte, als es kühl zu werden begann, ihr meine Jacke umgelegt, um die Schultern, so, wie ich das bei den Paaren im Großen Garten auch schon öfter gesehen hatte. Als wir uns dann später, unter irgendeiner Laterne, küßten und umarmten, fühlte ich den Stoff meiner Jacke. Einen Moment war es für mich, als würde ich mich auf verquere Weise selbst umarmen, und ich konnte mich von dem Anblick meiner Hände auf dem Rücken meines Jacketts – von mir selbst also – nur schwer losreißen.
So hat es mit uns begonnen, und so ging es eine schöne (alles in allem zumindest: schöne) Zeit.

Elftes Kapitel

Aus dem blauen wasserdichten Tagebuch (3)

2.9.41 – Beim heutigen Marsch erste Anzeichen von Höhenkrankheit.
Zunächst flaues Gefühl, dann richtige Schwindelanfälle. Die Dinge zerflossen vor meinen Augen und verdoppelten sich. Vor mir Rapp auf vier Beinen. Meine eigenen Füße: wie Fremdkörper an mir. Die Schritte fielen torkelnd in Rapps Schrittspuren, bis ich am Ende niederstürzte. Ich lag am Boden, halbaufgerichtet, wollte mich erheben, doch die Erde zog mich an – wie ein Magnet. Ich ließ mich in den Staub sinken. Schwarze Ringe, die sich vor meinen Augen zusammenzogen. Ich hörte, daß ich rasselnd atmete.
Schließlich von fern Meyers Stimme, daß wir das heutige Pensum aufgeben müßten.
Langsam, ganz langsam stellte sich Erleichterung her. Angst vor jeder Bewegung.
13.9.41 – Meine Überlegungen umkreisen die bevorstehende Begegnung. Ich versuche, ihn mir vorzustellen – und: wie das sein wird, wenn wir ihm gegenüberstehen. Sollen wir nach tibetischer Sitte, als Zeichen, daß wir nichts Böses im Schilde führen, ihm die Zunge herausstrecken?
Die vorliegenden Beschreibungen sind jedoch derart, daß sie sich nicht zu einem Bild zusammenfügen. Mal wird er als behaart beschrieben, dann wieder als nackthäutig, mal ist von aufrechtem Gang die Rede, dann wieder scheint er sich auf allen vieren fortzubewegen – usw.

Die Grundfrage aber: Woher nehmen wir die Überzeugung, daß wir ihn tatsächlich finden? Daß es zu dieser Gegenüberstellung überhaupt kommt?
Meyer zerstreut meine Zweifel: Das Manko aller bisherigen Expeditionen (einschließlich der Dolanschen) – sie haben ja ein wildes Tier gesucht, einen Affenmenschen. Wir aber suchen – cum grano salis – unseresgleichen, unseren Urahnen, einen entfernten Verwandten. (Das Wort »Yeti« vermeidet er, es sei belastet.) Von daher haben wir eine »archaische Verständigungsbrücke«. Nicht nur wir werden ihn suchen, auch er wird den Kontakt zu uns suchen, sobald er Witterung aufgenommen hat und, sozusagen, »Stallgeruch« spürt ... »Und die Stimme des Blutes vernimmt«, wirft Rapp feierlich-trocken ein – worauf Meyer aber nur den Kopf schüttelt: Das sei ihm viel zu »verschwiemelt«.

–

Arbeit am »Wörterbuch« und am Modell Ypsilon 1 bis spät in die Nacht.
21.9.41 – Nachfolgend dazu:
Wir haben elektrischen Strom, ein Flugzeug fliegt über den Ozean, drüben, in der neuen Welt, wachsen die Häuser in den Himmel ...
Aber das ist ein Klacks! Und wenn ein amerikanischer Wolkenkratzer 150 Meter hoch ist – das Hochland von Tibet liegt 20mal so hoch. Und die »Wolkenkratzer« des Himalaja sind 50mal so hoch wie die amerikanischen – die hier kratzen wirklich den Himmel bzw. überragen ihn sogar.
Dort oben, weltabgeschieden, lebt er vielleicht. Ein Zeuge der Vergangenheit. Fernab von unserm Weltgetriebe trottet er durch die sonnenglitzernden Schneewüsten ...

Und für ihn ist die Welt wie zur Stunde des Schöpfungsbeginns: wüst, ungestalt, groß. Es ist nur zu verständlich, daß er den Menschen aus dem Wege geht, die sich in raubtierhafter Feigheit die Welt untertan machen. Und daß er Angst hat. Er vertreibt sie – die Angst, die Menschen –, indem er sich fürchterlich brüllend auf sie stürzt (… so sagen es zumindest die Berichte).
Der Schneemensch – ein Ableger der Evolution?
Oder »Gottes Lieblingskind«?
Oder beides.
– Wir werden sehen.
– – –
Noch dazu:
Herrschaft des Menschen – der Schlüssel?
Die allgemeine Verfügbarkeit der Welt durch den Menschen. Dadurch der Schein, als gäbe es für alles eine Antwort. Doch das betrifft nur das Außen. Das Innen: genauso ungestalt wie vor abertausend Jahren.
Scheinbare Verfügbarkeit, die uns manches gibt, aber eines raubt: die Demut vor den Dingen.
So: am Ende noch unbeholfener, hilfloser als vorher, weil uns der Weg ja so sicher und gangbar erschien. Die Entzweiung des Menschen – größer als je zuvor. (Viele kleine Abhilfen, große Hilflosigkeit.)
Krieg – als »Vater aller Dinge«; vielleicht ist er das Verbindungsstück zu unserer Vergangenheit? Das archaische Band? Jedesmal in Berlin diese wohligen Schauer auf dem Rücken, wenn aus dem Empfänger die Fanfaren zum OKW-Bericht ertönten.
1.10.41 – Seltsames Erlebnis mit dem Professor!
Heute abend, beim Öffnen einer Konservendose (grüne Bohnen), schnitt ich mich in den Finger. Eine kleine

Wunde, nicht der Rede wert, ein paar Tropfen Blut, die ich schnell ableckte. Meyer wandte sich bleich ab.
Später, ich saß vor dem Zelt und spielte Mundharmonika, gestand er mir, er könne kein Blut sehen.
(Hoffe nur, daß unsere Begegnung mit dem UA friedlich verläuft ... etc. p. p.)
5.10.41 – Erfolgsmeldung: Habe jetzt endlich einen Draht zu Collie! Lange genug hat es ja gedauert.
Bin schon früher mit Hunden nie recht warm geworden. Eigentlich schon, solange ich zurückdenken kann, Angst vor Tieren, besonders vor Hunden. Und die Angst, jedesmal, wenn ich Hunde sah, wuchs – hatte mal in einem »Kosmos«-Heft gelesen, daß der ängstliche Mensch, ohne es selbst zu merken, Angstschweiß absondert, worauf der Hund nun erst recht anspricht, Witterung aufnimmt und angriffslustig wird. So war es also nicht einfach nur Angst, sondern Angst vor der Angst, Angst in der Potenz – ein ewiger Teufelskreis.
Mit Collie ist es aber etwas anderes. Ich sehe nicht so sehr den Hund ihn ihm als vielmehr den kleinen Kameraden. Steck ihm auch öfter mal was extra zu, ohne daß es die anderen merken natürlich.
6.10.41 – Eiswüste.
Abends Lektüre. Hegels *Wissenschaft und Logik* u.a.: »Dieses Unendliche als In-sich-Zurückgekehrtsein, Beziehung seiner auf sich selbst, ist Sein, aber nicht bestimmungsloses, abstraktes Sein, denn es ist gesetzt als negierend die Negation; es ist somit auch Dasein, denn es enthält die Negation überhaupt, somit die Bestimmtheit. Es ist und ist da, präsent, gegenwärtig. Nur das Schlecht-Unendliche ist das Jenseits, weil es nur die Negation des als real gesetzten Endlichen ist, – so ist

es die abstrakte, erste Negation; n u r als negativ bestimmt, hat es nicht die Affirmation des D a s e i n s in ihm; festgehalten als nur Negatives s o l l es sogar n i c h t d a, – soll unerreichbar sein. Diese Unerreichbarkeit ist aber nicht seine Hoheit, sondern sein Mangel, welcher seinen letzten Grund darin hat, daß das E n d l i c h e als solches a l s s e i e n d festgehalten wird. Das Unwahre ist das Unerreichbare ...«

– Darüber wird nachzudenken sein!

(Oder auch nicht.)

7.10.41 – Doch, Hegel gehört schon irgendwie zu uns! Die Irritationen um ihn in der Führung, insbesondere bei den Rosenberg-Leuten, verstehe ich überhaupt nicht.

Um es mal bildhaft zu sagen: Auch aus einem mustergültigen Zuchtbeet (sprich: dem deutschen Idealismus in seiner Blütezeit) wächst immer wieder Unkraut hervor (sprich: der Marxismus zum Beispiel); Unkraut, welches ausgerottet werden kann und muß.

Es kommt nur auf »den Gärtner« an.

Die Unerreichbarkeit nicht als Markenzeichen, sondern als Mangel des Unendlichen ... Das ist doch treffend ausgedrückt, und es setzt vieles in neues Licht! Nur das Unwahre ist unerreichbar. Das Wahre, auch wenn es noch so unendlich scheint, ist schließlich doch zu erreichen.

(Jedesmal regelrecht Kopfsausen nach Hegel-Lektüre!)

8.10.41 – Abstand wahren!

Warnendes Beispiel: Meyer erzählte mir gestern abend eine Geschichte, die er mal bei einem Empfang ehemaliger Gesandter in Berlin gehört hatte. Es ging um einen Lübecker Geistlichen, der sich unter dem Zeichen des Kreuzes in Lhasa niedergelassen hatte, um dort eine Missionsschule zu gründen. Da es mit seiner Mission nicht recht voranging, stellte er einstweilen seine eigentliche Bekehrungsarbeit zurück und suchte zunächst näheren Kontakt mit den Einheimischen, ließ sich in ihren Riten und Gebräuchen unterweisen, streifte zu Fuß durchs Land und schloß sich auch einmal einer Teekarawane nach Darjeeling an; setzte also allen Ehrgeiz daran, sich ihnen gleichzustellen, um sie dann, eines Tages, besser missionieren zu können.

Als man mehrere Jahre nichts von ihm gehört hatte, schickte man auf Bitte des Bremer Bischofs jemanden aus der Kantoner Gesandtschaft nach Lhasa, um sich nach Schicksal und Verbleib des Missionars zu erkundigen.

Die Tür seiner Station war verrammelt, die Fenster waren zugenagelt, auf dem Dach lag ein alter Hund.

Soviel immerhin konnte der Mann aus Kanton erfahren, daß der »weiße Herr« – wie ihn die Nachbarn nannten – schon vor Jahren mit einem kleinen Bündel in ein tibetisches Bergkloster, mehrere hundert Kilometer von Lhasa entfernt, gezogen sei. Seither war er nie wieder gesehen worden. Alle seine Sachen hätte er hier zurückgelassen.

Der Mann aus Kanton ließ die Tür aufbrechen, und man fand, richtig, alles an seinem Ort. Mehrere Kisten mit Gesangbüchern und Bibeln standen da – alles von einer dünnen Staubschicht und Spinnweben überzogen.

Ein besonderes Kuriosum: In einer Kiste, in Holzwolle verpackt, fanden sie ein Klosettbecken der Firma Villeroy & Boch. Über dessen Unbrauchbarkeit war sich der Missionar wahrscheinlich erst hier klargeworden.

Eine Nachricht oder einen letzten Brief jedoch entdeckte man nirgends.

»Na, wollen wir hoffen, daß es uns anders ergeht«, schloß Meyer seine Erzählung und setzte ein »Gute Nacht denn!« hinzu. Ich drehte mich auf meine Schlafseite, konnte aber lange keine Ruhe finden. Eine Einschlafgeschichte jedenfalls war das nicht.

Zwölftes Kapitel

Nach Hause kommen – in die Gundelachstraße einbiegen. Als Student, übermütig, aus allem herausgewachsen. Die Zeit war hier stehengeblieben, und alles war noch genauso, wie ich es verlassen hatte. Ich lief durch die Straße wie durch ein Museum.

Einmal traf ich Herrn Lehrer Bruckmann. Er hatte noch immer nicht die Schule verlassen. Nein – Lehrer Bruckmann würde wohl ewig zur Schule gehen müssen, dachte ich, als ich ihn sah, er würde es nie lernen.

Ich grüßte ihn; er grüßte zurück, blieb stehen, kniff ein Auge zu, schob den Kopf etwas zurück – dann fiel ihm eine Jahreszahl ein (ich half ihm aber nicht weiter, nickte nur kurz – er hatte mich ja damals auch immer zappeln lassen), schließlich fiel ihm doch der Name ein, dann Jahrgang und Klasse, der Name unseres Primus (»der kleine Wiczorek damals, nicht wahr«), das kam jetzt alles ganz schnell aufeinander, Lehrer Bruckmann lächelte zufrieden, wie ein Schüler, der seine Aufgabe doch noch ganz passabel gelöst hatte. Wenn er jetzt auch »Sie« zu mir sagte, so ließ er doch keinen Zweifel daran, daß er das nur pflichtgemäß tat, eine Verlegenheitslösung … Eigentlich war ich ja noch »Du« und ein Schuljunge aus Klasse 6 für ihn.

Wohin es mich denn verschlagen habe, wollte er wissen. Darauf hatte ich gewartet, und ich erzählte ihm jetzt von der Universität, meinen Studienfächern, Büchern, erwähnte beiläufig die gerade bestandenen Examen – er hörte mir geduldig zu, ein bißchen ungläubig, als traue er einem seiner ehemaligen Schüler gar nicht zu, in der

Welt bestehen zu können. Ein unausgesprochenes »Ach was« lag auf seinen Lippen; für Augenblicke schien mir sein freundliches Lächeln auch ein bißchen spöttisch ... »Nu ja, die Welt«, schien er zu denken – aber sein Blick sagte mir auch, daß er noch immer ein paar Fragen parat – oder wie er sagen würde – »auf Lager« hatte (Teutoburger Wald – Wer? Was? Wann? Wo? – seine berüchtigten vier W mit denen er mich jederzeit, auch jetzt noch, in Verlegenheit bringen konnte). Dazu kam es natürlich nicht. Ich hätte gern noch mehr erzählt, Lehrer Bruckmann aber hatte es auf einmal sehr eilig, mit Blick auf die Springdeckeltaschenuhr (immer noch dieselbe) verabschiedete er sich, er müsse jetzt – und er trat wieder in seinen Dunstkreis aus Schulglocke, Wandkarte, Heftkorrektur ein, folgte einer unsichtbaren Spur, die ihn im Kreise führte.

Ich staunte, daß dieser schmale, krumme Rücken uns damals so viel Respekt, ja Angst, eingeflößt hatte. Bruckmanns Spezialität nämlich war es, mit dem Rücken zur Klasse etwas an die Wandtafel zu schreiben – blitzschnell sich umzudrehen und einen Unglücklichen, der diese momentane Abwesenheit des wachsamen Lehrerblicks für irgendeine Nebenbeschäftigung genutzt hatte, vor die Klasse zu zitieren und ihn dann nach allen Regeln auszuquetschen. Das Fach »Deutsche Geschichte« blieb für mich seither immer irgendwie mit peinlichen Fragen und unliebsamen Überraschungen verbunden. Es kam auch später noch oft vor, daß ich, las oder hörte ich irgendwo den Namen eines Großen (Heinrich der Große, Karl der Kühle und so weiter), sofort still für mich nach Lebensdaten des Betreffenden und historischen Daten seiner Zeit examinierte.

Irgendwie kommen wir doch immer wieder zurück.
Und wenn »draußen in der Welt« etwas schiefgegangen war, ein Mißerfolg oder etwas anderes mich zurücktrieb, dann gab es ja noch einen Fixpunkt in der Welt, das war die Gundelachstraße, die mir eben noch klein und eng vorgekommen war. Und sie war eine Zuflucht. Tröstlich, daß da immer noch dieselben Häuser standen, die Kastanie unbeeindruckt von allem ihre Äste über »Hoffmanns Garagen-Dienst« streckte; jede Unebenheit des Pflasters war ein Stück »Zuhause«. Das Treppenhaus, dessen Geruch mich sofort wieder in seinen Bann zog. Der Blick durchs Treppenflurfenster hinter das Haus: dieses Areal aus schmalen Gärten, Trockenplätzen, Gewerbeflächen. Unter dem Vordach der Tischlereiwerkstatt »H. Unverzagt – Maßanfertigungen aller Art« lagen wie eh und je Bretter und Bohlen zum Trocknen aufgeschichtet, und ihr Geruch mußte noch derselbe sein, auch wenn der alte Unverzagt gestorben war und nun Unverzagt jun. die Werkstatt führte.
Und selbst die Standuhr zu Hause, deren Schlag ich manchmal schon unten im Treppenhaus hörte, hatte, obwohl sie tickend und schnappend die endlosen Wohnzimmerstunden abzählte, etwas zeitlos Stillstehendes für mich.

Dreizehntes Kapitel

Es war Mitte Mai, Himmelfahrt.

Schon von weitem, aus einer der Gassen, scholl Gesang und Klingeln und Hupen. Als es näherkam, war auch der Hufschlag von Pferden zu hören. Dann endlich rollte es ins Bild: ein mit Maiengrün und Flieder geschmückter Pferdewagen, buntbebändert. Hinten, unter der Überdachung, Männer in kurzen Hosen. Sie trugen Strohhüte und Zylinder, ihre Gesichter waren rot und glänzten. Bierflaschen gingen hin und her, »Bier her, Bier her – oder ich fall um!«

Eine Herrenpartie ungezügelter Fröhlichkeit. Selbst der Kutscher mußte sich am Zügel festhalten, um nicht etwa vom Bock zu fallen. Arglos blau stand allein der Himmel über all dem.

Ich erinnere mich deutlich an die Aufschrift: »Besser besoffen und fröhlich als nüchtern und doof«. Dann war die lauthalse Fröhlichkeit auch schon wieder trappelnd in der nächsten Straße verschwunden, und mir blieb nur, einen undeutlichen Nachklang im Ohr, über den Sinn der Aufschrift nachzugrübeln. Ich setzte mich auf eine Bank in den Schatten – und ich begriff allmählich die Botschaft: Der Satz hatte eine raffinierte Spiegelstruktur und entfaltete sozusagen Schritt für Schritt seine Infamie. Während es bei der ersten Gegenüberstellung noch irgendwie mit rechten Dingen zuging (nicht-besoffen ist eben nüchtern), folgte dann die eigentliche Aussage: nicht-fröhlich ist doof.

So war das also. Angesichts der angestrengten Fröhlichkeit ringsum kam ich mir, um es mal so auszudrücken,

nicht-fröhlich vor. Aus einer Toreinfahrt roch es wie nach abgelegten Jahrhunderten.
Aber vielleicht war das auch überspitzt und sinnlos, in eine gedankenlos hingepinselte Aufschrift einen tieferen Sinn legen zu wollen. Es hing wohl damit zusammen, daß ich damals meine ersten Semester »Logik« hinter mir hatte und mit einer naiven Besessenheit alles, was mir zu Augen und Ohren kam, analysieren wollte und auf den Punkt zu bringen suchte. Ich las Wolff und Leibniz, vor allem auch Raimundus Lullus, und mich begann das Thema zu beschäftigen, das fortan bestimmend für mich werden sollte: die Universalsprache.
Rudolf Carnaps *Logische Syntax der Sprache* war gerade erschienen, schon vorher hatte ich Carnaps Artikel in der *Erkenntnis* gelesen, auch Wittgenstein natürlich. Der logische Positivismus machte, trotz aller weltanschaulichen Bedenklichkeiten, Furore. Zwar gab es auch an unserer Fakultät Parteileute, die eine »deutsche Mathematik«, eine »deutsche Physik« etablieren wollten, dennoch konnte ich ungehindert meine Studien fortsetzen, schließlich konnte man die Beschäftigung mit diesen Dingen auch »kritische Auseinandersetzung« nennen, und dann hatte es ja seine Ordnung. Einige einschränkende Bemerkungen über den abgehobenen Charakter dieser Denkspiele genügten ja schon völlig, um sich weiter ungestört der Arbeit widmen zu können.
Ausgangspunkt meiner Studien waren die folgenden Gedanken. Jenseits der faktischen Wahrheit gibt es die logische Wahrheit. Die Satzkonstruktion des modus ponens etwa (»Wenn es regnet, ist die Straße naß«, »Es regnet«, also: »Die Straße ist naß«) und der übrigen logischen Gesetze hat eine logische Wahrheit »an sich« – egal, ob wir

nun unter Umständen auch einsetzen: »Wenn der Mond ein Käse ist, dann ist die Erde eine Scheibe.« Nehmen wir dies als Voraussetzung und stellen wir die Aussage »Der Mond ist ein Käse« dazu, dann folgt unterm Strich – ob uns das nun paßt oder nicht – »Die Erde ist eine Scheibe«. Es ist, trotz der faktischen Widersinnigkeit, logisch korrekt gefolgert, von der logischen Form her ist es wahr – egal, wie nun die Sätze beschaffen sein mögen, die wir einsetzen.

Wenn wir nun diese logischen Formen als Grundvorrat annahmen, als das Einmaleins, das notwendige Minimum rationaler Verständigung überhaupt, und es in geschickter Weise mit überlieferten archaischen Symbolen und Zeichen und Figuren verschiedener Kulturkreise mischten, dann konnte auf diese Weise eine elementare Ur-Sprache gebildet werden, mit der man einerseits an die Entschlüsselung alter Inschriften gehen konnte (wo Schrift ist, muß ja ein Minimum rationaler Verbindlichkeit bestehen), andererseits aber hätte die menschliche Rasse damit sozusagen eine Welt-Allsprache zur Hand, mit der man, sollten sie existieren, die Marsbewohner, den Mann im Mond usw. ansprechen konnte. (Deswegen nannte ich diese Sprache intern für mich auch mein »Esperanto mit Unbekannt«.)

Manchmal aber, wenn ich spätabends noch in der Bibliothek saß, hatte ich bei der Arbeit den irren Gedanken, meine Suche nach der Geheimsprache hätte im Grunde einen ganz anderen Zweck: Nämlich – ich könnte mit dieser Sprache eines Tages, ohne rot zu werden, ohne zu stammeln, ohne daß die Stimme hoch und weinerlich würde, mit jedermann sprechen, Frauen ansprechen zum Beispiel. »Esperanto mit Unbekannt« würde sozusagen klärend zwischen die Fronten, zwischen mich und die Leute treten. Ich könnte – und insofern wäre es eine Geheimwaffe – ja sagen, wenn ich etwas will, und nein, wenn ich etwas nicht will. Und nicht diese übliche Verdrehtheit der Wörter wie bisher, an die ich mich gewöhnt hatte, weil sie mir noch stets eine Hintertür offenließ. (»Tut es dir weh?« – Nein. »Hast du immer noch nicht genug?« – Nein. »Liebst du mich auch, du kleiner Schlingel?« – Ja. »Mußt du denn immer lügen?« – Ja … ich weiß nicht, vielleicht.)

Eine Form zu finden – die strenge kalte Logik gewissermaßen als Kneippkur für das hitzige Hin und Her meiner Gedanken. So ähnlich dachte ich manchmal, und ich wußte natürlich auch, daß die Logik, der ich hinterherforschte, eigentlich nur die »Wissenschaft vom Spazierstock« ist und mit dem Gehen selbst nur indirekt zu tun hat.

Wie auch immer, ich trieb diese Studien in der Folgezeit voran und entwickelte mehrere derartige Sprachmodelle, die ich in meiner Dissertationsschrift vergleichend vorstellte. Mein Mentor lancierte einen Artikel von mir, den ich zu diesem Thema geschrieben hatte, in eine der großen Philosophiezeitschriften – und bis auf den Umstand, daß ich meinen Beitrag da nebulös und etwas unpassend in eine Festschriftnummer zur »Wiedergeburt der völkisch-deutschen Geisteswissenschaft« eingeordnet fand, war ich sehr zufrieden. Die Sache hatte jedenfalls ein ungewöhnlich großes Echo und wurde sogar auf den Wissenschaftsseiten einiger Tageszeitungen erwähnt.

Sicher, daß die Sache gleich in ein derart politisches Fahrwasser geraten war, störte ein bißchen die Objektivität meiner Ergebnisse. Aber eigentlich war das nur ein

Schönheitsfehler. Gab es nicht unzählige Beispiele dafür, daß ungewöhnliche Entdeckungen sich auf ungewöhnliche Weise durchsetzten, sogar durchsetzen mußten? Einfach, weil das Neue gar keinen Maßstab im Bisherigen hat und den ja auch gar nicht haben kann – wenn es wirklich neu ist. Der Widerstand des Alten also zwangsläufig, gewissermaßen ein Gütesiegel.
Gerade auch, wenn ich selbst Zweifel am Wert meiner Arbeit hatte, was anfangs oft genug vorkam – die insgeheimen Ressentiments meiner Fachkollegen bestärkten mich nur. Hinter den Detaileinwänden spürte ich, schwach verbrämt, die politischen Bedenken. Kein Wunder, die meisten meiner Kollegen waren noch »Fossilien« der Systemzeit.
Aber das stachelte mich nur noch mehr an! Eine Sache kann ja wohl nicht deswegen falsch sein, weil sie nicht in die gute Stube des deutschen Bildungsbürgers paßt. Im Gegenteil. Ganz im Gegenteil!
Nur, wie gesagt, die Einwände kamen nie laut, nie direkt. Einzig Professor Seiler, der Emeritus unserer Fakultät, der nur noch gelegentlich, zu besonderen Sprechzeiten, in der Universität auftauchte, nahm mich deswegen einmal »kritisch zur Brust«.
Er gratulierte mir zu meinem Erfolg. Dann aber, unvermittelt: »Mein junger Freund – die Frage nach der Existenz außerirdischer Intelligenz, schön und gut ... Nur, Sie gehen von einer ziemlich unsicheren Annahme aus, wenn Sie von außerirdischer Intelligenz sprechen.«
Und zwar? wollte ich wissen – ich hatte schon so viele Diskussionen zu diesem Thema geführt, daß mir vor kaum einem Gegenargument bange war.
Seiler sah mich freundlich-milde an: »Außerirdische In-

telligenz setzt ja doch irgendwie vom Begriff her irdische Intelligenz voraus, nicht wahr. Sehen Sie, und genau das ist die Frage – erst mal müßte ja die bewiesen werden.«
Ich war einigermaßen verblüfft und wußte nicht, ob es Spaß oder Ernst war. Seiler stand, als Emeritus, nicht nur außerhalb der Fakultät, sondern irgendwie auch schon jenseits von Gut und Böse. Er redete einfach so, wie es ihm in den Sinn kam. So schien es zumindest. Als alter verdienter Universitätsprofessor hatte er gewissermaßen einen »Persilschein«, da war man also nie ganz sicher, wie er es meinte ... Doch ehe ich etwas erwidern konnte, hatte er schon ein abschließendes »Nichts für ungut« gemurmelt und war weitergegangen: Die Schultern hochgezogen, den Kopf gesenkt, kurze, flache Trippelschritte, es sah aus, als könnte er jeden Moment vornüberfallen. Er schien nun wieder völlig unansprechbar zu sein. Vielleicht war es aber auch nur ein Tick, daß er so in sich gekehrt ging.
Bei Seiler wußte man nie.

Vierzehntes Kapitel

Aus dem blauen wasserdichten Tagebuch (4)

12.10.41 – Beim Abendbrot launiger Disput zwischen Meyer und Rapp.

Rapp befürwortete nachhaltig die Idee, deutsche Mütter, die Söhne zur Welt brächten, besonders auszuzeichnen. Meyer schüttelte unmerklich den Kopf, sagte aber nichts dazu. Als Rapp jedoch immer weiter auf diesem Punkt herumritt und sogar seine eigene Mutter (drei Söhne!) ins Spiel brachte, wandte Meyer sich doch an Rapp und stimmte ihm hinterhältig zu: Sie haben völlig recht, Kamerad Rapp – wenn man bedenkt, wie viele Soldaten wir haben könnten, wenn über drei Generationen in Deutschland nur Söhne geboren worden wären, unglaublich!

Rapp sah ihn – wegen der unerwarteten Zustimmung erstaunt – mit zusammengekniffenen Augen an. Doch ehe er sich an einen Überschlag machte und Deutschland unweigerlich zur Weltgroßmacht hochgerechnet hätte, bemerkte er mein stilles Grinsen, und ihm dämmerte, daß er im Eifer des Gefechts den Haken an dieser Rechnung übersehen hatte …

Mich traf ein beleidigter Blick.

Meyer aber lachte, so wie er immer lacht, ein autoritäres Lachen, ein bißchen zu laut und ein bißchen zu lange, so daß Meyer immer noch lacht, auch wenn man selbst längst aufhören will. Er zwingt uns, den Mund immer noch einen Moment länger zu verziehen. Es ist ein gewalttätiges, zwingendes, kollerndes Lachen. Er entblößt

ungeniert die Zähne, er bleckt sie wie ein Raubtier, und sein ganzer Rumpf bebt dabei.
Und Rapp? Gott ja, wenn gelacht werden muß, dann lacht er halt – gerade auch, wenn er selbst den Anlaß gegeben hat – pflichtschuldig mit, »man will ja kein Spielverderber sein«. Aber im Unterschied zu Meyer lacht er nur außen, es ist bei ihm kein Lachen von innen. Er tut es beherrscht und vergißt nie, daß es im nächsten Moment schon wieder sehr ernst sein kann. Insofern ist er übrigens mehr Asiate als Meyer und ich – immer nach dem Motto: »Nur nicht das Gesicht verlieren.«
Herr Hu lächelt, wenn er etwas versteht. Und wenn er nichts versteht, lächelt er auch. Er lächelt immer. Das hat nichts zu sagen, und mit Lachen hat es nichts zu tun.
Ich sagte dann zu Rapp, einfach um noch einen draufzusetzen: »Wir alle, auch Sie, Kamerad Rapp, sind Mischlinge, aus Mischehen sozusagen ... « – Rapps stutziger Blick! – »aus einer Hälfte Mann und aus einer Hälfte Frau.« Rapp sah mich an – zum Schießen!
Aber auch Meyer warf mir einen Blick zu: Schluß jetzt, Rapp hat genug, jetzt nicht noch weiter aufziehen.
Meyer kam dann aber später am Abend selbst noch einmal auf die Sache zurück: »So ist das, wenn nur (er preßte den Zeigefinger heftig gegen die Stirn) ... wenn nur der ideologische Standpunkt zählt. Nichts gegen Friedrich Zwo, aber bei ihm sieht man, wohin das führt. Die Idee des reinen Soldatenstaates ist eben eine bodenlose Idee – und nichts weiter.«
Dann noch über den Ordenscharakter der SS im allgemeinen und die zwangsläufig daraus resultierende weitverbreitete Homosexualität unter den Kameraden. (»Viele bei uns sind falsch gepolt.«) Meyer war Beisit-

zer in einigen Prozessen. Erschütternde Szenen, nicht zu beschreiben. Überhaupt: in der Schutzstaffel mehr »warme Brüder«, als wir dächten. Fälle auf der Wewelsburg bei Paderborn. Dabei sei ihm aber ein grundsätzliches Problem klar geworden, das gelegentlich in der Führung anzusprechen sei (seit Röhm ja taube Ohren für so was): Die Bejahung des Kriegers, die Liebe zum Mannestum, also zum eigenen Geschlecht – etwa Kolbes »nacktes« Kriegermal in Stralsund usw. –, seien eine Vorstufe zur direkt praktizierten gleichgeschlechtlichen Liebe. Dies aber führe zum Konflikt mit dem SS-Ehrenkodex und habe schließlich in der Endkonsequenz tödliche Folgen für die Generationenfolge überhaupt.
Lohnende Aufgabe fürs Ahnenerbe!
19.10.41 – Meyer hielt uns heute einen Vortrag über die Polyandrie der Nepalesen: Eine Frau hat verschiedene Ehemänner. Da bei diesen Naturvölkern naturgemäß immer ein Teil der Männer außerhalb ist (Jagd, Krieg usw.), ist dies die naturgemäße Form der Ehe – und der Mann, der gerade im Dorfe ist, ist jeweils an der Reihe.
Allerlei Witzeleien zu diesem Thema.
Rapp hielt sich wie immer zurück. Am Abend aber, vor dem Schlafengehen, kramte er ein Photo seiner Frau (»Elsie«) vor und ließ es sogar herumgehen. Selbst Herr Hu durfte es anschauen. Der allerdings schnalzte vor Vergnügen, worauf Rapp das Photo sofort wieder einzog und wegsteckte.
Rapp legte sich dann bald hin. Er konnte aber lange nicht einschlafen, wie ich an seinen offenen Augen sah.
21.10.41 – Wir brechen unsere Zelte ab – und auf nach Nordwesten, ins Narkangamassiv. Wind von Ost, Südost. Der Himmel klar.

8.11.41 – Was ist typisch deutsch? (Wahrscheinlich diese Frage ...)
26.11.41 – Meyers Ironie – ein Schutz vor dem Ernst des Lebens? Ich jedenfalls weiß nie, was er wirklich denkt. Sein ironisches Lächeln, der spöttisch zusammengekniffene Mund, öffnen ihm noch stets eine Hintertür.
Als ich ihn gestern abend mal daraufhin ansprach und ihm sagte, daß ich nie genau wüßte, wie ich ihn verstehen solle, legte er den Kopf schief, lächelte und antwortete: »Na, immer so, wie ich es sage – mehrdeutig.«
Na, schönen Dank!
Stimmung in letzter Zeit oft sehr gereizt.
Ansonsten: nichts nennenswert Neues. Rapp und Hu kümmern sich heute um das Gepäck, Meyer beobachtet Wolkenbildungen. Und ich – ich beobachte unauffällig Meyer, der Wolkenbildungen beobachtet.
Tagesablauf wie gehabt:
– 6.00 Uhr: Wecken.
Frühsport, nach Wahl. (Meistens aber nur Rapp – und natürlich Hu, der ihm ein Seil und die Ersatzzeltstangen hinterhertragen muß, die er für seine Verrenkungsübungen braucht.)
– 6.30–7.00 Uhr: Wäsche.
– 7.00 Uhr: Frühstück.
– 8.00 Uhr: Lagebesprechung. Das heißt: präzisierte Standortbestimmung nach Karte, Kompaß und markanten Zeichen der Umgebung (Gipfel etc.). Einteilung des aktuellen Suchgebietes in Abschnitte. Festlegung der Ausschwärmstellen. (In dieser Zeit hat Herr Hu das Frühstücksgeschirr gesäubert und zusammengepackt und sich um den Hund gekümmert.)

– 8.30–9.00 Uhr: Gemeinsamer Zeltabbau, Beladen des Schlittenwagens.
– 9.30–9.45 Uhr: Kurze Pause, für Rauchen zum Beispiel und Notdurft.
– 9.45 Uhr: Losmarsch im Trupp. Gelegentliches Ausschwärmen an den vorher bestimmten Stellen.
– 12.00–13.30 Uhr: Mittagspause. (Je nach Witterung: provisorischer Aufbau des Vorzeltes. Meistens lassen wir das aber.)
– 13.30–15.45 Uhr: Zweiter Tagesabschnitt.
– 15.45–17.00 Uhr: Erkundung und Auswahl eines neuen Rastplatzes. Zeltaufbau. Küchendienst.
– 17.00 Uhr: Kleine Freizeit. (Mit Collie spielen, Tagebuch, Mundharmonika, Sport.) Herr Hu kümmert sich um das Abendessen.
– 18.00 Uhr: Abendessen.
– 19.00 Uhr: Tagesauswertung. Einträge ins Protokollbuch »Lebensbedingungen«, insbesondere in die Rubriken Windstärke, mittlere Tages- und mittlere Nachttemperatur, Bodenbeschaffenheit, Wasser, Schnee, Schneehöhe, gesichtete Tiere (unterteilt in »essbare« und »andere«), sowie Meldung von Abschüssen.
Grobplanung für den nächsten Tag. Dabei für Meyer und mich: die tägliche Havanna.
Danach, ganz nach Gusto, Freizeit. Kartenspiele. Lesen. Tagebuch. Rapp dreht am liebsten am Kurzwellenempfänger herum, wobei ihm Hu die Antenne halten muß. Meistens aber nur ein sehr schwacher englischer Sender vom indischen Subkontinent.
– 22.00 Uhr: Zapfenstreich. Je nach Lage und Standort: Wachdienste in der Nacht.
28.11.41 – Die Reise geht weiter.

Fast fürchte ich, wir kämen irgendwo an. Dann wäre die Reise mit einem Schlage zu Ende … Und was dann?
Zum Abend Sojabohnen, die Herr Hu in ranziger Butter gedünstet hat. Dazu Knäckebrot und kaum Gespräche. Worüber auch! Über das Essen? Ein Witz. – Nach Tisch spendiert Meyer Cognac aus Kiste 4. Herr Hu bekommt ein halbes Glas, wofür er sich dankbar verneigt – wir anderen jeder ein ganzes; auch Rapp, obwohl er abstinent ist, trinkt sein Glas, weil es die ihm zustehende Ration ist. Denke oft an Mutter und an Zuhause. Bin manchmal ganz meschugge davon.
Übrigens: wieder schneefreies Gebiet erreicht. (Zwischendurch hatten wir schon bis zu 40 Zentimeter Schnee.)
30.11.41 – Saß heute abend vor dem Zelt und spielte gedankenlos mit der Taschenlampe. Angeknipst – war plötzlich eine Lichtbrücke zu den Sternen am Himmel gebaut. Und mit einem Fingerzug brach sie sofort wieder in sich zusammen. An, aus, an …
Großartiges Gefühl, das in der Hand zu haben!
Das Licht ist der Traum der Taschenlampe. Und es pflanzt sich fort ins Unendliche mit einer Geschwindigkeit, die nur ihm zukommt.
Plötzlich stand Rapp neben mir – und die ganze Atmosphäre war hin.
Wem ich denn zu so später Stunde geheime Signale gäbe? Ich war zusammengeschrocken und hatte die Lampe sinken lassen. Dann war ich aufgestanden wie ein ertappter Sünder und hatte Rapp wütend ins Ohr gezischt, ich würde jeden Abend um diese Zeit dem britischen Geheimdienst unsere genaue Position nach London hinüberfunken …

»Nana, Sie Heimlichtuer«, sagte Rapp, er drohte mir mit dem Finger, lachte auch ein bißchen – aber so lustig fand er das nun auch wieder nicht, und im übrigen: Sparsamkeit! auch was die Taschenlampenbatterien betrifft, Sparsamkeit! – Er stiefelte davon, und man sah ihm sein gutes Gefühl an, daß er hier für Ordnung gesorgt hatte. Und ich kam mir vor wie ein liederlicher Schuljunge.
Ich versuchte es dann noch mal mit der Taschenlampe – aber der Reiz war dahin.
4.12.41 – Nebelmorgen –
die Nebelschwaden ziehen; da geraten auch die starrsinnigen Bäume, Sträucher, Felsvorsprünge in Bewegung, als wüchsen ihnen Flügel, zerfließen mit dem Nebel, ziehen an meinem Auge, das sie festhalten will, vorbei.
(Nebenbei: Morgens, wenn ich nüchtern vors Zelt trete, nehme ich die Natur intensiver wahr, sie »schlägt mehr durch« aufs Gemüt.)
Beschloß einen kleinen Ausflug. Ich ging durch Wände, Nebelwände, die sich vor mir auftürmten – ich ging hindurch, weiter, das Schrittgeräusch wurde vom Nebel verschluckt, so wurde ich Schritt für Schritt aufgesogen und verschwand allmählich im Nebel ... bis er plötzlich aufriß, noch ein paar flüchtige Schwaden – da war es schon wieder klar, und ich konnte wieder weit sehen, bis zum Waldrand.
Mitten im Nebel, das war ein bißchen wie Angekommensein, zu Hause, nicht mehr weiter müssen.
Jetzt aber: wieder mutterseelenallein in der Weite. Weiter!
16.12.41 – Gestern vor dem Einschlafen: wohlige Atmosphäre, das Abendessen war gut gewesen, Thüringer Blutwurst mit Sauerkraut, es hatte noch eine Pfeife gege-

ben, die Luft im Zelt dennoch nicht stickig. Wir hatten bald das Licht gelöscht. Der Schlafsack warm und, was beinahe noch wichtiger ist, trocken. Es war alles so, wie es sein muß, sogar noch ein bißchen besser. Ich wickelte mich zufrieden in meine Decken ein, richtete das Kopfkissen und beschloß, noch einen Moment wach zu liegen, um das Ganze zu genießen –.

Das war mein letzter Gedanke, dann begann schon wieder der neue Morgen, das Aus-den-Decken-und-aus-dem-Schlafsack-Pellen, Schneewäsche, kurzes Frühstück, Zeltabbau.

Schlaf – das ist der schwarze Gedankenstrich, zwischen die geschwätzigen Tage gesetzt!

18.12.41 – Großes Hallo, als wir heute das Südwestplateau erreichten! Von dort aus, wahrscheinlich morgen bei Tageslicht, gute Einsichtmöglichkeiten in die Planquadrate 7, 8 und 9 (eventuell auch in das darüberliegende Planquadrat 37).

19.12.41 – Weit und breit keine Spur, nichts – aber (siehe Hegel): Negation = Bestimmung. Insofern verdichtet es sich, ganz bestimmt.

22.12.41 – Das Geheimnis des kleinen ledernen Brustbeutels, den Herr Hu beständig trägt, hat sich heute gelüftet. Neues Problem taucht auf!

Ich kam von draußen, aus der eisklaren Nacht, ins Vorratszelt. Eine sonderbare Atmosphäre. Herr Hu lachte mich mit fiebrigen, glasigen Augen an. Aber es war ein anderes Lachen als sonst, es war nicht dieses demütige Lächeln, es war nicht maskenhaft, sondern herausfordernd offen, dahinter war nichts anderes mehr verborgen, und doch war es undeutlich. Es kam mir jedenfalls ziemlich unverschämt vor. Doch ich sagte nichts, ich war von der stickigen Luft benommen, im Zelt hing ein süßlicher, schwerer Geruch. Ich ließ mich kurz nieder, ich wollte ja auch nur meinen Rucksack abstellen und dann hinüber ins andere Zelt gehen, da sah ich: Herr Hu hatte eine kleine offene Blechdose neben sich stehen, mit seinen zittrigen, dünnen Spinnenfingern nahm er ein wenig von der dickflüssigen Masse heraus und rollte sie zwischen seinen Fingerkuppen zu einer Kugel. Dann stopfte er die schmierige Kugel in die winzige Öffnung seiner langen Pfeife und schwenkte den Pfeifenkopf über der Flamme des Kochers, bis es anfing zu qualmen – da beugte er sich vor und sog mehrmals, jeweils kurz und tief, an der Pfeife. Summend wiegte er nun seinen Oberkörper hin und her, die Augen hatte er dabei geschlossen. Ein bißchen erinnerte der Geruch an Verwesung, ich spürte Brechreiz in mir aufsteigen.

Ich schlug die Zeltplane hart zur Seite und stapfte wütend ins andere Zelt, wo ich Rapp zur Rede stellte: Ob wir hier eine Opiumkarawane seien, oder was!? Rapp war erschrocken, dann wütend. Meyer, obwohl er schon im Schlafsack gelegen hatte, kam noch einmal hoch.

Als wir ins Vorratszelt kamen, war es dort bereits dunkel. Der Spirituskocher war ausgedreht. Herr Hu lag reglos am Boden. Wir funzelten mit der Taschenlampe in seinem Gesicht herum – nichts; ich stieß ihm den Fuß kräftig in die Seite, aber er rührte sich nicht. Wir werden ihn morgen zur Rede stellen. Sieh an: Freund Schlitzauge ist ein Schlitzohr!

Fünfzehntes Kapitel

Die Musterungsstelle befand sich in der »Prinz-Gustav«-Schule, einem dunkelroten schmucklosen Klinkerbau. Hohe, schmale Fenster; das untere Zweidrittel der Scheiben war mit weißer Farbe angestrichen. Vorn, am Eingang zum Schulhof, war ein handgemaltes Schild angebracht: »Musterung«. Offenbar aber hatte der Schildermaler sich im Eifer des Gefechts vertan: Während die ersten Buchstaben noch groß und gebieterisch auf dem Pappschild prangten, schien der Schreiber, in der Mitte des Schildes innehaltend, plötzlich die Grenzen des Ganzen wahrgenommen zu haben – die Buchstaben verjüngten sich nun rapide, und das g am Ende quetschte sich nur gerade noch so auf die Pappe.

Wir sammelten uns zunächst auf dem Schulhof. In einer Ecke, wo die Hofmauer an das Toilettenhaus stieß, spielten welche Fußball. Albern und ausgelassen jagten sie irgendeinem unsichtbaren Kieselsteinchen hinterher. Es sah aus, als hätten sie die letzten Jahre den Schulhof nur mal kurz und unerlaubt verlassen; nun waren sie aus dem »Leben draußen« wieder dorthin zurückgekehrt, wohin sie eigentlich gehörten, und setzten das Spiel fort, das sie vor ein paar Jahren unterbrochen hatten.

Unter den Spalierlinden, die den Eingang zur Turnhalle säumten, hatte sich eine größere Gruppe zusammengefunden. Von dort tönten Stimmen herüber. Es gibt ja immer jemanden, der genau Bescheid weiß, alles schon einmal mitgemacht hat und der deswegen berufen ist, Mittelpunkt zu sein und übertrieben laut, übertrieben gelassen den Ton anzugeben – und immer gibt es solche, die dann dem »alten Hasen« am Munde hängen und die dankbare Runde des Publikums abgeben. Wer weiß, vielleicht konnte man etwas Brauchbares aufschnappen. Ich hielt mich abseits.

Obwohl ich noch kurz zuvor heftiges Fieber bekommen hatte, reißende Gliederschmerzen, Kopfweh, war ich aufs Datum genau wieder völlig intakt. So hatte ich mich also am frühen Morgen mit sehr ungewissen Erfolgsaussichten auf den Weg zur Musterung gemacht, körperlich hoffnungslos in Ordnung, nur dieses Luftschaukelgefühl im Bauch, was man aber sicher der Aufregung zuschreiben mußte. Das amtliche Einschreiben der Musterungsstelle knisterte in meiner Brusttasche. Sein Eintreffen bei den Empfängern war tückisch genau bemessen gewesen: kurz genug vor dem Termin, um die Sache in Gedanken nicht wegschieben zu können; lange genug davor, um eine gehörige Zeit in Aufregung gehalten zu sein.

Da stand ich also und überlegte gerade, ob ich mich einer der Gruppen anschließen sollte, als sich die große, oben sanft geschwungene Schultür ein Stück auftat und ein junger, schmaler Offizier heraustrat. Er stieg langsam, Stufe für Stufe, die Freitreppe herab – seine Hand glitt leicht über das Geländer – und kam über den Hof. Ein Bein zog er beim Gehen etwas nach. Er stellte sich zu der Gruppe, die sich am Eingang zur Turnhalle versammelt hatte. Man wollte ihm Platz machen, doch er winkte nur ab. Er stand mit dem Rücken zu mir, eine Hand in der Hosentasche seiner Reithosen. Er sah auf seine Uhr, dann zog er etwas aus der Brusttasche, dann etwas aus der Hosentasche, er beugte den Kopf schräg nach vorn, sein ausrasierter Jungsnacken wurde sichtbar, während beide Hände – eine zur Muschel geformt – für einen Moment in Höhe seines Gesichts waren. Aus seinem Kopf, unter dem Schirm der Mütze hervor, stieg nun dünner Rauch auf. Der Offizier wechselte von einem Bein aufs andere und steckte Streichhölzer und Zigarettenschachtel wieder weg.

Langsam kam das Gespräch dort wieder in Gang. Der Großsprecher von vorhin war verstummt; er hatte sich einen Stumpen angesteckt und war irgendwie neben den Offizier geraten. Wie dieser hielt er sich nun zurück.

Dafür taten sich andere hervor. Es war erbärmlich, wie diese Zivilisten um die Gunst des Offiziers buhlten. Einer erzählte immer, wie sein »alter Herr« schon 1916 in Belgien ... Der Offizier, soweit ich das mitbekam, hörte schweigend zu, ebenso wie ein paar andere, Fabrikarbeiter wohl, sie hatten ihre guten Anzüge an und sahen irgendwie hineingeborgt aus. Breitschultrig und abwartend standen sie da, und es war ihnen anzusehen, daß ihnen das alles hier nichts war.

Wieder wurde etwas erzählt – Lachen schepperte über den Hof, doch das Lachen war falsch und aufgeregt. Nur der Offizier, konnte ich mir denken (er stand immer noch mit dem Rücken zu mir), lachte nicht; er lächelte vielleicht, höchstens.

Einmal aber hörte ich seine Worte, er sagte etwas wie: das alles sei kein Spaß ..., worauf die anderen andächtig verstummten und nur der, der gerade aus zweiter Hand irgendeine tolle, haarsträubende Geschichte zum Besten gegeben hatte (Offiziersbordell in Flandern – so in der Art), dummgescheit nickte und dann ebenfalls schwieg.

Endlich, wir wurden hineingerufen. Im vorgebauten Seitenflügel brannte Licht. Es glomm gelb hinter den Fenstern. Genaues war nicht zu erkennen. Wir beeilten uns,

ins Schulgebäude zu kommen, wir froren. Der Offizier hielt sich zurück, er ging als letzter. Ich wandte mich noch einmal um und sah, daß er jetzt richtig hinkte, stärker als vorhin.
Als sich die große schwere Schultür hinter uns schloß, umfing uns der altvertraute Schulgeruch. Es roch nach billigem Essen, Abort, irgendwie entfernt nach Kindheit. Wir stiegen die breiten flachen Treppen hinauf, links und rechts Messinggeländer, ein leeres Fahnengestänge, dann kam eine Glastürfront, dahinter ein weitläufiges steinernes Treppenpodest, von dem die Schulflure abgingen, geradewegs aber führte eine Treppe hinauf.
Unten, am Fuß der großen Steintreppe, zwischen den mächtigen Rundbögen der Säulen, saß an einem Tischchen eine Krankenschwester. Sie trug ein graublaues Häubchen mit einem Rot-Kreuz-Abzeichen. In einer Liste hakte sie unsere Namen ab und nahm dann, der alphabetischen Reihe nach, unsere Personalien auf. Wer fertig war, hatte sich rechter Hand in den Vorbereitungsraum zu verfügen; an mehreren Klassenräumen vorbei – oben, aus den ovalen Fenstern über den Türen, drang schwaches, mehrfach gefiltertes Tageslicht in den Flur –, dann betrat man den Vorbereitungsraum. An den Wänden standen Bänke, darüber waren Kleiderhaken angebracht. Ich entledigte mich rasch meiner Sachen, so daß ich nach wenigen Minuten wie die anderen dastand: Turnhose, Unterhemd, Schuhe; in der Hand die Dokumente und einen Vordruck, den uns die Schwester ausgehändigt hatte.
Da noch etwas Zeit war, betrachtete ich die ausgerollten Wandkarten. »Der deutsche Soldat« hieß eine und stellte einen kräftigen Landser vor. Eine Hand umklammerte

würdig den Karabinerriemen, die andere aber beschirmte die spähenden Augen, die weit ins Land blickten. Ein weiteres Anschauungsmaterial zeigte den »Alltag in der Kasernenstube«. Neben seinem geöffneten Spind stand ein Soldat. Auf die einzelnen Fächer des schmalen Schrankes wiesen die Spitzen schwarzer Pfeile, an deren jeweiligen Enden aufgelistet war, was sich an dieser oder jener Stelle des deutschen Soldatenspindes zu befinden hatte. Alle möglichen Militärwäschestücke und Kriegsutensilien waren da verzeichnet. Nichts aber brachte mir das bevorstehende militärische Wesen deutlicher vor Augen als ausgerechnet jenes Fach, in dem unter dem Sammelbegriff »persönliche Dinge« Rasierzeug, Waschutensilien, Briefpapier usw. vertreten waren, das heißt in Reih und Glied standen oder lagen, jeweils genau bezeichnet und mit Stabstrich versehen. Sie waren, wie es schien, zu auswechselbaren Beispielen eines höheren, abstrakten Begriffes (»persönliches Ding«) verkümmert – die Idee der Uniform herrschte offenbar in diesem Schrank so allgegenwärtig, daß sie auch auf die vermeintlich persönlichen Dinge übergriff und ihnen das Eigentliche, das Persönliche, nahm. Beim Anblick dieses abstrakten »Schrankes an sich« kam ich doch ins Grübeln …
Gerade hatten meine »Kameraden« unter albernem, nervösem Gelächter ein Luftschutzplakat entdeckt, das in mehreren Bildern das ordnungsgemäße Anlegen einer Gasmaske zeigte. Als auch ich mir die Sache näher ansehen wollte (auf den ersten Blick sah es aus wie die vollständige Verwandlung eines Menschenkopfes in einen Käferkopf – mit Rüssel, nacktem Schädel und großen, rund-vorgewölbten glasigen Augen), trat ein Unteroffizier in den Raum – Stille trat ein.

Mein Herz klopfte, ich war froh, daß es nun endlich losging – das Ende, egal, wie es aussehen würde, rückte so jedenfalls näher.

Der Unteroffizier hatte eine Mappe unter dem Arm. Er wirkte sicher. Vielleicht lag es daran, daß er als einziger im Raum vollständig angezogen war. Für einen Moment jedenfalls konnte man den »Deutschen Soldaten« vom Plakat beneiden, der durfte wenigstens seine Uniform tragen.

Der Unteroffizier sah großzügig über unsere Dürftigkeit und Blöße hinweg, sein mitleidiger Blick streifte das klägliche Häuflein, das da so bar aller Kleiderordnung und völlig durcheinander vor ihm stand: Zivilisten, aus denen erst noch richtige Menschen zu machen waren. Hatte er Mitleid mit uns? Oder mit seiner Armee? Das war nicht genau auszumachen.

Er zog eine Liste hervor, verlas wieder alle Namen, dann ging es los, wir gingen ihm hinterher, den kalten, steinernen Flur entlang, zur ersten Station. Durch unseren Aufzug und den Gänsemarsch waren wir nun wieder richtige Schuljungen geworden.

Daß etwas mit mir nicht stimmte, merkte ich schon im ersten Raum, wo Länge, Gewicht und Blutdruck gemessen wurden. Die Schwester, die am Tisch saß und alle Werte aufnotierte, hatte meine Karte umgeklappt und ein Schreiben, das mit einer Büroklammer an der Karte befestigt war, durchgelesen. Sie stand auf und reichte es wortlos mit fragendem Blick dem Arzt, der schon die ganze Zeit abwartend in der offenen Tür des angrenzenden Untersuchungsraumes gestanden hatte. Der überflog nun ebenfalls den angehefteten Zettel, seine Brauen gingen ratlos in die Höhe – dann aber heftete er alles

wieder zusammen und wies mich in sein Zimmer. Beim Eintreten merkte ich, daß sein Blick prüfend auf mir lag. Er sah mich von der Seite an, und ich konnte nicht genau erkennen, was in seinem Blick lag. War das Respekt? Oder Verachtung? Oder vielleicht auch beides? Ich wußte es nicht.
Der Arzt hatte sich nun hinter seinem Schreibtisch verschanzt und befragte mich – Kinderkrankheiten? Wenn ja: welche? wann? Allergien? Bettnässen? Erbkrankheiten in der Familie? Vater, Mutter, Familiäres …
Ach, natürlich, jetzt wußte ich es – mit Vater hing der Zettel zusammen! Das hätte ich ja wissen müssen. Die Vergangenheit holt uns irgendwann doch einmal ein. Ich gab unkonzentriert Auskunft, war nicht bei der Sache. Aber, erstaunlich genug, schon hatten wir Familie und Erbkrankheiten passiert, die Fragen drehten sich nun wieder ausschließlich um mich. Tabak? Alkohol? – Regelmäßig? Wenn ja: wieviel?
Alle Fragen gingen ins Leere. Die ganze Zeit versuchte ich zu überlegen, was auf dem angehefteten Zettel stehen könnte. Es ging nicht. Meine Gedanken schwirrten.
Der Arzt aber hüllte sich in undurchsichtiges Schweigen. Er stellte mir routinemäßig seine Fragen und notierte die Antworten – und während er schrieb, fragte ich mich: Was wissen sie von mir, was ich nicht weiß?
Konnte ich nicht klipp und klar antworten, half der Arzt nach, stellte Zusatzfragen. Sein Ton war höflich, blieb aber kühl.
Auch bei der nächsten Station merkte ich, daß sich nach einem Blick auf den Zettel das Verhalten mir gegenüber änderte. Der Orthopäde, ein korpulenter, untersetzter Mann, hatte zunächst ganz barsch meine Füße einmal

hin und einmal her gedreht, bis an die Schmerzgrenze, und dann schmissig seinen k.v.-Bescheid auf die Karteikarte geworfen. Dann überflog er noch kurz das Anlageschreiben, er stutzte, sah auf und überflog nun mit einem staunenden Blick mich, er stand langsam auf, riß dann aber ganz plötzlich den rechten Arm zu einem zackigen Führergruß hoch …

Da ich nun damit überhaupt nicht gerechnet hatte, erwiderte ich den Gruß nur halbherzig, eher war es ein erstauntes Abwinken. Da zog auch er ehrfurchtsvoll-erschrocken seinen Arm wieder ein, hob ihn dann aber noch einmal auf halbe Höhe, um mir stramm die nächste Tür zu weisen. Ich schritt schweigend davon.

Noch immer wußte ich nicht, was das alles zu bedeuten hatte. Ich wollte aber auch nicht fragen – damit hätte ich nur die Aura zerstört, die dieser sonderbare Zettel um mich verbreitete. Ich wußte nicht, was sie wissen. Aber sie wußten ja auch nicht, daß ich das nicht wußte. Dieses Nichtwissen mußte also bewahrt bleiben, keine voreiligen Fragen.

Im nächsten Raum erwartete mich ein alter Militärarzt, grauhaarig, mit rotem Gesicht. Offenbar war er schwerhörig, denn er sprach sehr laut, und die Zahlen, die er meinem Vorgänger zur Gehörprobe geflüstert hatte, hatte ich noch im Nebenraum deutlich hören können: siebenundzwanzich … fünfundsiebzich …

Er trat nah an mich heran und fixierte mich von oben bis unten. Anscheinend war er für den militärischen Gesamteindruck zuständig. Aus seinen Nasenlöchern und aus den Ohren sprossen üppig, in kleinen Büscheln, graue Härchen. Sein Gesicht war von zerplatzten roten, teils bläulichen Äderchen durchsetzt.

Meine Karteikarte mit dem geheimnisvollen Zettel lag auf dem Tisch. Ich blickte auffällig unauffällig dahin, wollte seine Aufmerksamkeit irgendwie auf dieses Schriftstück lenken, er ließ sich aber nicht beeindrucken, im Gegenteil: »Na, was für Manieren! Kopf hoch! Arme vor!« fuhr er mich schroff an.

Er beklopfte meine Knie, fuhr mit rascher, geübter Hand über meinen Rücken. Seine Hände schienen ohne Temperatur zu sein, pergamenten, seidig, als wären sie besondere Apparate, ohne Handschweiß, ohne Handwärme. Dann kam die Gehörprobe, wie gehabt; es waren dieselben Zahlen wie vorhin, nur in umgekehrter Reihenfolge.

Bei allem – wohltuend daran war, daß er mich wie alle andern behandelte. Auch als er meine Werte eingeschrieben, die Karte umgeklappt und das Kopfbogenschreiben gesehen hatte, war es nicht anders. Er schob das alles einfach beiseite – die bereitstehende Schwester nahm es entgegen –, schon stand er wieder aufrecht hinter seinem Schreibtisch und brüllte Richtung Tür: Der nächste!

Der trat zag ein, eine halbe Portion; die luftigen Turnhosen umwehten seine dürftigen, dürren Schenkel.

Ich hatte mich nun in ein schmales Wartezimmer zu begeben, die nächste Tür war schon die letzte. Hinter dieser Tür saß die Kommission.

Es dauerte eine Weile, dann wurde ich hereingerufen. Nun, dachte ich, würde sich ja alles klären. Ein bißchen ängstlich war ich aber doch.

Der Vorsitzende, der an der Stirnseite der U-förmig gestellten Tische saß, musterte mich scharf. Ja, was? War ich nun gemustert?

Er bekam von einem Beisitzer meine Unterlagen zuge-

reicht, blätterte alles noch einmal durch, blieb wieder an dem angehefteten Schriftstück hängen ... Ein Blickwechsel mit seinem Nebenmann, sie nickten, der Vorsitzende klappte die Mappe zu und legte sie beiseite. Er machte der Schriftführerin ein Zeichen, den nächsten zu rufen.
Gerade wollte ich fragen, für welche Waffengattung ich denn nun gemustert sei, da reichte mir der Beisitzer einen kleinen Zettel über den Tisch. Meinen Gestellungsbefehl?
Als ich draußen war, klappte ich den Zettel auseinander.
Mit Tinte waren alle mir bekannten und schwarz vorgedruckten Waffengattungen durchgestrichen und ein handschriftlicher Vermerk dazugesetzt: Z. b. V. R. F. SS.
Stempel, Datum, Unterschrift.
Langsam zog ich mich an.

Sechzehntes Kapitel

Er sitzt in seiner Zellenecke und versucht sich vorzustellen, wie das war: zu frieren …

Er glaubt, das war so: Man zog den Körper zusammen, um kleiner zu werden, der Kälte weniger Angriffsfläche zu bieten. Ja, so muß es gewesen sein. In der Erinnerung – seltsam verkrümmte, zusammengezogene Gestalten im halbdunklen Zelt, Embryos. Die Kälte machte sie kleiner. Alles wurde ausschließlich unter dem einen Gesichtspunkt betrachtet: Kann es irgendwie wärmen?

Wahnsinnige Gedanken flackerten damals auf: Das Zelt und alles Brennbare anzünden, einmal richtig von Grund auf durchwärmen. Sie glaubten, wenn sie einmal richtig durchgewärmt wären, hätten sie alles schaffen können, einen Hundertkilometermarsch, der sie bis zu einer Siedlung gebracht hätte. Vielleicht, einmal sattgegessen und durchgewärmt – bis nach Berlin!

Die Frostbeulen, die fühllosen Glieder vergaßen sie in diesen fiebrigen Phantasien natürlich.

Unvorstellbar damals der Gedanke, daß es auf diesem Stern je eine Zeit und einen Ort gegeben haben soll, da man nur im Badezeug dasaß, an der Elbe vielleicht, und die Sonne brannte auf den Rücken, und auf dem Strom fuhren Dampfer vorbei, und das Elbwasser schwappte über warme braune Steine … Oder daß es das alles im selben Moment ja tatsächlich irgendwo gab! Das waren überhaupt die irrsten Fieberphantasien. Man lag froststeif im vereisten Zelt – und woanders gab es einen Kleinstadtbahnhof am Abend, Fliederbüsche, eine Vorortsiedlung, Sträucher und Hecken; den Hamburger Hafen, Lichter; Menschen, die in Kneipen saßen … Wenn sie daran dachten, wurde ihnen ganz verrückt im Kopf, ganz elend.

Die Hölle? Das ist nicht das Höllenfeuer. Die Hölle – das ist Himalaja. Und eisiger Sturm, der durch Zelt, Decke, Jacke und Hemd das Herz anweht, das sich vor Kälte verkrampft. Himalaja duldet nichts außer sich und keinen anderen Gedanken.

Sie wurden damals immer regloser, obwohl gerade das vielleicht falsch war. Aber jede Bewegung war ein Schmerz, ein ungeheurer Schmerz.

Nein, die Kälte läßt sich nicht beschreiben. Richtige Kälte ist unbeschreiblich. Später kann man nur die Erinnerung daran beschreiben. Aber nicht die Kälte selbst. Kälte ist Schweigen, eisiges Schweigen.

Er erinnert sich: Ging er hinaus und urinierte, hatte er jedesmal ein ungutes Gefühl. Als würde er so das letzte bißchen Warmwasser ablassen.

Das gelbe, in den Schnee gefressene Loch dampfte. Letzter Lebensodem.

Siebzehntes Kapitel

Die Stadt am Meer –
flache, hingeduckte Häuser, aufgefädelt an Straßen, die allesamt im Wasser zu enden schienen. In manchen Fenstern gingen schon die ersten Lampen an. Sie brannten mattgelb, beinahe bräunlich.
Die Saison war vorbei. Zugeschlossene Strandkörbe. Die halboffene Muschel der Kurkonzerthalle, in der nur noch das Meer rauschte. Die weißen Bänke auf dem Dünenweg waren mit feinen Wassertröpfchen besprenkelt, der Wind kam von See.
Ich lief hinunter zum leeren Strand. Über mir ein diesiger Himmel und das Gejammer der Möwen; warf ich ihnen ein paar Kekskrümel hin, stießen sie im Sturzflug herab. Bald wurden sie zutraulich und tippelten vor mir her. Ihre Krallen hinterließen im feuchten Sand eine zierliche Keilschrift, die von der nächsten Welle aber immer wieder ausgelöscht wurde.
Da ich nun schon einmal an der See war, wollte ich nicht wegfahren, ohne gebadet zu haben. Schnell entledigte ich mich meiner Sachen und watete ins Wasser. Die letzten Ausläufer der Wellen umspülten meine Füße, ich fror und ging auf Zehenspitzen – nein, so ging es nicht. Also anders heran: ein Stück zurück, dann rannte ich richtig draufzu, kalte Spritzer auf der Haut, schließlich stand ich, die Arme weitausgebreitet, im Wasser und ließ mich von den Wellen umspülen. Ich glühte vor Kälte und brüllte ins Leere. Die kalten Wellen, die gegen meinen Bauch anrollten, massierten meine nackte Haut, das wärmte ein bißchen. Ich wagte mich weiter vor, ging auf-

recht gegen die Wellen an, versuchte zu widerstehen. Ein schwankender Wellenbrecher. Doch es wurde, je weiter ich ging, zunehmend schwerer, den anrollenden Wassermassen zu widerstehen. Ich wollte vorankommen, doch meine Füße wurden zurückgesetzt. Ich wich seitlich aus. Dann probierte ich etwas anderes. Ich machte probeweise Schwimmbewegungen und ließ mich über das schäumende Wasser gleiten. Mal lag ich auf einem Wellenberg, rutschte aber im nächsten Moment schon ins salzige Tal hinab – das ging so eine Weile, und ich dachte schon, daß ich jetzt den Dreh, mit der Urgewalt umzugehen, herausgefunden hätte, und wandte mich triumphierend zum Ufer um, ob nicht doch etwa ein zufälliger Strandgänger Zeuge meines einsamen Kampfes mit dem Element wäre. Da bemerkte ich, daß ich schon viel zu weit hinausgetrieben war, ich hatte den Boden unter den Füßen verloren, meine Füße stießen in eine entsetzliche Leere. Sofort wendete ich und versuchte, wieder Land zu gewinnen, so gut es ging. Gut ging es nicht, denn die Wellenberge hatte ich nun im Rücken, sie überspülten mich, ohne daß ich etwas dagegen hätte tun können. Dennoch, irgendwie und mit letzter Kraft rutschte ich luftschnappend, wasserschluckend auf der schaukelnden Wasseroberfläche Richtung Land – und irgendwann schürften meine Knie auf Sand.

Ich richtete mich auf, das Wasser glitt an mir herunter. Nach dem Schwimmen waren meine Glieder schwer, ich wankte ans Ufer, das Wasser reichte mir nur noch knapp über die Knie, ich löste mich aus meiner Verkrampfung, die Spannung wich – da geschah es: Etwas riß mich um, eine Welle, ich wurde von einer schweren Woge erfaßt – irgendwann muß es aufhören, dachte ich nur, sonst hört es auf – und über Muscheln, Geröll und Sand endgültig an Land gespült. Da lag ich dann – ein nacktes, zerschundenes Treibgut, das schwer atmete.

Achtzehntes Kapitel

Über ein Jahr lang hörte ich nichts in der Militärsache. Zwar wurde ich des öfteren daran erinnert, denn immer mehr meiner gleichaltrigen Kollegen, Bekannten, ehemaligen Kommilitonen rückten in die Kasernen ein – und schon nach wenigen Wochen kamen dann auch die ersten stumpf-blödelnden Rekrutenbriefe, in allen so ziemlich derselbe bemüht forsche Ton. Gespickt waren die auf liniertem Papier hingekrakelten Texte mit diversen militärinternen Abkürzungen (von denen ich keine blasse Ahnung hatte), und überall derselbe Grundtenor: Draußen, also jenseits der Kasernentore, wisse man ja nichts ...

Nun gut, ich wußte nichts, wollte schließlich auch gar nichts wissen davon. Ich begann an die Zauberkraft meines Zettels (meines »Jagdscheins«) zu glauben, der mich wunderbar aus alldem heraushielt. Mich selbst hielt ich, soviel hatte ich immerhin verstanden, z. b. V – zur besonderen Verfügung, was immer das heißen mochte. Für mich hieß das, meine Sprachstudien fortzuführen. Außerdem hatte ich, wie fast alle jüngeren Doktoren unserer Fakultät, ein wehrpolitisches Thema zur Bearbeitung bekommen. Es interessierte mich nicht besonders. Aber immerhin, die Befreiungskriege von 1813 und die Haltung der deutschen Geistesarbeiter dazu – das war ja nicht der schlechteste Wehrersatzdienst.

Dann aber, auf einmal, ging alles ganz schnell.

Ein Telegramm – ich solle mich dann und dann dort und dort einfinden. Ich erledigte, was zu erledigen war, meldete mich bei Professor Krögelin ab – und zwar, unter Vorlage des Telegramms, auf unbestimmte Zeit. Am übernächsten Tag, es war ein Donnerstag, saß ich mit meinem Köfferchen und einem Frühstückspaket auf den Knien im Frühzug nach Berlin.

Die Landschaft hinterm Abteilfenster, je weiter es nach Norden ging, wurde immer kärglicher. Leere, reifüberzogene Felder, vereinzelte Gehöfte. Später Kiefernwälder. Die Baumreihen schoben sich im Vorbeifahren übereinander, auseinander, übereinander – für den Bruchteil einer Sekunde ein weiter Durchblick, gleich aber, schon im nächsten Augenblick, wieder alles verschoben, und man sah vor lauter schwarzem Wald die Bäume nicht mehr, dann wieder ein Durchblick – ein gleichförmiger, ermüdender Wechsel.

Wie immer, ich hatte ein ungutes Gefühl, als ich mich Berlin näherte, dieser Stadt, die mir noch stets die kalte Schulter gezeigt hatte. Berlin: dieser Haufen aus Stein, Rauch, Menschen, Verkehr, dieses heillose Durcheinander. Schornsteine zwischen Schrebergärten. Mitten hindurch donnert die Stadtbahn, manchmal so nah an den schmalen Küchenfenstern vorbei, daß man sehen kann, was auf dem Tisch steht. Ein irres Getriebe und Geschiebe in dieser Stadt, die da mitten aus dem märkischen Acker herausgewuchert war. Berlin kam mir vor wie eine große Menschenfabrik, unentwegt damit beschäftigt, eine bestimmte Sorte Mensch zu produzieren: den Berliner. Rauh, aber, wie ich fand, nicht herzlich. Übernächtigte, künstlich aufgeweckte, eilige Passanten. Alles blieb dort flüchtig, schemenhaft. Es war so schwer, dort Fuß zu fassen. Sie ließen den, der von draußen kam, einfach draußen stehen. Die ideale Stadt, um unterzutauchen …

Ich war noch nicht einmal angekommen und merkte

schon, daß ich Lust hatte, wieder fortzufahren. Berlin – das war nicht Deutschland, das war irgendein Fremdkörper, ein Stück Amerika. In meiner Erinnerung, von den wenigen Reisen mit Mutter und Tante Gerda nach Berlin, war das eine lärmige, asphaltdampfende Stadt; Automobile, die zum Wannsee oder nach Werder rasten, rasende Negermusik, Jazz, Friedrichstraße, wo Männer Frauen und Frauen Männer waren. Dieses ganze Durcheinander, dieser ganze eigensinnige Großstadtkapitalismus, der so sehr gegen die Natur und den Sinn der Dinge lief. Pulsierend, wie es hieß, war diese Stadt nur, weil sie zugleich anziehend und abstoßend war. Nein, Berlin war nicht Deutschland.

Deutschland – das ist ein Herbsttag, wie er draußen, vor dem Abteilfenster, war. Die Felder sind abgeerntet und liegen brach und ehrfürchtig, bereit zur Empfängnis der Kälte. Mitteldeutsche Bauernhöfe. Klare Luft. Wortkarg. Die Kälte zieht aus den Mündern den Lebensodem. Jedes Wort klirrt bereift auf. Das ist Deutschland.

Die Abteiltür wurde aufgeschoben – ich wurde aus meinen melancholischen Stimmungen gerissen. Ein älterer Herr stieg zu. Er lüftete kurz seinen Hut und nahm, mir gegenüber, am Fenster Platz. Nachdem wir eine Weile vor uns hindämmernd durch den grauen Morgen geruckelt waren, rieb er sich plötzlich die Hände warm, gähnte und stellte sich seine Aktentasche auf die Knie. Er holte eine Thermosflasche hervor und ein Stullenpaket. Auf seinem Schoß entfaltete er eine Serviette. Dann wikkelte er feierlich sein Stullenpaket aus, pellte ein hartgekochtes Ei und begann zu frühstücken. Mal sah er dabei aus dem Fenster, mal blickte er zu mir herüber. Ich hatte den Eindruck, daß er ein Gespräch mit mir anfangen

wollte, einige Male schien es mir, als hätte er schon den Mund geöffnet, um mir etwas zu sagen, doch dann biß er wieder einen Happen von seinem Brot ab, schnappte geradezu danach und kaute stumm weiter. Als er fertig war, las er die Krümel von seiner Hose und wischte sich mit der Serviette Mund und Hände ab. Jetzt war ihm offenbar warm geworden. Er fragte mich, ob ich etwas dagegen hätte, wenn er das Fenster ein Stück öffnen würde. Ich schüttelte den Kopf. Er stand auf, zog das Fenster einen Spalt breit herunter und ließ die Lederschlaufe des Halteriemens ein Loch weiter einrasten. Vorsichtshalber ruckelte er noch einmal am Fenster, es war fest. Zufrieden setzte er sich hin, zog eine Zeitung aus seiner Aktentasche und begann zu lesen. Nach einer Weile, aber ganz plötzlich, so daß ich zusammenschrak, sagte er hinter der Zeitung hervor: »Das gibt es doch nicht.« – Er ließ die Zeitung sinken und fragte mich: »Haben Sie das auch gelesen?« Nein, hatte ich nicht, ich zuckte nur die Schultern. Er mußte doch gesehen haben, daß ich keine Zeitung hatte. Er rückte sich die Brille zurecht und las mir eine Korrespondenz aus Paris vor: Ein Neger war auf offener Straße angepöbelt und, nachdem er sich gewehrt hatte, zusammengeschlagen worden. Und was der Clou daran war: Der Neger, von dem ein Photo abgebildet war, war 36 bei der Berliner Olympiade für Frankreich in der Staffel gelaufen.
»Was sagen Sie dazu!« – Doch ehe ich etwas dazu sagen konnte, hatte mein Gegenüber schon die passende Antwort gefunden: »Also, wenn Sie mich fragen, ich sage immer: Wir sind doch allet Menschen, homo sapiens, nich? Alle. Auch der Neger. Auch der. – Hab ich recht?«
Ja, was sollte man dazu sagen – sicher, ja; ich nickte un-

bestimmt. Mein Gegenüber schien auch nicht viel mehr von mir erwartet zu haben, er spitzte seine Lippen und blickte tiefbefriedigt über seinen spontanen mitmenschlichen Empfindungsschub aus dem Fenster. Kurz nach Zossen war er eingeschlafen.

Vom Anhalter Bahnhof lief ich nicht direkt in die Wilhelmstraße, es war noch viel zu früh. Ich ging die Königgrätzer Straße entlang, über den Potsdamer Platz, Richtung Brandenburger Tor. Zwar störte der Koffer beim Spazieren, aber ich wollte auf keinen Fall zu früh da sein. Ich setzte mich also auf eine Bank, vergrub die Hände in den Manteltaschen und wartete. Die goldene Victoria auf der Siegessäule streckte unbewegt ihren kleinen Lorbeerkranz in die Höhe. Eine halbe Stunde vor der Zeit klopfte ich meine Pfeife aus, stand auf und machte mich auf die Suche nach der angegebenen Hausnummer. Fast wäre ich zu spät gekommen, denn ich hatte das Gebäude, an dem ich übrigens zweimal vorbeigegangen war, einfach übersehen. Ein monumentaler Bau, eher wie eine Bank oder eine Versicherungsniederlassung – jedenfalls, so wie es da stand, hätte ich es nicht im Traum mit meinem Einberufungstelegramm in Verbindung gebracht. Das also ist es, dachte ich, als ich Punkt elf Uhr die schwere schmiedeeiserne Tür auftat.

Einen Pförtner gab es hier nicht, dafür aber eine Wache – ein junger schwarzuniformierter Mann mit Armbinde. Ich trug mein Anliegen vor und legte das Telegramm zur Bestätigung auf die Ablage unterhalb der Sprechluke. Der junge Mann, ein Unteroffizier wohl, griff zum Telefonhörer, wählte eine Nummer, nahm dann, den Hörer zwischen Ohr und Schulter geklemmt, meinen Ausweis, den er rasch und mit geübtem Griff durchblätterte. Dann hatte er die Verbindung. Ich konnte nicht verstehen, was er verhandelte – ich hatte mich zur Seite gewandt, denn während er mit dem anderen Ende der Leitung sprach, hielt er mich die ganze Zeit, was mir unangenehm war, fest im Blick.

Als das Gespräch beendet war, reichte er mir Telegramm und Ausweis zurück. Im Moment, so übermittelte er mir, sei es etwas ungünstig, aber – in einer Stunde vielleicht, wenn ich es da noch einmal probieren würde …

Ich steckte meine Sachen ein, zog meine Brauen leicht hoch (als sei ich es nicht gewohnt, irgendwo warten zu müssen), nahm den Koffer auf und trat wieder auf die Straße. In Wirklichkeit war ich natürlich froh – eine Stunde Aufschub. Die Straße hatte sich seit dem Morgen merklich belebt, ich steuerte Café Bauer, Lindenallee Ecke Friedrichstraße, an. Dort nahm ich mir eine Zeitung vom Haken, bestellte eine Tasse Schokolade und ließ für eine Stunde die Welt an mir vorüberziehen. Mein Dienst, fand ich, ließ sich eigentlich ganz gut an. Gestern abend hatte ich noch geglaubt, um diese Zeit schon in irgendeiner Uniform zu stecken und einen Spind einzuräumen.

Auch meine nächste Vorsprache brachte keinen Erfolg. Immerhin aber – der Wachhabende hatte mir den Hörer gereicht – erfuhr ich jetzt von der zuständigen Sekretärin, die meinen Namen kannte, daß gegenwärtig wegen des Besuchs einer Delegation aus dem befreundeten Japan einiges drunter und drüber ginge … man bedauere sehr … ich möge zunächst bitte mein Gepäck in der Hotel-Pension »Zum Anker« abstellen, dort sei ein Zimmer reserviert (Spesen und so weiter würden selbstverständlich vom Amt übernommen) und mich im übrigen zur Verfügung halten. Eventuell gäbe es schon heute abend

einen Termin, doch sei dies noch sehr ungewiß, wegen der Japaner. – Ob ich noch Fragen hätte? Nein, die hatte ich nicht.
Da ich mich einigermaßen in Berlin auskannte, fand ich den Weg zur Pension, die sich in einer kleinen Seitengasse, unweit der Friedrichstraße, befand, recht schnell. Von außen ein schmales, schmuckloses Berliner Haus, das sich von den anderen Häusern der Straße nur durch das Hotelschild und einen über der Tür hängenden schwarzen Anker unterschied.
Das Türspiel gab einen herzerschütternden Klimper- und Zitterlaut – mein Ankommen war hinlänglich signalisiert. Eine Dame, offenbar die Dame des Hauses, schwebte heran, hielt inne, fixierte mich mit aufmerksamen Blicken, als überlege sie, ob ihr zu mir etwas einfalle. Augenscheinlich fiel ihr nichts ein, denn sie verblieb in dieser Stellung, die nun Abwarten ausdrückte. Ich gab Bescheid, weswegen ich hier war. Sie zog das Plaid, das sie um die Schultern trug, fester zusammen und trat an die Stirnseite des dunklen Vorsaales, wo hinter einem runden Tisch ein hoher Lehnstuhl stand. An der Wand war ein Schlüsselbrett angebracht. Darüber hing ein Schild, »Rezeption«. Aus irgendeiner Tasche ihres Rockes zog sie eine Brille hervor, schlug das Buch auf, das auf dem Tisch lag – nach kurzem Suchen nannte sie mir die Zimmernummer, wandte sich um, nahm einen Schlüssel vom Haken und legte ihn wortlos auf den Tisch.
Ich hatte mich unterdessen umgesehen, mein hungriger Blick war an einer halboffenen Tür im Seitenflur hängengeblieben, hinter der ich die Quelle jenes säuerlichfetten Rotkohlgeruchs vermutete, der mir gleich bei meinem Eintritt aufgefallen war; ein schwerer Geruch,

der zu diesem Haus dazuzugehören und jeden Winkel zu füllen schien.
Nein, sagte die Dame, leider, Mittagstisch gebe es nicht, aber ich könne jeden Morgen frühstücken, hier unten, im Gesellschaftsraum, ab sieben Uhr.
Ich nahm meinen Schlüssel und den Koffer und stieg die schmale Treppe nach oben in den dritten Stock. Auf der Treppe und auch, soweit ich sehen konnte, in den Etagenfluren lagen abgetretene rostrote Läufer. An den Wänden hingen muschelförmige Glaslampen. Obwohl sie brannten, verstärkten sie eher den düsteren Eindruck. Irgendwo im Hause stieg eine Stimme die Tonleiter hinauf und hinunter.
Mein Zimmer enthielt außer Bett, Schrank und Stuhl kein Mobiliar. Ich stellte den Koffer ab, wusch mir an dem kleinen Waschbecken rechts neben der Tür Gesicht und Hände, trocknete mich langsam ab und sah mich um. Vor dem schmalen Fenster hing eine Gardine, sie sah aus wie ein graues Gitter. Ich wollte die Gardine beiseite ziehen, doch das Fenster gab lediglich den Blick in einen trostlos dunklen Innenhofschacht frei, da zog ich schnell wieder zu. Aus dem geöffneten Schrank roch es irgendwie charakterlos und unbestimmt, nach Durchreise. Erst mal, überlegte ich, würde ich den Koffer noch nicht auspacken, es war ja auch noch sehr ungewiß, wie lange ich hierbleiben würde.
Ich ließ mich aufs Bett fallen, schob die Füße über eine Querstrebe der pompös geschwungenen Betteinfassung und ließ meinen Körper müde ein bißchen auf und ab wippen. Es quietschte. Ich dämmerte vor mich hin.
Die Tonleiterstimme hatte sich inzwischen einer Opernarie zugewandt. Mir fiel ein, im Treppenhaus hatte ich et-

liche Künstlerphotographien gesehen, Tänzerinnen und elegante Herren, mit keck ins Gesicht geschobenen Hüten, weißen Handschuhen und Spazierstöckchen. Schräg über manche Photos waren malerische Unterschriften geworfen, auch Widmungen (»Vor Anker geh ich in Berlin nur hier«). Offenbar also eine Künstlerabsteige, wo ich für den Anfang gelandet war. Kein schlechter Beginn einer Militärlaufbahn, dachte ich und überlegte schon, wie ich bei Gelegenheit von meinen ersten Schritten ins militärische Leben erzählen würde.

Es klopfte, ich rappelte mich hoch, wahrscheinlich hatte ich sogar ein wenig geschlafen, auf Socken, aber immer noch im Mantel, tappte ich zur Tür. Die Dame des Hauses, etwas befremdet über meinen Aufzug, teilte mir mit, daß ein Anruf gekommen sei, ich möge mich bitte heute Abend gegen 20 Uhr bei dieser Adresse – sie reichte mir einen Zettel – einfinden.

Ich bedankte mich, jetzt hatte ich also endlich meinen Marschplan. Den Zettel warf ich aufs Bett. Rasch wechselte ich meine Wäsche, rasierte mich und verließ pünktlich das Haus. Unterwegs wollte ich noch eine Kleinigkeit essen.

Neunzehntes Kapitel

Aus dem blauen wasserdichten Tagebuch (5)

1.1.42 – Gratwanderung.
Die Luft ist von unheimlicher Klarheit. Der Blick geht ungefiltert Dutzende Kilometer. Ferne Höhenzüge, die noch bis ins kleinste Detail sichtbar sind. Bergrücken, tausende Meter lang, daumennagelgroß. Als fehle hier die Luftglocke, die unten über alles gestülpt ist. Auch andere Farben.
Wir atmen frei und schreiten weit aus.
Bald aber kommt der Katzenjammer: Kopfschmerzen, schwarzes Flimmern vor den Augen. Wir haben unsere Kräfte überschätzt. Müssen bald rasten, atemlos.
Herr Hu, der uns gewarnt hatte, lächelt.
Hier oben eine Luft, die Trunkenheit der Sinne verursacht. So müssen sich Fische auf dem Trockenen fühlen. Nicht in ihrem Element.
Als erster kommt Rapp wieder hoch. Er umkreist unsern provisorischen Notrastplatz, ohne auf Nennenswertes zu stoßen. Abends: Das übliche Einerlei.
Die Mundharmonika liegt unten im Rucksack. Ich lasse sie stecken. Es wird noch Gelegenheiten geben. Jetzt brauche ich alle Luft zum Atmen.
3.1.42 – Höchst lächerlicher Vorfall:
Rapp stellt den Tagesrucksack immer vor den Zelteingang, damit der Schnee nicht durch die Ritzen dringt. Meyer ist strikt dagegen und hält es für Mumpitz. Als er sich heute beim Einstieg ins Zelt wieder – wie schon so oft – mit dem Rucksack verhedderte, stieß er ihn mit

einem wütenden Fußtritt beiseite. Herr Hu senkte den Blick und stopfte weiter Socken. Ich lag da, die Arme unterm Kopf verschränkt.
Dann hörten wir Rapp kommen.
Er hat sich schon so an den Rucksack im Zelteingang gewöhnt, daß er, wenn der Kopf noch draußen ist, den tastenden Fuß blindlings und automatisch über das Hindernis setzt. Als er nun mit dem ganzen Körper im Zelt erschien und sah, daß der Rucksack gar nicht dastand, er also den rechten Fuß völlig unbegründet so weit vorgesetzt hatte, über ein Phantom gewissermaßen – verlor er unter diesem plötzlichen Eindruck das Gleichgewicht und stürzte der Länge nach über den nichtvorhandenen Rucksack hin.
Ich zog mir die Decke übers Gesicht und lachte für mich, verdeckt.

–

Es wird Zeit, nachzuzählen, wie lange wir schon zusammen sind. Erste Marotten zeigen sich, wie bei einem alten Ehepaar.
6.1.42 – Bei Hegel: »... als wahrhafte Unendlichkeit, in sich zurückgebogen, wird deren Bild der Kreis, die sich erreichthabende Linie, die geschlossen und ganz gegenwärtig ist, ohne Anfangspunkt und Ende.«
15.1.42 – Da wir nur flach atmen, brennen die Zigarren nur allmählich ab. Wir müssen für die Rauchpause die doppelte Zeit veranschlagen. Also: Alle Tagespläne ab sofort ändern!
Im übrigen: Herr Hu, der schmächtigste von uns, trägt die schwere Last der leichten Luft am leichtesten. Beinahe katzenhaft. An ihm, scheint es, geht die Höhenkrankheit vorbei. Trotz oder wegen des Opiums?

25.1.41 – Dach der Erde usw. – größere Nähe zu Gott? Eigentlich nicht.
Konfessionell nie sehr gebunden gewesen. Dennoch: imposante Bergwelt, die man schon eher als »Schöpfung« bezeichnen möchte.
Es gibt zwei Varianten: 1. Wenn es Gott nicht gibt, dann liege ich ja mit meinem Atheismus goldrichtig. – Das schließt nicht aus, daß ich 2. nicht doch manchmal sage: Wenn es denn Gott gibt, so wird er mir auch meinen Atheismus verzeihen (irregeleitetes Schaf oder so). So oder so, es geht ums Überleben, und in dieser Frage gehe ich lieber auf Nummer Sicher. Insofern im Grunde meines Wesens vielleicht doch religiös? Religion – eine Lebensversicherung mit dem Himmel bzw. eine Über-Lebensversicherung. (Amen)
27.1.42 – Eigentlich eine Kleinigkeit und nicht der Rede wert, dennoch – ein Einschnitt, eine Verschiebung der Gewichte. Da uns seit Tagen Löffel fehlen, haben wir heute schweren Herzens unser Anemometer geplündert, d.h. die drei hintereinander im Kreis angeordneten Löffel des Windmessers auseinander geschraubt. Natürlich, schon seit längerem haben wir keine Windmessungen mehr vorgenommen, insofern ... Trotzdem.
Beim Abendessen Meyer mit Seitenblick auf Rapp, der heute die Suppe gekocht hatte (sinngemäß): Es bliebe sich im Grunde gleich, ob man mit diesen Löffeln Luft oder lauwarme Wassersuppe löffeln würde.
Überhaupt: gereizte Atmosphäre.
30.1.42 – »Na, werden doch keinen Moralischen bekommen? – Cognac?« – Ich schüttelte den Kopf.
Meyer mußte mich von weitem gesehen haben und war mit der Feldflasche zu mir gekommen. Ich hatte mich

nach dem Abendessen verdrückt, meine Blicke über das riesige Eisplateau schweifen lassen und ansonsten ein wenig meinen Gedanken nachgehangen …

Meyer nahm nun selbst einen Schluck und setzte sich zu mir. Ziemlich unvermittelt kam er auf das Saurierskelett zu sprechen, das er mal im Berliner Naturkundemuseum besichtigt hatte. (Ausgangspunkt war, glaube ich, die Größe der imposanten Naturkulisse, auf die wir blickten.) »Die Saurier – das waren doch kapitale Burschen, alles in allem. Wenn man davorsteht, Kopf im Nacken – da wird einem schon weich in den Knien …, was? Und sie wußten schon, weshalb sie zugrunde gehen. Sie ahnten, was kommt. Natürlich, ihr Gehirn – vergleichsweise nicht groß, aber: Es war verteilt. Ein bißchen was im Kopf, fürs Nötigste, so für die gröbste Orientierung; der Rest im Körper, hinten am Rücken. Haben also gewissermaßen mit dem Körper gedacht. Das ist schon mal sehr wichtig. Und da haben sie sich nicht hechelnd auf jede neue Mode geworfen, nicht auf jeden Trend eingestellt, nicht jeden Evolutionsschnickschnack mitgemacht. Haben auf ihren Körper gehört, und der hat ihnen gesagt: bis hierhin – und nicht weiter!

Kann man sich doch vorstellen, oder?

Sie waren groß. Und so sind sie zugrunde gegangen, in aller Größe. Langsam in den Schlamm und in die Ewigkeit eingesunken. Als ob das kein Beispiel wäre. Imponierend irgendwie, oder?«

3.2.42 – Aus einer Laune heraus jodelte Rapp vor ein paar Tagen plötzlich. Eine ganz neue Seite an ihm, da er sonst doch eher verschlossen ist. Wahrscheinlich hatte die Natur ihn, wie man so schön sagt, »übermannt«.

Herr Hu war ganz aus dem Häuschen, lauschte mit in-

nig geschlossenen Augen diesen fremden Klängen, den Mund leicht geöffnet ... Andacht, Innerlichkeit.
Ich saß auf dem Schlitten vorm Zelt, die Sonne sank, und durchs blauglitzernde Tal geisterten Rapps einsame Jodler: Holladihi ... Holla-dri-hi-ha-ho ... Sie verloren sich irgendwo und kehrten fremd als Echo zurück.
Überlegung: Welche Seite unseres innersten Wesens drückt sich beim Jodeln aus? Und: Wenn Herr Hu, als Naturkind, sich derart empfänglich dafür zeigt – vielleicht ist der Jodellaut ein geeigneter Lockruf?
Bisher ja wenig Erfolg bei unsern Versuchen der Kontaktaufnahme. Diesen Gedanken vorsichtig an Meyer herantragen.
Abwegig? Kaum. Erster Erfolg hat sich ja gezeigt. Sobald Rapp auch nur einen Schnalzlaut Richtung Jodeln von sich gibt, freut sich Herr Hu wie ein Schneekönig und ist mit doppeltem Eifer bei der Sache.
– Dranbleiben!
15.2.42 – Frischer Schnee ist gefallen.
Aber es ist nicht das Weiß, das die Welt jetzt so verändert. Jedenfalls nicht nur. Vor allem schluckt der Schnee viele Geräusche. Ganz auf uns zurückgeworfen. Nur unser Stapfen. Sonst Stille.
–
Mit der Hand schob ich am Abend den frischaufgewehten Schnee zusammen und gab mehrere Hand voll davon in den Teekessel, den Herr Hu aufsetzte. Bald schon brodelte das heiße Wasser. Baudenatmosphäre.
16.2.42 – Diese irrsinnigen, in Berlin ausgedachten Planquadrate! – Das säuberlich in Berlin beschriebene Papier ist gegen die Wirklichkeit hier – ein unbeschriebenes Blatt!

Was ist das Problem? Die am grünen Tisch vorgenommene Einteilung des Gebietes in Planquadrate und der daraus abgeleitete Zeitplan erweisen sich angesichts täglich neuer Unwägbarkeiten immer mehr als gegenstandslos. Unser Suchareal – ein Territorium von 300 mal 200 Kilometern – ist in 600 Planquadrate unterteilt. Theoretisch ist pro Tag ein Planquadrat von 10 mal 10 Kilometern zu durchforschen. Das ergibt bei diagonalem Durchgang günstigstenfalls eine Tagesstrecke von ca. 14 Kilometern, zuzüglich gelegentlicher Spähgänge also etwa 20 Kilometer. Da aber mitunter enorme Steigungen bzw. Abhänge zu passieren sind, geht es auf der Planquadratsdiagonale nicht stracks geradeaus, sondern oft nur im Zickzackkurs, wodurch sich das Tagespensum schnell auf 40 Kilometer verdoppeln kann. Das ist kaum real zu bewältigen!

Um es zu verdeutlichen: In den nächsten Tagen hätten wir eigentlich Planquadrat 200 erreichen müssen, sind de facto aber erst bei Planquadrat 178! (Dabei haben wir sogar auf die Hälfte der vorgesehenen Ruhetage verzichtet.) Und die erfolgversprechenden Planquadrate beginnen erst im Umkreis der Planquadrate 371, 372, bis hinauf zum 490er und seiner Umgebung – ein schraffiertes Oval in der oberen Hälfte unserer Karte.

Zwanzigstes Kapitel

Es war schon dunkel, als ich in die gesuchte Straße einbog. Ich kam vom Stadtbahnhof Wannsee. Eine alte Straße, Katzenkopfpflaster. Zwischen den runden Steinen wuchs wahrscheinlich Gras. Doch das war, obwohl die Gaslaternen brannten, schon nicht mehr zu erkennen. Da ich – wie immer – überpünktlich war, streifte ich noch ein wenig durch das abendliche Viertel. Das hier war auch Berlin – und ich wunderte mich wieder über diese Stadt, die aus so vielen Städten bestand. Ein paar Minuten Stadtbahnfahrt – und Fabrikschlote und Menschengeruch waren vergessen.

Aus den Villen – sie lagen weit hinten in den Anwesen, zum See hin – drang Licht. Die großen, teils schloßartigen, mit Türmen und Erkern versehenen Gebäude waren halbverdeckt von hohen Bäumen, umrankt und, wie es schien, mit den nächtlichen Gärten verwachsen. Da man im schwachen Licht nur Teilstücke von ihnen sah, wirkten sie noch größer. Sie waren eins mit der Nacht. Es führten schmale Wege dorthin, bisweilen auch breite Auffahrten, flankiert von kniehohen schmiedeeisernen Leuchtern.

Vom See her kam leichter Wind und fuhr durchs Geäst. So schien es, als würden auch die Hauslichter hinter den Bäumen schwanken wie Lampions.

Die Adresse, zu der ich bestellt war, mußte ich nicht lange suchen. Vor der geöffneten Einfahrt parkten etliche schwarze Limousinen. Die dazugehörigen Fahrer, größtenteils uniformiert, standen unter einer Laterne und unterhielten sich. Neben mir glitt ein schwarzer Wagen vorbei, stoppte kurz vor der Einfahrt, ein herbeigeeilter Uniformierter salutierte in den dunklen Fond des Wagens, und die schwere Karosse verschwand durchs offene Tor. Mir ging nun doch etwas die Muffe, hierher gehörte ich ja eigentlich nicht. Aber, wie auch immer, ich mußte schon hinein, und sei es lediglich, um dieses Mißverständnis aufzuklären.

Ich gab mir einen Ruck und betrat das Grundstück. Im selben Moment stand – wer weiß, woher – ein junger Mann neben mir und verlangte meinen Ausweis. Er hielt ihn schräg in die Höhe, um im schwachen Laternenlicht Name und Bild zu prüfen, dann durfte ich passieren.

Hinten am Haus mußte ich nicht läuten. Die Tür, inmitten eines umrankten Steinportals (eine schwere Eichenholztür mit kleinem, kunstvoll vergittertem Durchguck), wurde mir geöffnet, jemand nahm mir den Mantel ab. Da stand ich nun. Mir war mulmig. Zunächst trat ich ein paar Schritte zur Seite, um vor dem großen Wandspiegel den Krawattensitz zu prüfen und meine Haare in Ordnung zu bringen. Durch die offene Schiebetür konnte ich in den Salon blicken. Dort hatte sich eine größere Abendgesellschaft versammelt. Vor allem Zivilisten, Herren in Smokings, Frauen in Abendkleidern, aber auch einige Militärs, und zwar in Uniformen, die ich nicht kannte und die mir wie Kostüme vorkamen. Stimmen, Gelächter, Gläserklirren und Grammophonmusik drangen aus dem Salon in die Diele.

Wohl oder übel – da mußte ich hinein.

Zunächst schien niemand von mir Notiz zu nehmen. Ein vorübereilender Kellner hielt mir ein Tablett entgegen, ich nahm eines der Gläser, obwohl ich Champagner nicht mag, aber mit dem Glas in der Hand, an dem ich mich festhalten konnte, machte ich schon eher einen dazugehörigen Eindruck. Ich nippte am eisgekühlten Getränk, da sah ich, daß sich aus einer der Gruppen eine »reifere Dame« löste und auf mich zusteuerte.

»Sie sind ... «, sagte sie und machte, als würde sie überlegen, eine kleine fragende Pause ... Ich stellte mich vor. – »Ja, richtig«, sagte sie, »wir haben ja schon so viel von Ihnen gehört, der Professor ... er muß übrigens bald kommen. Sie haben ja gehört, die Japaner! Die Japaner haben uns heimgesucht.« Ein kokett-bedauerndes Schulterzucken sollte ihren Worten Nachdruck verleihen. Sie wandte sich im Gehen noch einmal um und sagte: »Die Runde machen Sie dann am besten mit dem Professor, er wird Sie vorstellen und pipapo. Bis dahin (ihr nackter, fleischiger Arm schwenkte Richtung kaltes Buffet) bedienen Sie sich ... Er muß aber gleich kommen.«

Er kam nicht. Zumindest nicht gleich.

Inzwischen war ich in die verschiedensten Gesprächskreise hineingeraten, eher unfreiwillig. Da und dort hatte ich mich einfach dazugestellt, um nicht so auffällig allein herumzustehen, und einmal sogar etwas beigesteuert, ein halblaut hingemurmeltes »Ganz recht!« oder »So sehe ich das auch«, worauf aber der Gesprächsfluß nur für einen kurzen und für mich sehr peinlichen Moment stoppte, befremdete Blicke mich trafen – und dann lief es weiter, so als hätte ich nie etwas gesagt und als wäre ich auch gar nicht da.

Plötzlich, man lachte über einen Witz und blickte entschuldigend zu mir herüber. Das war's also unterm Strich: Pointen, die ich nicht verstand, affektiertes Lachen und, was mir besonders auf die Nerven ging, neben mir eine Dame, die jeweils, wenn der Wortführer der Runde etwas zum Besten gegeben hatte, kurz und lautlos, mit seltsam vorgestreckten Händen, applaudierte – eine kindische Geste.

Das hier schien ein eingeschworener Zirkel zu sein – und daß ich nicht dazugehörte, sah man mir auf den ersten Blick an, man spürte es – und ich spürte es auch.

Ich mußte an ein Spiel denken, das wir früher in der Gundelachstraße oft gespielt hatten: Zappelball. Zwei werfen sich den Ball zu, ein dritter steht in der Mitte, zwischen ihnen, und versucht, den Ball zu fangen. Wie ein Hampelmann streckt er die Arme hoch, zur Seite – umsonst, der Ball findet immer einen Weg, mal rollt er zwischen den Beinen durch, mal saust er haarscharf am Kopf vorbei. Was aber das Schlimme hier in diesem Salon war und was es vom Kinderspiel unterschied: Sie achteten gar nicht auf mich, nein, der Ball flog scheinbar von selbst an mir vorbei, immer wieder. Und es half auch gar nichts, zur Seite zu sehen, als interessiere es mich nicht, und dann blitzschnell zuzufassen. Es war hier so ein Gedränge, daß man gar nicht irgendwohin zur Seite sehen konnte. So blieb ich auf mich gestellt und war inmitten dieser vielen Leute meiner Einsamkeit ganz ausgeliefert.

Auf einmal, wie auf ein Signal, kam Bewegung in den Salon. Es wurde unruhig. Die Blicke gingen zur Tür. Draußen mußte sich etwas ereignet haben. Da – die Menge teilte sich, und durch die entstehende Gasse schritt ein schwarzuniformierter untersetzter Mann. Im Gefolge etliche Uniformierte. Und auch ein paar Zivilisten, die sich miteinander unterhielten, ganz zwanglos und unbefangen. Dies fiel umso mehr auf, als sich mit dem Auftritt des schwarzen Herren plötzlich im bis dahin so

geschwätzigen Salon erwartungsvolle Stille und Befangenheit breit gemacht hatten.
Halblaut fragte ich einen Kellner, der neben mir mit seinem Silbertablett in eine gewisse Achtungsstellung gegangen war, wer das denn sei. Der Kellner sah mich für einen winzigen Augenblick abschätzig von der Seite an (es war ihm anzusehen, daß er sein Erstaunen nur schwer verbergen konnte); dennoch gab er – und er ließ es an korrekter Form nicht fehlen – die gewünschte Auskunft: Das ist Obergruppenführer Overbeck, mein Herr. – Damit schien es aber genug zu sein. Er rückte ein Stück ab von mir, als sei es eine Zumutung für ihn, neben jemandem stehen zu müssen, der Obergruppenführer Overbeck nicht kannte.
Natürlich kannte ich den! Zumindest, ich hatte schon sehr viel von seinem Amt gehört; eines jener Ämter, über das zwar viel geredet wurde, das aber selbst kaum an die Öffentlichkeit trat und das seine Tätigkeit in Schweigen hüllte. Ein Schweigen, so schien es, das nachgerade darauf abzuzielen schien, alle möglichen und unmöglichen Gerüchte heraufzuprovozieren, die zu diesem Amt dazuzugehören schienen und die ihm eine Aura des Geheimnisvollen verliehen.
Nachdem Overbeck und sein Gefolge die Mitte des Salons erreicht hatten, ließ Overbeck seinen halberhobenen Arm sinken und nickte kurz in die Runde. Das Gefolge verteilte sich. Die Atmosphäre lockerte sich wieder etwas.
Der Kellner hatte schon vorher die Gelegenheit wahrgenommen, mit großen Schritten sein Tablett weiterzutragen.
Das also war Overbeck.

Ich versuchte all das, was ich bisher über Overbeck gehört hatte, mit dem Bild des kleinen rotgesichtigen Mannes zusammenzubringen, der da mit einem Cognacschwenker in der Hand an einem der runden Tische stand. Dieser Mann wirkte gelangweilt, das vor allem – und was ich vielleicht erwartet hätte, irgend etwas Dunkles, Rätselhaftes, war beim besten Willen nicht zu entdecken. Nichts dergleichen. Doch das war vielleicht nur auf den ersten Blick so. Eines war ja nicht zu übersehen: Seit Overbecks Auftauchen hatten sich die Gäste des Salons neu strukturiert. Seitenblicke, ob man gesehen würde oder nicht ... Es war wie eine inoffizielle Audienz, die anderen schoben sich an Overbeck heran, der immer mehr zum Mittelpunkt des Salons wurde. Vielleicht war das das Geheimnis? Was heißt »die anderen«! Auch ich selbst starrte ja Richtung Overbeck, versuchte etwas aus seinen spärlichen Gesten herauszulesen, meist war es ja nur ein träges Nicken ...

»Na, Sie machen hier wohl schon geheime Studien?« Ich fuhr herum. Dicht hinter mir, ich hatte sein Herantreten nicht bemerkt, stand einer jener Zivilisten, die vorhin mit dem Obergruppenführer gekommen waren. »Freue mich, freue mich ungemein, daß Sie endlich da sind.« Der Mann – sah man von seiner Körperfülle ab, hätte man ihn für einen Sportler halten können (er mochte etwa an die Fünfzig sein) – schüttelte lange meine Hand. Im Unterschied zu den anderen hier machte er einen sehr frischen, unverbrauchten Eindruck. »Haben Sie schon was getrunken?« fragte er mich und durchspähte dabei schon aufmerksam witternd den Raum. »Natürlich haben Sie, natürlich ... Bloß ich hab mal wieder den ganzen Tag auf dem Trockenen ... Wenn es wo brennt, Japaner oder so ...

Keine Frage, wer da Mode ist. Ach so, ja, das hatte ich ja ganz vergessen –.« Er trat einen kleinen Schritt zurück, deutete eine Verbeugung an, »Machen wir es ganz förmlich: Meyer, Friedhelm Meyer. Den ›Professor‹ schenken wir uns gleich! – Sehr, sehr angenehm!« Wieder lachte er herzlich, diesmal hatte er gleich meinen ganzen Arm ergriffen. – Ich war, sozusagen, ergriffen. Dieser Begrüßungsschwall hatte mit einem Mal die unbehagliche Anonymität von mir abgespült, ich gehörte jetzt irgendwie dazu. Zu schade nur, daß der Kellner nicht in Sichtweite war …

Ehe ich nun meinerseits Worte finden konnte, hatte Meyer schon wieder die Initiative ergriffen: »Wir müssen nachher noch ein bißchen Händchenschütteln gehen … muß sein (freundlich mahnender Blick, als würden wir uns schon ewig kennen) … na, und dann – wir sehen zu, daß wir hier bald verschwinden, irgendwohin, wo es ein bißchen gemütlicher ist, nicht wahr.« Das letzte hatte er leise gesagt, er zog vielsagend die Brauen hoch, dann ein Augenaufschlag und ein Blick des Unbehagens in die laute Runde.

Und dann ging er schon los. Ich nickte ihm hinterher und sah, daß er mit einem schwarzuniformierten jungen Mann sprach, der sich bald darauf aus einer Gruppe löste und auf mich zutrat. Auch er einer von denen, die vorhin mit Overbeck gekommen waren. Er stellte sich mir kurz vor – ach, und übrigens, er käme ja auch aus Dresden, wir lachten; wir standen da, jeder ein Glas in der Hand, und redeten ein paar belanglose Dinge. Nach einer Weile hatte ich den Eindruck: Wir beide denken dasselbe – wenn es darauf ankäme und wir nicht wie hier durch einen Zufall nebeneinandergestellt wären,

wir wären zwei, die sich bis aufs Blut bekämpfen würden. Ich konnte es mir nicht näher erklären, das war nur so ein Eindruck. Vielleicht ärgerte es mich auch, daß er so selbstverständlich Meyers Platz einnahm. Oder war es diese selbstsichere Art, mit der er, während wir sprachen, anderen Leuten zunickte? Er war dazugehörig, und das stellte meine gerade errungene Sicherheit wieder in Frage. Als ich einmal kurz in seine Augen blickte, bemerkte ich den starren Blick im lächelnden Gesicht. Unter der Oberfläche unserer lächelnden Gesichter lag Abwehrbereitschaft, und darunter – Mißtrauen. Dabei, sein Gesicht war ganz jungenhaft und unschuldig. Aber so jungenhaft und so unschuldig, daß man es ihm einfach nicht abnahm. Wenn man in diesem Alter noch so unschuldig und unverdorben aussah, dann mußte irgend etwas nicht stimmen. Vielleicht war sein Gesicht so schön, weil nichts in ihm Spuren hinterlassen hatte. Und wenn man genau hinsah, so war das Makellose der Gesichtszüge auch eine kalte Glätte, auf der es keinen Halt gab.
Wieder einmal merkte ich: Ich war deshalb oft so unbeholfen und keiner Situation richtig gewachsen, weil ich mich zu sehr auf Einzelheiten, Nebensächliches konzentrierte, so daß ich darüber oft das große Ganze aus den Augen verlor. Ich hoffte inständig, Professor Meyer möge nur bald wiederkommen und die Fäden in die Hand nehmen. Auch meinem Gesprächspartner konnte nicht entgangen sein, daß ich immer einsilbiger geworden war. Aber er blieb bei mir stehen, als hätte er den Auftrag dazu.
Endlich: Meyer!
So rasch, wie er verschwunden war, stand er jetzt wieder

bei uns. Er fragte mein Gegenüber, ob wir jetzt könnten? Der Schwarzuniformierte entfernte sich augenblicklich, kam nach wenigen Augenblicken wieder, dann nahmen mich beide in die Mitte, und ehe ich es recht begriffen hatte, standen wir vor dem Obergruppenführer. Mein schwarzuniformierter Begleiter raunte ihm etwas ins Ohr. Obergruppenführer Overbeck war offenbar schon sehr betrunken. Er hatte Mühe, die fast heruntergebrannte Zigarette zum Mund zu dirigieren. Da er, wegen der dicken, entzündeten Lider, die Augen nicht mehr richtig aufbekam, hatte er den großen, schweren Kopf in den Nacken geworfen, und seine taumelnden Blicke musterten mich von unten nach oben. Seine Pupillen waren geweitet, so daß er mich wahrscheinlich kaum scharf fixieren konnte.
Meyer, leicht vorgebeugt, hatte seine Hand auf meine Schulter gelegt und sagte nun etwas von »vielversprechender Perspektive« und »frischem Blut« in Richtung Overbeck, dann zog er mich – ich sah, daß eine der Ordonnanzen ihm unauffällig zugenickt hatte – beiseite. Als wir wieder ein Stück abseits standen, merkte ich, daß Meyer erleichtert war. »Na, jetzt haben wir's hinter uns«, raunte er mir zu. Ich wandte mich noch einmal um und sah, daß der Obergruppenführer noch genauso dastand wie vorhin – schwankend, Blick ins Leere, das große, schlaffe Gesicht, die herunterhängende fleischige Unterlippe, der Mund stand ein wenig offen, es sah aus, als würde er pausenlos über etwas staunen, er hielt sich am Glas fest. Wenig später kippte er beinahe um.
So hatte ich mir das eigentlich nicht vorgestellt.
Irgendwann nahmen die Ordonnanzen den Obergruppenführer, der sich kaum noch auf seinen Beinen halten

konnte, in ihre Mitte, und er wurde nach Hause gefahren.
Zu einem Gespräch mit Meyer kam es an diesem Abend zwar nicht mehr, wie vereinbarten aber einen Termin für die nächsten Tage.

Einundzwanzigstes Kapitel

Das Vernehmungszimmer ist diesmal abgedunkelt; auf Monbluhms Schreibtisch steht ein Filmvorführgerät.
Er wird von den Wächtern auf seinen Stuhl gesetzt und beobachtet, wie Monbluhm und ein Angestellter am Apparat hantieren. Irgend etwas scheint nicht zu klappen. Die Filmrolle ruckt an, weißflimmernde Zahlen springen über die Wand, 3, 2, 1, dann stottert es, und es ist wieder dunkel.
Schließlich klappt es doch. Der Film spult ab. Fanfarenstöße. Das Bild eines steinernen Adlers, mit ausgebreiteten Schwingen, den Kopf stolz zur Seite gewendet. Dann ein Blick von oben auf ein weites Land, Wiesen, Felder, Flüsse, Dörfer. Adlerblick. – Aber jetzt sieht man, daß es ein Flugzeug ist, das sich herabsenkt. Nürnberg. Die Maschine rollt aus, und es entsteigt ihr der Führer.
Er ist von der Musik ganz hingerissen, so daß er Monbluhms Zwischenbemerkung (»Vom Himmel hoch, da komm ich her«) nicht versteht, er kann jedenfalls nichts damit anfangen.
Es ist ein Reichsparteitagsfilm. Monbluhm läßt mehrmals den Vorführapparat anhalten und fragt, ob er jemanden vom Ahnenerbe unter den Zuschauern erkennen würde. Aber er tippt nur auf die Gesichter der bekannten Parteigrößen. Monbluhm ist unzufrieden. Da läuft der Film auch schon weiter: Tausendfach strecken sich dem Führer Arme entgegen, es sieht aus, als griffen sie nach ihm, als wollten sie ihn liebevoll berühren … A. H. aber steht einsam und verlassen in unerreichbarer Ferne auf

der Tribüne. Sein unergründlicher Blick ist fragend in die Masse gesenkt.
Er muß plötzlich daran denken, wie er einmal als kleiner Junge mit Mutter auf einem Maifest war. Auf dem Platz rund um den geschmückten Maienbaum war ein großes Gedränge. »Du mußt mich immer schön anfassen«, hatte Mutter noch gesagt – und wenig später hatte er sie doch verloren, stand ganz allein da, inmitten der Menschen, und streckte hilflos seine Hände aus.
Der Führer hielt sich jetzt mit einer Hand am Koppel fest, mit der anderen Hand, etwa in Kopfhöhe, gestikulierte er – er hatte den Kopf wie der Adler zur Seite gewendet, es sah aus, als spräche er mit seiner Hand, und nur mit ihr.
Inzwischen hatte die Masse ihre tausend Fühler oder Arme wieder erwartungsvoll eingezogen und spannte die Ohren auf – bereit zur Empfängnis der Rede.
Doch das interessiert Monbluhm schon nicht mehr. Er läßt den Apparat abschalten und die Fenstervorhänge zurückziehen. Die plötzlich hereinfallenden Lichtquader sind ein großer Schmerz.
Monbluhm hat unterdessen etliche Papiere vor sich ausgebreitet, von denen er sich, wie er sagt, einige Aufklärung erhoffe. Er werde diese Textauszüge jetzt vorlesen, und wenn ihm etwas daran auffalle oder bekannt vorkomme (Monbluhm blickt ihn scharf an), so möge er ein Zeichen machen oder versuchen zu sagen, woher ihm das bekannt sei. Der heute anwesende Beisitzer (ein junger Offizier zu Monbluhms Linken) werde alle Antworten protokollieren.
Ob er die Aufgabe verstanden habe?
Er nickt – und Monbluhm beginnt: Erstens, Heinrich

Himmler, am 19.2.38 in einem Tischgespräch: »Ich habe einmal einen Japaner gefragt, was glaubt ihr eigentlich, woher euer Volk gekommen ist? Der Japaner antwortete, Sie als Westeuropäer werden lachen, wir glauben, daß wir vom Himmel gekommen sind. Ich antwortete: Sie werden ebenso lachen, wir glauben ebenfalls, und es ist in unseren Mythen verankert, daß wir mit den Asen vom Himmel gekommen sind.«
Ja? – Monbluhm blickt zu ihm: War etwas?
Asen ... Dieser Begriff sei damals mehrfach gefallen, daran könne er sich erinnern, ja. Er wisse zwar nicht mehr, wann und wo, und auch nicht, was er bedeute, aber gehört habe er diesen Begriff.
Monbluhm bittet den Beisitzer, eine Notiz zu machen. Das könne ja geklärt werden, er wisse das momentan auch nicht genau.
Monbluhm blättert eine Seite weiter: Eine im Grunde ähnliche Sicht auf diese Dinge auch bei Hitler selbst, und zwar laut Stenogramm des nächtlichen Tischgesprächs vom 25. auf den 26. Januar 1942: »Ich neige der Welteislehre von Hörbiger zu. Vielleicht hat um das Jahr 10000 vor unserer Zeitrechnung ein Einbruch des Mondes stattgefunden. Es ist nicht ausgeschlossen, daß die Erde den Mond damals in seine jetzige Bahn gezwungen hat. Möglich auch, daß das, was der Mond als Atmosphäre um sich hatte, unsere Erde an sich gerissen hat, womit sich die Lebensbedingungen der Menschheit auf der Erde von Grund auf verändert haben. Denkbar ist, daß es damals Wesen gab, die in jeder Höhe und Tiefe haben existieren können, weil es den Zwang des atmosphärischen Druckes nicht gegeben hat. Denkbar ist auch, daß die Erde aufgebrochen ist und daß der Einsturz von

Wasser in die Krater zu ungeheuren Explosionen geführt hat und Regengüsse gebracht hat, vor denen sich nur ein Menschenpaar hat retten können, da es in einer höher gelegenen Höhle Unterschlupf gefunden hatte. Ich glaube, diese Fragen werden sich nur lösen, wenn eines Tages ein Mensch intuitiv Zusammenhänge schaut und der exakten Wissenschaft damit den Weg weist. Wir werden sonst nie hinter den Schleier schauen, den die Katastrophe zwischen uns und die Vorwelt hat fallen lassen.« Monbluhm blickt kurz auf. Jetzt nimmt er ein neues Blatt hervor: Der Name Schäfer sei ihm doch sicher geläufig, Ernst Schäfer …

Er nickt. Schäfer, Tibet-Schäfer, natürlich, das war ein Begriff, auch außerhalb der Partei. Sein *Unbekanntes Tibet* sei damals ja weitverbreitet gewesen, auch die Tibetfilme. Monbluhm nickt. Dann nimmt er das Blatt auf und liest: »Bei der Besprechung, die ich mit Himmler hatte, fragte er mich, wie der Mensch entstanden sei. Darauf sagte ich: ›Heidelberger und so weiter.‹ Himmler hatte ganz seltsame Ansichten. Er wollte, daß die nordische Rasse direkt vom Himmel gekommen sei. Sie glaubten alle an die Welteislehre. Das war natürlich alles ganz unwissenschaftlich. Aber die Herren hatten keine anderen Bücher gelesen. Das ist eine so tolle Geschichte, daß man es fast nicht glauben kann. Sie neigten alle zu der okkulten Seite …« (Ernst Schäfer, *Interrogation vom 2.4.47 Nürnberg*)

Monbluhm läßt das Blatt sinken, soweit also dazu. Dann nimmt er ein neues Blatt und fährt fort: »Gleich noch dazu … Brief, Himmlers Referent Brandt an Hauptsturmführer Schäfer, betrifft Salzburger Tibet-Ausstellung:

Lieber Kamerad Schäfer!
Auf Ihren Brief vom 7.11.1941 wegen der Salzburger Ausstellung im Haus der Natur möchte ich Ihnen kurz antworten. Soll diese Ausstellung etwa der Öffentlichkeit zugänglich sein? Ich bitte Sie zu beachten, daß diese Ausstellung, mag sie noch so schön sein, unter das Verbot des Reichsführers-SS fällt, auf keinen Fall etwas von Ihrer Expedition zu bringen. Steht diese Ausstellung einmal, läßt sie sich doch nicht verheimlichen.
Heil Hitler!
Ihr
gez. R. Brandt
SS-Sturmbannführer«
Monbluhm heftet nun die Blätter wieder ab und klappt den Ordner zu. Er zündet sich eine Zigarette an.
Es ist still im Vernehmungszimmer.
Monbluhm, in einer Hand die Zigarette, beobachtet sein Gegenüber genau. Er hat den Mund leicht geöffnet, die Zungenspitze berührt fragend die Oberlippe.
»Was haben Sie in Tibet gesucht?«
Keine Antwort.
Also holt Monbluhm mit seinen Fragen weiter aus: Hatte die Welteislehre Hörbigers, die sogenannte »Glazial-Kosmogonie«, auch Auswirkungen auf die praktische Tätigkeit des Ahnenerbes? Gibt es hier eine Verbindung zu der äußersten Geheimhaltung hinsichtlich aller Tibetaktivitäten?
Aus den zitierten und anderen Quellen ginge zweifelsfrei hervor, daß Himmler der Meinung war, die Germanen stammten nicht wie die übrige Menschheit vom Affen ab, sondern sie seien vom Himmel, aus dem Welteis, auf die Erde herabgestiegen. Gab es in diesem Zusammen-

hang Ahnenerbe-Forschungen, die sich mit der Konservierung lebendiger Keime im ewigen Eis befaßten? Wenn ja – wo fanden diese Forschungen statt? Vor Ort? Oder im Labor? Ist es wahr, daß Himmler Blitz- und Donner-Zeichen auf altgermanischen Sinnbildern daraufhin untersuchen ließ, ob es sich dabei eventuell um vorzeitliches Kriegsgerät handeln könnte? Elektrische Aeroplane usw. Es ist ein ganzer Fragenkatalog.
Monbluhm erwartet kaum Antworten, er verliert sein Gegenüber mehr und mehr aus dem Blick. Eigentlich stellt er diese Fragen laut sich selbst (um endlich eine Ordnung in den Wirrwarr der Einzelheiten zu bekommen) und diktiert sie nur der Vollständigkeit halber dem Beisitzer ins Protokoll.
Als Monbluhm fertig ist, sich erschöpft im Stuhl zurücklehnt – bemerkt er, daß ihm gegenüber ja noch der Gefangene sitzt.
Monbluhm klingelt nach den Wächtern, und die Vernehmung ist für diesmal beendet.
Als er wieder in seiner Zelle ist, lehnt er den Kopf an die Wand, schließt die Augen und versucht sich vorzustellen, es sei eine Schulter, an die er sich lehnt. Für Momente empfindet er so etwas wie Geborgenheit. Aber er findet keinen Halt. Der Riß, der durch die Dinge geht und durch ihn – das Unding. Es aushalten.
Irgendwo trommelt es. Aber das ist wahrscheinlich nur wieder sein Herz.
Monbluhms Fragen haben Wörter hervorgeholt, die er alle schon einmal gehört hat, früher, lange her, vor tausend Jahren. All diese Wörter hatten einmal eine Ordnung. Sie bedeuteten etwas. Sie hatten einen Sinn. Plötzlich denkt er: Es hat keinen Sinn mehr.

Als er die Augen öffnet, sieht er vor lauter Einzelheiten seine Zelle nicht mehr. Er sieht nur den großen Kratzer an der Wand, den zerschrammten Schemel, den leeren Blechnapf im schräg einfallenden Licht.

Zweiundzwanzigstes Kapitel

Aus dem blauen wasserdichten Tagebuch (6)

6.3.42 – Herr Hu war heute morgen guter Laune, der Himmel war hoch und blau, zeitig machten wir uns auf den Weg, um bei gutem Wetter ein reichliches Tagespensum zu schaffen. Gegen Mittag gelangten wir zu einer Felsgruppe, einem Doppelfelsen, unser Weg führte mitten hindurch, ein kleiner Schlängelpfad, aber breit genug, daß wir mit dem Schlitten passieren konnten.
Am Vormittag war die Temperatur auf über 6 Grad Celsius angestiegen, wir liefen barhaupt, freilich, wegen der Sonne, mit Schneebrillen. Ich hatte Jacke und Pullover ausgezogen, trug also oben herum nur noch mein graues langärmeliges Unterhemd.
Ich und Hu, den Schlitten angeschirrt, sollten den direkten Weg gehen, während Meyer und Rapp den Kammweg nehmen wollten, um bei dieser Gelegenheit noch ein wenig Überblick zu gewinnen.
Als wir am Eingang der kleinen, nur wenige hundert Meter langen Schlucht angelangt waren, bedeutete mir Hu mit Gesten, ich solle mir etwas überziehen. Er zeigte mit dem Finger auf die Schlucht, rieb sich darauf die Oberarme, sein Zeichen für Kälte, dann hielt er seine rechte Hand über den Kopf und ließ die Finger eilig in unterschiedlicher Reihenfolge auf- und niederflattern, sein Zeichen für Schnee. Ungläubig sah ich Herrn Hu an, dann zeigte ich hinauf zum blauen Himmel, nicht eine einzige Wolke zeigte sich dort. Dies aber schien Herrn Hu nicht zu beeindrucken. Er schnürte sich seine blaue

Filzjacke fest zu, schüttelte den Kopf und lächelte. Ich machte ihm auch ein Zeichen – und zwar, indem ich den Zeigefinger zur Stirn führte und ihn dort mehrmals kurz antippen ließ. Herr Hu, der zeigen wollte, daß er nichts Böses im Schilde und auf der Zunge führe, streckte mir nach tibetischer Sitte die Zunge heraus.
Ich dachte natürlich nicht im mindesten daran, mich für diese, ich schätze, 250 Meter wieder voll in Montur zu werfen, und schritt unbeirrt draufzu. Kaum hatten wir den Eingang passiert, umfing uns eine dumpfe, eisige Kälte. Nun ja, hierher drang kein Sonnenstrahl, da war es kein Wunder, daß es kalt war. Der blaue Himmel zeigte sich oben als bizarr gezackter Streifen. Nach wenigen Schritten aber, ich traute meinen Augen nicht, schwebten große weiße Schneeflocken nieder, und noch ehe ich nach oben schauen konnte, waren wir inmitten eines Schneetreibens. Ich konnte nur gerade noch so Hus graublauen Rücken erkennen und stapfte durch den lockeren Schnee, da machte der Weg eine Biegung, es wurde plötzlich hell, ich blinzelte – wir waren wieder im Freien. Herr Hu klopfte lachend seine Jacke ab, ich aber stand da, ein begossener Pudel. Augenblicklich hatte die Sonne den Schnee auf mir geschmolzen, und mein Unterhemd war klatschnaß. Ich entschied, daß wir bleiben und unsere Sachen zunächst in der Sonne trocknen sollten. Ich legte mein Unterhemd und Hu seine Filzjacke auf dem Schlitten zum Trocknen aus. Dann stopfte ich mir eine Pfeife. Nach einer Weile kamen Meyer und Rapp heruntergestiegen. Rapp sprach mit Hu. Der machte verschiedene Zeichen und Gesten, und immer wieder hörte ich das Wort »wounder«. Rapp sagte kopfschüttelnd, daß dies ja wohl das größte Hirngespinst sei, das man ihm

jemals aufgetischt habe. Blauer Himmel wie schon lange nicht mehr – und wir wollten in ein Schneetreiben geraten sein? Sicher seien wir unachtsam gewesen, vom Weg abgekommen und in einen vereisten Tümpel gefallen. Nein, nein.

Schließlich verschwand Rapp in der schmalen Felsspalte, um uns zu beweisen, daß es dort unmöglich ein Schneetreiben gegeben haben könnte. Herr Hu blickte ihm verwundert hinterher, machte wieder seine Kälte- und Schneezeichen, breitete dann die Arme aus und wiegte den Kopf, die Augen geschlossen, hin und her – sein Zeichen für Wärme und Wohligkeit. Ich zuckte nur die Achseln.

Naß und verfroren tauchte Rapp wieder auf. Er war wütend. Meyer lachte ungläubig. Dann kletterte Rapp auf den Felsen und versuchte, von oben in die schmale Felsschlucht hineinzuspähen. Ergebnislos.

Wir hatten noch den ganzen Nachmittag Aufenthalt, weil Rapp der Sache unbedingt auf den Grund gehen wollte. Doch umsonst.

Am frühen Abend zogen wir weiter, Rapp in miserabler Laune, durch und durch naß.

18.3.42 – Wieder Streit.

Natürlich wieder Rapp und Herr Hu, das »alte Pärchen«. Herr Hu beging heute einen seiner ungezählten Feiertage. Er formte zwischen Daumen und Zeigefinger kleine Klümpchen aus seiner Brotration und warf sie in alle vier Himmelsrichtungen.

Rapp, mit wütendem Hinweis auf die schwindenden Vorräte, untersagt ihm das. Herr Hu wendet sich ab und läßt sein Schüsselchen mit dem Brot unangerührt stehen. Rapp, der immer Hunger hat, grient uns kopfschüttelnd an: »Der will uns verarschen.« Am Abend sammelt Rapp die verstreuten Brotklümpchen auf und legt sie in das Schüsselchen.

Als Hu sich draußen am Schlitten zu schaffen macht, nimmt Rapp die Schale und ißt von den Speiseopfern für die Götter. In diesem Moment kommt Herr Hu herein und sieht die Schüssel in Rapps Hand – Rapp, mit vollem Mund, hält im Kauen inne, schüttelt dann aber den Kopf und ißt weiter.

Herr Hu verläßt wieder das Zelt und kauert draußen im Schnee, betend, jammernd.

Rapp zeigt ihm einen Vogel und wickelt sich in seine Decken ein. Mehrmals rülpst er noch zufrieden, dann schnarcht er.

20.3.42 – Heute nacht im Traum war der Reichsführer bei uns.

Er war völlig unzureichend bekleidet, ich erinnere mich eigentlich nur an seine großen schwarzen Ohrenschützer. Im übrigen hatte er seine leichte Berliner Uniform an – aber er meinte, es ginge schon so. Ich sollte auf ihn aufpassen, aber da war es schon geschehen: Er war ausgerutscht und hing über dem Abgrund. Er streckte mir seine Hilfe suchende Hand entgegen. Ich wußte, wenn ich hinginge, würde ich ebenso ausrutschen, und wollte so tun, als sähe ich ihn nicht, und mich einer anderen Aufgabe zuwenden, aber irgendwie war ich dann doch bei ihm, es war ein Reflex, ich hatte den Eispickel eingeschlagen, kniete, hielt mich mit der einen Hand am Schaft des Eispickels fest, die andere streckte ich ihm vorsichtig entgegen ... Gierig griff er danach. Ich spürte sein Ziehen und gab etwas nach. Seine schreckweiten Augen. – Langsam! herrschte ich ihn an, langsam! – Er nickte folgsam und sagte: Das sei völlig richtig, Eile schade in solchen Fällen nur. Irgendwie zog ich ihn dann aber doch über den Rand. Er stand schnell auf, überprüfte die Ausrüstungsgegenstände und sagte, daß ihm ein Handschuh abhanden gekommen sei. Er wandte sich um und ging wieder auf den Abgrund zu, weil er ihn suchen wollte. Ich hielt ihn am Gürtel zurück und sagte, er habe doch gar keine Handschuhe angehabt, worauf er nickte und sagte, das sei auch wieder richtig. Aber – was nun? Das wußte ich auch nicht. Da beschäftigte er sich mit seinen Ohrenschützern, die in Wirklichkeit, das sah ich jetzt erst, Kopfhörer waren. Er empfing damit irgendwelche Signale. Auf dem Rücken trug er auf einmal ein großes Funkgerät. Wahrscheinlich hatte ihn das in die Tiefe gerissen. Am Anfang hatte ich es gar nicht bemerkt. Jetzt ging er wieder auf den Abgrund zu – da sah ich, daß dort breite Stufen waren, und ich wunderte mich sehr über meine Rettungsaktion. Herr Hu war nun beim Reichsführer. Der nahm Herrn Hu bei der Hand und rief zu mir herüber, daß Hu der einzige Kamerad sei, den er kenne. Jetzt stand Meyer neben mir und sagte: »Das muß unter uns bleiben!« Ich verstand gar nichts mehr und war traurig. Ich wollte noch einmal darauf zurückkommen, daß ich es ja war, der dem Reichsführer das Leben gerettet hatte – aber ich sah die Stufen und wußte nicht, wie ich es den anderen begreiflich machen sollte. Die Stufen sprachen ja für sich (bzw. gegen mich). Sehr dunkel.

26.3.42 – Arbeit am Wörterbuch.

Kommt nur sehr stockend voran. Dazu Meyer, der sich immer wieder mit »hilfreichen Ratschlägen« einmischt. Gestern abend Exkurs über die, wie er es nannte, Verdrehtheit der Begriffe.

Sinngemäß »Was ist z. B. seinem Wesen nach dieser sogenannte ›Positivismus‹? Ein Negativismus – Erkenntniskritik ... Genau das Gegenteil, verstehen Sie? Krämerisch wird da unser Denken, das uns plötzlich von irgendwelchen Heinis als Kalkül, als Rechnung präsentiert wird, nach Fehlern abgesucht. Sehen Sie, das ist der springende Punkt: entwurzeltes Räsonieren übers Räsonieren usw. Kalte Welt aus Zahlen und Diagrammen.« (Draußen übrigens -20 Grad, der Sturm blähte die Leinwand des Zeltes, als wäre sie ein Segel. Ein Wunder, daß wir nicht abhoben.)

»Will jetzt ja keine billigen Polemiken reiten, gar nicht. Aber nur mal diese Relativitätstheorie, ja. Pfiffig ausgedacht, gar keine Frage. Aber – das zieht einem doch glatt den Boden unter den Füßen weg, nicht wahr?

Das muß ja nun nicht gleich alles wie bei uns immer in Blut und Boden ausarten, aber ... irgendwie ... «

Er zuckte die Schultern.

Cognac, dann weiter:

»Die ursprünglichen Fragen – nach dem Ursprung, den Quellen, wo bleiben die? Alles wird, ich sage immer: ›auf dem Altar des Verstandes‹ geopfert. Aber bei Lichte, das ist ja gar kein Altar, das ist ein Seziertisch, und im kalten, weißen Licht wird alles Lebendige krank und erbärmlich. So ist das.«

Mußte Meyer innerlich Recht geben. Trotzdem, eine absurde Lage: Meyers wohlformulierte Attacken gegen die »Kälte des abendländischen Denkens« – und wir liegen hier auf Eis! Und wie. Auf ewigem Eis ...

Die Cognacflasche leer.

Meyer: »Wer hat denn begriffen, was unser Herz erfaßt, was in uns vorgeht ... Weihnachtsabend, zum Beispiel, ja … eine kleine deutsche Stadt, die Glocken läuten, verstehen Sie … Was da in uns vorgeht … Wer kann das begreifen? Niemand! Das begreift niemand. Weil es über die Begriffe geht.«

–

Schwerer Kälteeinbruch zur Nacht. Im Vorratszelt ein Riß. Herr Hu und die übrigen Vorräte tief eingeschneit. Freischaufeln.

Rapp, fluchend, flickt das Zelt – die Leinwand bricht, seine roten Finger steif gefroren. (Mit den Fäustlingen kann man nicht nähen, aber ohne auch nicht. Ausweglos.)

Was suchen wir hier eigentlich? frage ich mich manchmal. Was haben wir hier eigentlich zu suchen? Was haben wir hier verloren …

– unseren UA!

Deswegen weiter mit dem Wörterbuch.

1.4.42 – Der Name »Himmler« spricht Bände.

Dreiundzwanzigstes Kapitel

Meyer begrüßte mich überaus freundlich. Er stand in der offenen Tür seines Arbeitszimmers und streckte mir beide Hände entgegen. Er sagte, daß er sehr froh sei, mich hier, in seinem kleinen, bescheidenen Reich begrüßen zu können (er nannte es »das Vierte Reich«) – und an seine Gattin gewandt, die mich hereingeführt hatte, fügte er etwas leiser hinzu: »Die nächste Stunde bitte keine Störung!«

Dann zog er die dicke, ledergepolsterte Tür geräuschlos hinter uns zu, wir standen in seinem Arbeitszimmer. Fast schon ein Saal! An den hohen Wänden, bis zur Decke, Bücherregale. In der Mitte des Raumes ruhte auf holzgeschnitzten Löwentatzen ein riesiger schwarzer Schreibtisch. Im Erker, von wo das Tageslicht schräg in den Raum fiel, standen auf einem kleinen messingbeschlagenen Tischchen Kaffee und Cognac bereit. Dorthin bat mich Meyer. Ich versank in einem tiefen Ledersessel. Meyer nahm mir gegenüber Platz. Er lehnte sich weit zurück.

»Da haben Sie nicht schlecht gestaunt, was? Wie wir den Kameraden von der Wehrmacht in die Parade gefahren sind, so mir nichts, dir nichts ... und Sie vom normalen Frontdienst losgeeist haben – was?«

Ich wollte mich bedanken, aber Meyer schüttelte nur unwirsch-abwehrend den Kopf, er warf ihn geradezu herum. »Bitte Sie – das ist doch klar, ist doch nichts für Sie, so ein Muschkotendasein, Kadavergehorsam. – Aber, Sie haben sich doch sicher ein bißchen gewundert, nicht wahr, was Berlin von Ihnen will, nehme ich an ...«

Meyer hatte die Hände im Nacken verschränkt und blickte freundlich-aufmunternd zu mir herüber. Ich nickte. Natürlich hatte ich mich gewundert. Und obwohl mich die Einzelheiten brennend interessierten – plötzlich war ich abgelenkt. Mein Blick war auf die Glasvitrine hinter Meyer gefallen, wo eine Sammlung sogenannter Tsantsas, indianischer Schrumpfköpfe, aufgebaut war. Ein faszinierender Anblick, von dem ich mich nicht losreißen konnte!

Meyer hatte das bemerkt und schenkte uns beiden derweil Kaffee und Cognac ein. Mir fiel der sonderbare Kontrast auf: Meyers großes, offenes Gesicht – dagegen die kleinen, kaum mehr als faustgroßen verschrumpelten Lederfratzen, von wirrem, strohigem Haar umgeben.

Wir stießen an; der Cognac tat mir gut.

Meyer, die wulstigen Lippen einen Moment halbgeöffnet, die Augen geschlossen, schmeckte noch kurz nach, dann nahm er sofort den Gesprächsfaden wieder auf:

»Wir haben da schon ganz andere rausgehauen – keine Frage. Nun kann man natürlich denken: vom Regen in die Traufe … Und das Ahnenerbe, für das ich hier mit Ihnen spreche, ist natürlich, zumindest nominal, eine SS-Firma. Da gibt es nichts. Vor allem, wir kriegen von da das Geld.«

Er ließ eine Pause und sah mich prüfend an.

»Warum sage ich das? Ich sage das, damit in diesem Punkt von Anfang an Klarheit herrscht. Im weiteren spielt das absolut keine Rolle mehr, absolut nicht.«

Als hätte er meine Gedanken erraten, die mir natürlich sofort beim Begriff »Ahnenerbe« kamen, setzte er gleich fort:

»Vergessen Sie mal, mein Lieber, zunächst alles, was Sie bisher von der Bewegung wahrgenommen haben, ja.

Diese ganzen Menschenmassen, das Gegröle, die Aufmärsche – das gehört zwar alles irgendwie mit dazu, und manche Parteifritzen können nicht genug davon bekommen, im Grunde genommen ist das aber Mumpitz und nur ein Zugeständnis an den – ich sage das mal unter uns – an den Pöbel.
Es geht um ganz etwas anderes.
Wesenhaft ist unsere Revolution, wie überhaupt jede Revolution, ein Umbruch im Geiste. Das ist es. Und es gibt nur ganz wenige, ganz, ganz wenige, die das begreifen, überhaupt begreifen können. Und was die Braunhemden, den ganzen braunen Straßendreck betrifft (er machte eine wegwerfende Handbewegung), unsere Farbe, das sage ich immer, unsere Farbe ist ein schlichtes und stolzes aristokratisches Schwarz.«
Er sah mich nachdenklich an. Plötzlich, ganz unvermittelt, fuhr er fort: »Was glauben Sie denn, wie ich mich an den Kopf gefaßt habe, als irgend jemand auf diese Schnapsidee mit den Ahnentafeln kam! Das war so ziemlich ...« Er winkte ab.
»Das ist doch der sicherste Weg, unsere Ideen, ja nun, an die deutsche Amtsstube zu verhökern, nicht wahr. Ist es nicht so? – Aber gut, damit haben wir nichts zu tun.
Jetzt mal zu Ihnen – «
Er sah mich an, wobei sein wulstiges Doppelkinn auf der Hemdbrust ruhte.
»Ihre Einstellung zur Partei? Na, positiv doch alles, nehme ich an, oder?«
Ich merkte, daß er diesen Punkt schnell abhaken wollte, und nickte kurz.
»Gut. Darum geht es ja jetzt gar nicht. Hab ich auch gar nicht anders erwartet. Sprechen wir mal (er lehnte sich

bequem zurück, ruckelte sich umständlich zurecht und schob die Hände flach in den Bund der Hose) … sprechen wir mal von Kollege zu Kollege.
Sie werden sich natürlich gefragt haben, wie wir gerade auf Sie verfallen sind.
Will ich jetzt mal nicht so sehr im einzelnen … Im Grunde war das ganz einfach, eher ein Zufall. Ich habe damals Ihren Beitrag ›Universalsprache‹ gelesen. Ich meine, ich verstehe zwar nicht viel davon, jetzt speziell von diesem Thema, aber ich habe irgendwie gespürt, das ist was ganz Wichtiges, was dieser Bursche da macht. Donnerwetter! hab ich gedacht.«
Er schnipste mit den Fingern: »Universalsprache – was ist das? Erklären Sie uns das. Nicht heute, nicht jetzt, aber … Sie arbeiten doch weiter daran, nicht? Diese ›Urformen des menschlichen Denkens‹ – das kann unter Umständen, ohne das jetzt hier näher auszuführen, von größter Wichtigkeit sein. Das ahnen Sie vielleicht gar nicht. Denn sehen Sie, auf die Professoren vom Fach, da ist kein Verlaß. Das sind doch alles verstaubte Brüder.«
Er winkte unwirsch ab.
»Schauen Sie sich doch bloß mal um – was sehen Sie? Sie sehen irgendwelche Konjunkturritter, die irgendwelche Sachen ideologisch aufputzen. Alles Nonsens, sage ich Ihnen, Nonsens und gebündelter Schwachsinn. Die sogenannte ›Fachwissenschaft‹ – da beginnt doch schon der Humbug. Als wäre die Welt in lauter Schubfächer eingeteilt und jeder Wissenschaftler steht vor seinem Fach, wühlt darin herum und kann nichts finden, natürlich nicht. Weil er das Ganze nicht sieht und versteht, verstehen Sie, das Ganze – nicht ein paar Zahlen, ein paar Formeln: das Ganze!

Das ist doch, wenn sie überhaupt einen Sinn hat, der Sinn unserer neuen Weltanschauung. Das ewige Zergliedern, Analysieren, das können wir ruhig den Marxisten, den Neokantianern und was weiß ich wem überlassen. Eins ist doch klar: Die sogenannte ›Volksseele‹, um es mal so zu sagen und ein bißchen auf den Punkt zu bringen, die geht dabei leer aus und guckt ins Ofenrohr. Schmalspurgelehrte haben wir nun wirklich genug! Schulweisheit! Der ›Wagner-Typ‹, Sie verstehen, was ich meine, steckt uns allen noch viel zu tief in den Knochen ... das ist schon wahr.
Wenn wir Leute brauchen, dann brauchen wir Leute wie Sie. Und es ist ja doch wohl sicher nichts dagegen einzuwenden, wenn jemand wie Sie in dieser verrückten Welt weiterhin seine Wissenschaft betreibt, anstatt in einer idiotischen Uniform irgendwo idiotisch herumkommandiert zu werden, oder?«
Er ließ eine kurze Pause, trank einen Schluck Kaffee, sah mich dabei aber weiterhin über den Rand seiner Kaffeetasse an.
»Nun haben Sie vielleicht Manschetten, wenn Sie SS hören. Kann ich verstehen, kann ich auf Anhieb verstehen, hatte ich am Anfang auch. Wissen Sie, was damals meine Herrn Kollegen über mich gesagt haben? Sie haben gesagt: Der Meyer, der hat seine Überzeugungen für ein Butterbrot verkauft. Das haben die gesagt. Können Sie sich das vorstellen? Und wissen Sie, was ich darauf geantwortet habe? Gar nichts. Ich hab nur gedacht: Ihr könnt mich mal. Jawoll. Und dann, als ich mich soweit wieder beruhigt hatte, habe ich gedacht: 1. hat ein Wissenschaftler keine Überzeugungen. Das wäre auch so ziemlich das Unbrauchbarste, was er haben könnte, oder? Es interes-

siert ja keinen, ob ich von irgend etwas überzeugt bin. Ob es so ist oder ob es nicht so ist, das ist die Frage. Die Wahrheit ist wichtig. Aber das ist nicht alles.
Es ist doch schon mal sehr entlarvend für die Herrschaften, wenn sie sich entrüsten: ›für ein Butterbrot verkauft‹.«
Er lächelte verächtlich.
»Denn unterm Strich heißt das ja – ja, was nun ? –, hätte ich mehr verlangen sollen als ein Butterbrot, oder wie?«
Er beugte sich zu mir herüber: »Verstehen Sie – das ist doch entlarvend. Wer hier großtutend als Moralapostel daherkommt, der hat doch bestenfalls Koofmichelsmoral im Kopf und nichts weiter.« Er verzog sein Gesicht wieder zu einem Lächeln. »Die edelste Art, sich zu verkaufen, ist nun mal die: für ein Butterbrot, ohne Berechnung. Da sind wenigstens höhere Motive mit im Spiel. – Na, lassen wir das.«
Er hatte sich wieder zurückgelehnt und nach seiner Kaffeetasse gegriffen, die er nun mit spitzen Fingern vor seiner Brust hielt.
Seine freimütige Art imponierte mir. Ich hatte sofort Vertrauen zu ihm gefaßt. Und da das so war, hielt ich mich auch mit gewissen Bedenken nicht zurück: Gestapo, SS ... immerhin, da hatte ich, obwohl ich mich nie dafür interessierte, doch schon einiges läuten gehört ...
Meyers heftiges Nicken unterbrach mich. Er verstand mich offenbar sofort.
»Aber ja, völlig richtig. Ich hatte da anfangs auch ganz schöne Manschetten. Gar keine Frage. Und so ist es ja nicht – ich höre ja auch ab und an manches, Gerüchte, der sagt das, der wieder das, ein Dritter was ganz anderes ... Aber wissen Sie, auf dieser Basis – ›jemand hat

gesagt‹ usw. – kann man doch nichts machen, verstehen Sie. Man braucht doch Fakten, Tatsachen. Nun, und das ist ja klar, es liegt in der Natur der Sache, daß eine Geheime Staatspolizei nicht mit allem hausieren geht. Kann sie gar nicht. Dann wäre sie keine Geheimpolizei mehr.«

Er lachte kurz auf und ließ eine kleine Pause. Dann, sehr eindringlich: »Da können wir zunächst nichts machen. Wir zumindest nicht – als Wissenschaftler, die wir ja doch auf Fakten angewiesen sind. Aber wenn wir wenigstens eines in dieser Zeit – ich gebe ja zu – ziemlich trüber Emotionen hochhalten können, dann ist es die Ethik, meinetwegen die nüchterne Ethik des Wissenschaftlers, sich nur auf Tatsachen und auf sonst nichts zu verlassen.

Meinen Sie nicht, daß damit schon viel, sehr viel getan wäre? Wenn wir etwas tun können, dann doch nur so, daß wir sozusagen von innen ...«

Er ließ den Satz offen im Raum stehen.

Während er das Letzte nachdenklich leise und mehr zu sich selbst gesagt hatte, wandte er sich nun wieder direkt an mich: »Eine ganz andere Frage – wenn Sie mal irgendwie in Ihrer Arbeit behindert würden, es gibt ja nun mal leider mehr als genug subalterne Leuchter, die sich wichtig machen wollen ... ein Wort, und das läßt sich abstellen, sofort, keine Frage.«

Da er nun schon so direkt meine Arbeit angesprochen hatte, wollte ich natürlich wissen, worin denn im einzelnen meine Tätigkeit fürs Ahnenerbe bestehen sollte, welche Aufgabe ich dort hätte. Darüber wollte er – und er bat mich dafür um Verständnis – zu diesem Zeitpunkt noch nichts Näheres sagen. Ich sollte einfach meine Studien zur Universalsprache weiter vorantreiben, gele-

gentlich darüber berichten, ansonsten mich aber bereit halten. – Ob mir das recht wäre?
Natürlich, natürlich war mir das recht, zumal Meyer mir zusicherte, daß ich zu gegebener Zeit detailliert über meinen Einsatz instruiert werden würde. – Heute, so sagte er, habe er mit mir lediglich »die große Linie« besprechen wollen. Aber die Einzelheiten interessierten mich schon gar nicht mehr so sehr. Vor allem war ich heilfroh, daß ich gleich einen so guten Draht zu ihm gefunden hatte und daß ein Fronteinsatz in weite Ferne gerückt zu sein schien – ade Kaserne! ade Schützengraben!
Es ließ sich doch alles fabelhaft an, und es sah ganz danach aus, daß ich unter Meyers Fittichen mit einem, mit zwei »blauen Augen« davonkommen würde.
Er machte dann noch ein paar Ausführungen über den, wie er es nannte, »historisch-spirituellen Raum« unserer Tätigkeit.
»Unsere germanische Kultur … ja nun, verglichen mit Italien, Griechenland – dort ist die Kultur der Vergangenheit in Marmor und Stein bis zur Gegenwart überliefert worden. Dort – die harte, unbarmherzige Sonne der Ägäis; hier – hier ist alles im feuchten, kalten Dunkel des deutschen Waldes versunken, sage ich immer. Von den Holz- und Lehmbauten unserer geschätzten Vorfahren ist naturgemäß weniger erhalten, überliefert. So ist also die Hinwendung gerade zu den inneren Werten unserer Kultur zwangsläufig größer. Der Geist dieser Mythen, Märchen und Sagen, das ist es, das ist die gegebene Basis – und ab und zu vielleicht ein Hünengrab, eine Thingstätte. Davon, lieber Kollege, haben wir auszugehen. Mehr ist also nicht, einstweilen. Es liegt an uns, etwas daraus zu machen. Während andere eine Geschichte haben, ganz

handgreiflich, sind wir aufgerufen, diese Geschichte erst zu machen, zu schaffen.

Nun haben wir hier zwar kaum vorzeigbare Prunkbauten unserer Ahnen aufzuweisen, aber, und das ist der Punkt, kolossal wichtig: Unsere Vorfahren sind dennoch nicht ziellos in der Weltgeschichte herumzigeunert. Der Germane ist bodenständig! Wo er einmal ist, da ist er und harrt aus. Lesen Sie mal, wie Tacitus sein ›Germania‹ beschrieben hat: Kälte, Dunkelheit ... Die Kälte aber ist der natürliche Evolutionspartner! Sie treibt die Überlebenskräfte hervor. In den Regionen der Kälte müssen Feuer, Kleidung usw. erfunden werden. Die Stätte des erbarmungslosen Daseinskampfes ist also der Ort der Entwicklung.

Dagegen nun die Wandervölker! Nicht seßhaft, immer nach dem Prinzip des geringsten Widerstandes, ziehen sie der Wärme hinterher. Da liegt es doch auf der Hand, daß sie sich nicht entwickeln konnten. Wenn einem ›der Apfel in den Schoß fällt‹, überhaupt alles in den Schoß fällt, da verkümmern doch die inneren Kräfte des Menschen. Er degeneriert.

Ich meine, das hat natürlich, wenn man genau hinsieht, alles weitreichende Konsequenzen. Nehmen Sie mal die Bibel, den Kain-Abel-Komplex. In diesem Lichte mußte Kain ja, seßhaft und Ackerbauer, nicht wahr, seinen herumstrolchenden Nomadenbruder erschlagen. – Nur mal als Beispiel.

Natürlich, wir können jetzt nicht schnurstracks in die Kirche rennen, dort Krach schlagen und Rabatz machen. Das ist klar. Religiöse Gefühle, pipapo, alles richtig. Aber wenn man es richtig bedenkt ... das ›Kainsmal‹ – doch wohl eher ein Ehrenzeichen, wie? – Hier ist noch viel

Erziehungsarbeit nötig. Aber eine grundlegende Umwertung der Werte, das braucht Zeit, viel Zeit.«
Meyer schüttelte lachend den Kopf: »Sehen Sie, jetzt mache ich das, was ich gar nicht wollte. Ich doziere hier halbgelehrtes Zeug, als wären wir in der Napola.«
Er lehnte sich bequem zurück und schloß die Augen.
»Lassen Sie sich doch einfach mal inspirieren. Deutschland, ja ... Der berauschende Geist, die Höhenflüge. Das muß ein Gegenstück haben. Gäbe es nicht den kleinen bornierten Krämergeist, woher käme sonst das Bedürfnis, sich darüber zu erheben? Mit der Größe wachsen die Schatten. Zwiespalt. Damit fängt alles Große an.«
Er beugte sich zu mir herüber, nun ganz vertraulich: »Ich meine, es wirft ja nun doch ein bezeichnendes Licht auf ein Volk, wenn es sich selbst als das Volk der Dichter und Denker bezeichnet. Absolut nichts begriffen, wie! Diese Behauptung widerlegt sich selbst. Wenn man bedenkt ... Es wird Sie vielleicht interessieren, Herr Kollege, daß wir auch eine Arbeitsgruppe ›Klassik/Erbe/Schwarze Seelen‹ haben. Viel gelehrter Unsinn dabei, aber neulich – bemerkenswert, sehr bemerkenswert, was ich da gelesen habe. Nehmen Sie mal Schiller und Kant, deutscher Dichter und deutscher Denker in Reinform sozusagen. Woher kommt das Unbedingte, dieser starke Wille bei den beiden? Bei beiden finden wir einen derart subjektiv ausgeprägten Persönlichkeitstyp, weil beide sich aus dem namenlosen Dunkel, aus der Kälte einer provinziellen Enge heraufarbeiten mußten. Durch Nacht zum Licht, um es mal stark verkürzt zu sagen.
Wir finden hier also dasselbe Evolutionsprinzip wie vorhin, nur jetzt im Geistigen, verstehen Sie?
Goethe übrigens der Kontrapunkt! Frankfurter Bürger-

sohn, im Licht stehend; da ist er, von Geburt aus, natürlich mehr ins Objektive gerichtet, enzyklopädisch, Freimaurertum, Weltmannssucht. Ohne den sittlichen Ernst eines Schiller! Mehr so ein unparteiischer Objektivismus. Hegel, nebenbei gesagt, so ähnlich.
Die Kollegen haben da übrigens aus dem Schillerarchiv einen großartigen Schatz geborgen, ein Gedichtfragment, ›Deutsche Größe‹. Zeige ich Ihnen mal bei Gelegenheit. Das ist sozusagen ein Schlüsseltext. Ganz erstaunlich.«
Meyers Perspektive war mir neu, sie warf ein ungewohntes, für mich auch überraschendes Licht auf die Dinge.
Was die konsequente Anwendung des Darwinismus auf die Menschheitsgeschichte betraf, war ich ganz mit ihm einer Meinung. Meyer brachte das, was ich bisher nur unbestimmt gefühlt und geahnt hatte, in klare anschauliche Bilder. In meiner Studentenzeit, in den Seminaren – da hatte es mich immer so maßlos aufgeregt, wie insbesondere die Kommilitonen aus den »besseren Ständen« stets von höheren religiösen und geistigen Motiven der Menschheitsentwicklung faselten. Die hatten genügend Geld vom Herrn Papa, das so zu sehen. Ich, mit meinen paar Mark in der Tasche, konnte da nicht mitreden und schwieg meine Wut in mich hinein. Meine »Menschheitsentwicklung« mußte zur Not mit dem finanziert werden, was ich nachts im »Roten Roß« oder im »Bräustübel« beim Bierglasspülen verdiente.
Professor Meyer hatte es ausgesprochen und auf den Punkt gebracht: Durch Nacht zum Licht. – So und nicht anders, Herrschaften!
Lediglich mit seiner Polemik gegen das Wort vom »Volk der Dichter und der Denker« konnte ich mich nicht gleich anfreunden …

»Na, überlegen Sie doch mal, wieviel Stumpfsinn muß in einem Volk brüten, daß es sich sogar noch mit seinen Opfern brüstet ... Der Deutsche hält es sich selbst zu gute, daß er mit seiner Stupidität so viel konträren Geist hervorprovoziert, hervorquält ... Er bringt es ja sogar fertig, Hölderlins ›Hyperion‹ still zu genießen – sein eigenes Verdammungsurteil!«
Meyer hatte den Kopf zurückgelegt und rezitierte nun ein paar Zeilen daraus. Die Augen halb geschlossen – es sah aus, als läse er den Text von einem unsichtbaren Blatt ab: »›... ich kann kein Volk mir denken, das zerrissener wäre, wie die Deutschen. Handwerker siehst du, aber keine Menschen, Denker, aber keine Menschen, Priester, aber keine Menschen ...‹
Na, und so weiter. Das spricht ja nun wahrlich Bände!
Wo die Welt in Ordnung ist, muß nicht so umschweifig über die Unordnung der Welt nachgedacht werden, oder? Das meine ich damit. Je mehr Unglück und Misere es gibt, desto mehr Dichter. Unglückliche, natürlich.
Dasselbe beim Denken. Nur, wo so viel Chaos ist, werden Denker geboren. Wären die Dinge in Ordnung, kein vernünftiges Wesen würde darauf verfallen, die Urgründe zu suchen. Stellen Sie sich doch nur mal spaßeshalber Leibnizens ›Theodizee‹ vor – diese ewigen, unendlichen Herleitungen, ob es das Gute in der Welt gebe ... Man muß schon sehr verblendet und vernagelt sein, um den bösen, schwarzen Witz, der darin liegt, zu überlesen.
Oder Kant. Wieviel Wirrnis im Denken muß dieser arme Mensch vorgefunden haben! Sonst wäre ihm doch nie im Leben eingefallen, lebenslänglich die Fähigkeiten des menschlichen Denkens zu kritisieren.
Alles nur Beispiele! Das massenhafte Auftreten von

Dichtern und Denkern – und das wollte ich damit nur sagen – läßt also viel eher den Schluß zu, daß da einiges nicht sehr dicht und nicht sehr durchdacht sein muß. Ja, so kann man das auf den Punkt bringen.

Na, Schluß damit. Ich hab jetzt wirklich genug geketzert.«

Die Zeit war über unserem kurzweiligen Gespräch, das Jahrhunderte gestreift hatte, schnell vergangen. Es war inzwischen halb fünf geworden.

Meyer brachte mich noch bis zur Tür. Als wir uns verabschiedeten, sagte er mir noch: »Und denken Sie immer daran – mit Ihrer Arbeit für uns können Sie Menschenleben retten!«

Ich wußte nicht recht, wie er das meinte, und zuckte deshalb nur verlegen, aber auch schon ein bißchen stolz die Schultern. Da lachte er plötzlich laut auf und sagte: »Ihres – zum Beispiel.«

Sein lautes schadenfrohes Lachen ging mir zwar gegen den Strich, ich ließ es mir aber nicht anmerken. An seinen Ton mußte ich mich erst noch gewöhnen.

Vierundzwanzigstes Kapitel

Das Gespräch ist diesmal kurz.

Monbluhm hat sich kundig gemacht. Er nimmt ein Blatt auf und liest vor, was er im Lexikon, *Dollheimers Großes Buch des Wissens,* Leipzig 1938, zum Stichwort »Asen« gefunden hat – denn das war ja beim letzten Mal offengeblieben.

»Asen, die Götter der nordisch-germanischen Sage, die in Asgard hausen (Wort im Namen ›Os‹wald noch erhalten). An ihrer Spitze steht Wodan-Odin, andere Asen sind Baldr, Thor, Thyr und Heimdall. Gegner der Asen sind die → Wanen (Freyr, Nörd und Freya). Der Kampf zwischen Asen und Wanen endet mit einer Verschmelzung beider.«

Ob er damit etwas anfangen könne? will Monbluhm wissen und blickt vom Blatt hoch.

Nein – kann er nicht, er zuckt die Schultern, wirklich nicht.

Etwas anderes hatte Monbluhm auch kaum erwartet, er dringt deshalb auch nicht weiter in ihn. Er setzt ein Fragezeichen an den Rand des Blattes und legt es zu den andern, zu den Akten, erledigt.

Dann steht Monbluhm auf und geht zum Fenster. Er schaut lange hinaus. Die Hände stecken in den Hosentaschen. Nach einer Weile dreht er sich um, verschränkt die Arme über der Brust – jetzt lehnt er mit dem Rücken am Fensterkreuz, sitzt halb auf dem Fensterbrett.

Aus Monbluhms Richtung (das Gesicht ist nicht zu erkennen, seine Gestalt – eine dunkle Silhouette im Gegenlicht) kommt nun die Frage, ob er denn nicht wenigstens

mal etwas von den sogenannten Kälteversuchen gehört habe, Rascher usw.? Ob ihm das nichts sage?
Kälteversuche ... Das Wort trifft ihn. Zwar schüttelt er – denn er kann im Moment nichts Genaues dazu sagen – heftig den Kopf; doch diese schnelle Reaktion ist nicht abwehrend, gar nicht – im Gegenteil. Er ahnt, daß es unter Umständen wichtig für ihn sein könnte ... Kälteversuche ..., hofft, Monbluhm könnte jetzt endlich sein Problem erkannt haben, die unerträgliche Hitze in der Zelle ... Er versucht, ganz ruhig zu bleiben. Aber die Gedanken kommen bei dieser Vorstellung durcheinander. Er wird unruhig. Das Kopfschütteln überträgt sich schon auf den Oberkörper, die Arme, zuletzt die Beine, die Füße tanzen stampfend auf und ab, er will etwas sagen, doch der geschüttelte Körper zerhackt den Laut zu einem hohlen, kehligen Ton, der aus ihm hervorstottert.
Monbluhm hat inzwischen die Wärter hereingeklingelt, sie nehmen den Zitternden in die Mitte und bringen ihn, halb tragen sie ihn, zurück in seine Zelle.
Dort wird er vorsichtig auf dem Boden abgesetzt.
Ein paar Nachzuckungen, dann regt er sich lange nicht.
Er läßt sich ganz langsam zur Seite sinken, liegt mit offenen Augen da. Seine trockenen Lippen versuchen, das Wort zu buchstabieren: »Kälteversuche«.

Fünfundzwanzigstes Kapitel

Ich hatte sie in einem jener Cafés angesprochen, von denen es hieß, dort könne man Frauen ansprechen. Mir schwebte das vor, was bei uns unter dem Codewort »bunter Abend« kursierte.

Ein dunkler, bis in Brusthöhe getäfelter Raum. Die große, messingbeschlagene Theke schwamm wie ein Schiff durch die Nebel der Rauchschwaden. Hinter der Theke, bis hinauf an die Decke, ein Mahagoniaufsatz. Eingelegte Spiegel, lange Reihen von Schnapsflaschen, Zigarrenschachteln, eine verstaubte Palme. Die runde schwarze Uhr zeigte halb neun.

Der Wirt spülte mit seltsam verdrehten Handgelenken die Gläser im trüb sprudelnden Wasser des Überlaufbekkens und sah zur Tür. Das Café war halbleer.

Sie saß an einem runden Tisch, allein. Erst war sie mir gar nicht aufgefallen, und ich hatte schon unverrichteter Dinge wieder gehen wollen, dann merkte ich, daß sie, ohne mit der Wimper zu zucken, meinem fragenden Blick standhielt und, nachdem sie mich mit kurzem Augenaufschlag von Kopf bis Fuß taxiert hatte, langsam den zweiten Stuhl an ihrem Tisch ein Stück zurückschob, damit ich mich zu ihr setzen könne.

Sie hatte ein grünes Lodenjäckchen an. Sie hielt es über ihrer Brust zusammen, als fröre sie. Offen gestanden, ich hatte mir das alles ganz anders vorgestellt, viel aufregender.

Über ihr, aus der Wand, glotzte mich der präparierte Kopf eines Hechtes an, das Fischmaul staunend aufgerissen.

Der Kellner kam dann bald. Er schrieb für sie an. Offensichtlich kannten sie sich, er duzte sie und sagte »Bis morgen«.
Sie trank einen letzten Kümmel, ich noch einen Korn. Ich dachte noch etwas wie: Kimme und Korn, das paßt ja gut zusammen …
Dann stand sie auf. Sie ging voran. Vorher hatte sie noch ihr grünes Jägerhütchen aufgesetzt – das war überhaupt der Clou! – und ihre brünetten Locken darunter verstaut.
Sie wohnte nicht weit. Ich ging neben ihr her. Folgsam, wie ein Schulbube zum Klassenausflug. Wir sprachen nicht.
Es war eine richtige Wohnung, keine Absteige. Ich war etwas enttäuscht. Auch das hatte ich mir anders vorgestellt, immerhin, Berlin … Sie ging auch hier voran, drehte das Licht an, ließ mich ins Wohnzimmer.
Als ich vor dem Stuhl stand und mich schnell auszog, hörte ich Tante Gerda sagen: Es ist doch immer wieder dasselbe, immer dasselbe. Und Mutter: Paß nur auf, Junge, es gibt furrrrchtbare Krankheiten! Man kann sich sonstwas holen.
Sie hatte inzwischen ein Laken aus dem Schrank geholt und es rasch, mit geübtem Griff übers Sofa geworfen. Über dem Sofa hingen an einer schwarzen Kordel zwei Masken aus Ton, Kopf an Kopf. Breit grinsend das eine Gesicht, gramvoll schmerzverzerrt das andere. Ich sah es über dem rundgebeugten Rücken der Frau, die das Laken glattstrich.
Dann lagen wir da, es ließ sich ganz gut an, doch; natürlich, es ist immer wieder dasselbe. Da, plötzlich, hörte ich draußen die Wohnungstür gehen. Ein Schlüsselbund,

Schritte im Flur, jetzt waren sie bei der Garderobe, Schuhe wurden gewechselt …

Ich sah sie erschrocken fragend an. Sie schüttelte den Kopf, ich solle mich nicht ablenken lassen, nicht jetzt, sonst würden wir ja nie fertig. Und wörtlich: »Det jeht dir nischt an, Junge, det is privat.« Dann, vom Flur, eine Männerstimme: »Sind noch Bratkartoffeln?« – »Ja«, rief sie zurück (ich zuckte zusammen), »stehn in die Röhre, ick kann jetz nich.«

Es klopfte, im nächsten Moment betrat ein Mann das Zimmer. Sein Kreuz, schien mir, war doppelt so breit wie meines.

»Grüzi«, sagte der Mann und winkte kurz herüber, ohne aber dem Treiben auf dem Sofa (das meinerseits natürlich sofort zum Erliegen gekommen war) nähere Beachtung zu schenken. Er ging zum Ofen, schob die Röhre auf, nahm die Topflappen, die am Ofenschirm hingen, zog vorsichtig die schwere Eisenpfanne aus der Röhre und schlurfte wieder auf seinen ausgetretenen Pantoffeln hinaus. Die Tür schloß er, mühsam die Pfanne ausbalancierend, mit dem Ellbogen.

Ich starrte sie an.

»Mein Mann«, sagte sie.

Ich schloß die Augen und sank fassungslos nieder – in ihre Arme. Sie mühte sich, die Sache weiterzutreiben. Aber – verlorene Liebesmüh! Ich war nicht mehr bei der Sache, lag vollkommen teilnahmslos, leblos, in ihren Armen und lauschte nur bange nach draußen.

Daß es dann überhaupt noch irgendwie klappte, lag an ihr. Natürlich, ihr ging es ja darum, ordentlich das Geld zu verdienen. Mich hatte Todesangst gepackt. Ich wollte fort sein, fort aus der Welt, vor allem aber und zunächst – fort aus dieser Wohnung. Vor Angst wollte ich mich verkriechen. (Einzelheiten spare ich mir.)

Als es dann vorbei war, endlich, ich mich angezogen und ihr etwas fahrig das Geld auf die geblümte Decke des Wohnzimmertisches gezählt hatte, wartete ich, ob sie mich noch hinausbringen würde, ich also gewissermaßen unter ihrem Schutz, in ihrer Deckung … Ich hatte Angst. Sie aber wollte jetzt das Bettzeug zusammenräumen, damit hier wieder alles tipptopp wäre, und schob an mir herum wie an einem hölzernen Kleiderständer. Dauernd stand ich ihr im Wege, und sie fragte, ob ich jetzt nicht gehen wolle, den Weg würde ich ja wohl auch allein finden. Vielleicht war das auch besser so, so konnte ich eventuell rasch und entschlossen einen Durchbruch wagen.

Leise öffnete ich die Tür. Unauffällig wollte ich mich durch den schmalen Flur hinausdrücken. Aber, das merkte ich jetzt erst, da mußte ich ja an der offenen Küchentür vorbei, aus der Licht und Musik kamen. »Liebling, was wird nun aus uns beiden?« sang in der Küche Johannes Heesters. Der Radioempfänger stumpfte seine Stimme merkwürdig ab.

Ich war in Höhe der Küchentür, da winkte mich der Mann (inzwischen im Unterhemd) herein. Er aß und hatte den Mund voll. Deswegen wahrscheinlich dieses stumme Heranwinken. Ein Blick zur Wohnungstür – die Kette war vorgelegt. Vielleicht war außerdem auch abgeschlossen. Ich saß in der Falle. Mir blieb nichts übrig, als in die Küche zu treten. Ich versuchte, das so unbefangen wie möglich zu tun. Gleichzeitig legte ich mir eine Rechtfertigung zurecht. Im Zweifelsfalle wollte ich alles auf sie schieben: »Also, wenn ich das gewußt hätte …« So in der Art.

Im Radio kam jetzt das Zeitzeichen.
Der Mann saß hinterm Küchentisch, er aß die Bratkartoffeln gleich aus der Pfanne. Er sah mich an. Seine Augen glänzten fettig. Über ihm hing der grün-weiß gesprenkelte Glasschirm der Küchenlampe.
Mit ausgestreckter Hand bot er mir Platz an. Eigentlich wollte ich ja lieber gehen, wollte ich sagen, aber ich traute mich nicht. Stumm sank ich auf den Küchenstuhl. Ohne im Essen einzuhalten, langte der Mann hinter sich und stellte eine Flasche »Engelhardt« vor mich auf den Tisch.
Benommen klickte ich sie auf. Abzulehnen wagte ich nicht. Meine Daumen, die den Verschluß aufdrückten, waren eiskalt.
Der Mann nahm nun seine Flasche und stieß mit mir an. Gemütlich polterten die braunen Flaschenhälse aneinander.
Als die Frau erschien, im geblümten Morgenmantel, stand mir plötzlich wieder die ganze irre Situation vor Augen, die ich tatsächlich für einen Moment vergessen hatte. Doch nichts geschah. Sie setzte sich zu uns.
Der Mann aß.
Sie rauchte.
Ich schwieg.
Wir waren ein Trio.
Im Radio – Klassisches.
Der Mann brachte mich dann noch nach unten. Es war schon spät, es hätte ja sein können, daß die Haustür schon abgeschlossen war. Mitten auf der Treppe ging plötzlich das Licht aus. Jetzt! dachte ich noch, jetzt erschlägt er mich. Mit einem Schlag ging das Licht wieder an. Der Mann hatte den Druckknopf gedrückt, es war

zwischendurch einfach ausgegangen. Die Haustür unten war offen. Unzufrieden knurrte der Mann etwas in sich hinein. Ich entschuldigte mich leise, es täte mir leid, daß er sich meinetwegen umsonst …

»Wat denn, wat denn! Wat heeßt hier ›umsonst‹!« fuhr der Mann auf, »siehste doch, die Türe is offen. Dabei hat se zu zu sein, nich. Die Türe jehört abends in een ordentlichet Haus zujeschlossen. So isset. Wird immer wieder anjesacht vom Portjeh. Aber nee – keener hält hier off Ordnung. – Na, is schon jut.« Er gab mir noch einen leichten Klaps auf die Schulter, dann stand ich draußen auf dem Bürgersteig, und hinter mir verschloß sich dieses Haus. Für mich. Für immer. Endlich.

Ich trabte los. Die schnellen Schritte, die ich durch die nächtliche Straße lief, hallten in meinem leeren Kopf wider. Als ich um die Ecke war, begann ich zu rennen, wie von Furien gejagt.

Sechsundzwanzigstes Kapitel

Aus dem blauen wasserdichten Tagebuch (7)

5.4.42 – Zum erstenmal Streit mit Collie. Er blieb plötzlich stehen, winselte und suchte Schutz an meinen Beinen. Hatte er Witterung aufgenommen? Rundum nur ein Eisplateau. Wir waren ratlos. Ich sah mich nach Meyer um, der machte ein Zeichen weiterzuwandern.
So ließen wir Collie unbeachtet und stapften los. Da hörte ich durch das hohe Pfeifen des Sturms einen sehr bösen Ton in Collies Winseln. Erster Zank?
Ich kniete mich zu ihm nieder, der schwere Rucksack drückte mich geradezu auf die Knie. Ich brüllte ein paar liebe Worte in seine tauben Hundeohren. Da geht es weiter. (Wie lange?)
Später, als sich der Zwischenfall zu wiederholen droht, trete ich nach ihm, verliere dabei fast das Gleichgewicht und kann nur mit taumelnden Ausfallschritten einigermaßen wieder in die Lotrechte kommen. Der Hund kümmert sich nicht weiter um mich, bleibt stehen. Ich laufe weiter.
– War natürlich total bedient!
5.4.42 (abends) – Wiederversöhnungsfeier mit Collie. Und außerdem: den nordwestlichen Kammzug erreicht. Planquadrat 220!
Das ist zwar noch nicht viel – dennoch, wir nähern uns allmählich dem Gebiet, wo es »heiß« werden könnte. Auf dem Papier ist es bis zum schraffierten Oval, von dem wir uns einiges versprechen, nur noch eine Handbreit. Wir könnten natürlich auch direkt vorstoßen, gehen

aber weiter systematisch vor und grasen die Suchgebiete der Reihe nach ab. Es wäre ja auch eine Schnapsidee, anzunehmen, der UA (immer vorausgesetzt, es gibt ihn) würde ständig dort bleiben, wo er einmal (bzw. sogar mehrmals) gesichtet worden ist. Direkter Widerspruch zur Vitalität und Anpassungsfähigkeit, die wir bei ihm voraussetzen müssen! Eigentlich, konsequent zu Ende gedacht, sollte der Schneemensch viel eher dort gesucht werden, wo er noch niemals gesehen worden ist. Denn dorthin wird oder würde er sich ja vermutlich zurückziehen. Als ich Meyer gegenüber diese prinzipiellen methodischen Überlegungen äußerte, reagierte der sehr ungehalten, unwirsch. »Wie soll ich das nun verstehen? Wo sollen wir ihn denn suchen? Auf dem Leipziger Hauptbahnhof vielleicht – oder was? Von dort gibt es meines Wissens bisher nämlich noch keine Berichte über Schneemenschen.« Dann sagte er noch leise etwas von »Schwachsinn« und »Alle drehen allmählich durch«.
Wenig später entschuldigte er sich bei mir.
Dennoch, sachliche Einwände finden kaum mehr Gehör. Wir machen stur unsern Dienst und denken nicht daran, irgendwelche Veränderungen einzuführen.
Lasse mir dennoch die Freude am erreichten 220er nicht verderben. Zur Feier des Tages spendiere ich eine Büchse Kraftfleisch für Collie (heute bin ich an der Reihe, im Vorratszelt zu schlafen). Für Meyer, Rapp und mich gibt es Preißelbeeren mit Sahne. Danach einen Kaffee. Dummerweise hatte ich meine gesamte Sahneration schon für die Beeren aufgebraucht: der Kaffee schwarz, ich kreideweiß. Das Herz klopfte doch ziemlich.
Während die andern das Festmahl mit einer La Corona krönen, habe ich mich ins Vorratszelt zurückgezogen.

Der Spirituskocher kokelt. Mir wird langsam besser, und Collie und ich – wir sind die glücklichsten »Menschen« der Welt.
9.4.42 – Der Knall eines Schusses grollte durchs Tal, und sein Echo irrte durch die Nebentäler davon, wie ein fernes Gewitter.
Ich war rasch zur Seite gesprungen. Herr Hu aber lag auf dem Bauch, reglos, Arme und Beine weit von sich gestreckt. Es sah aus wie eine hilflose Umarmung der Erdkugel.
Nach einer Weile hob er vorsichtig den Kopf und blickte sich um: Etwa hundert Meter hinter uns stand Meyer. Er fluchte. Der Schuß, ohne Vorwarnung abgegeben, hatte einem Schneehuhn gegolten und es knapp verfehlt.
Meyer hatte das Gewehr hingeworfen und war wütend davongestapft. Die Munitionsvorräte – natürlich, das ist einer der heikelsten Punkte …
Das Problem ist Collie. Wir haben nicht genug Hundefutter. Und bei halber Ration schafft er sein Pensum nicht bzw. nur sehr schwer. (Jedesmal ein Jammerbild: wenn Collie einem Schneehuhn hinterherjagt und er ihm – flattert es davon – nur traurig und böse hinterherwinseln kann. Er kommt dann zurück wie ein geprügelter Hund, legt sich apathisch vors Zelt. Das gibt mir jedesmal einen Stich ins Herz.)
Ich ging mit Hu zurück, rieb die Brennecke vom Schnee trocken und ölte das Schloß mit Ballistol.
Herr Hu sah mir zu. Nach einer Weile stand er auf, streifte umher, brach ein paar Zweige und Äste von den verwachsenen Krüppelkiefern ab, scharrte Flechten und Moos unter dem Schnee hervor und schichtete das alles ein wenig abseits, an einer windgeschützten Stelle, auf.

Dann hockte er sich davor und zündete ein kleines Feuer an, wobei er abwechselnd kräftig in die Flammen blies, um sie kurz darauf mit beiden Händen vor seitlichem Luftzug abzuschirmen – so im Wechsel, bis schließlich ein kleines, munteres Feuer brannte.

Dann öffnete er seinen Rucksack (ich sag's ja schon immer: »Wundertüte«!) und zog verschiedene Säckchen und Tüten, einen Messingnapf und ein kleines braunes Fläschchen ans Licht. Das alles baute er um sich herum auf, alles, wie es schien, in einer ganz bestimmten Ordnung.

In den Messingnapf gab er etwas Schnee und erwärmte ihn über dem Feuer. Dann schüttete er aus einer der Tüten ein braunes, etwas klumpiges Pulver hinein. Mit einem Stöckchen rührte er die schleimige Masse immer wieder um. Es roch unangenehm. Rapp, der wie ich hinzugetreten war, schüttelte mißbilligend den Kopf: »Also, wenn er uns vergiften will, soll er es gleich sagen …« Hu aber war ganz auf seine Giftmischerei konzentriert und achtete gar nicht auf uns.

Was mich immer wieder erstaunt: In dieser Hockstellung, die Füße auseinandergespreizt, Hintern dicht überm Erdboden, die angewinkelten Knie als Gegengewichte wie bei einer Waage, hin und her wippend – in dieser Stellung kann Herr Hu es ewig aushalten. Und wenn er doch einmal verschnaufen will, legt er nur das Kinn auf die Knie, umklammert die Beine mit den Armen und pendelt den Oberkörper leicht hin und her.

Schließlich war das dunkle Gebräu fertig. Herr Hu bestrich damit einige der abgebrochenen Ruten und Zweige – jetzt erkannten wir es: Es war Leim.

Bald hatte er eine passende Stelle gefunden, wo er hinter

einem Felsblock in Deckung gehen und unbemerkt die Falle, die er davor aufgebaut hatte, beobachten konnte.
Ich glaubte nicht, daß das funktionieren könnte. Hu, der nun Körner ausstreute, machte mir ein Zeichen wegzugehen, damit er die Vögel anlocken könne. Rapp, der es für »Quatsch« hielt, war schon vorher gegangen.
Ich ging. Hinter mir hörte ich eine krächzende Vogelstimme. Ich drehte mich um: Das war Herr Hu, hinter dem Stein hockend. Er hatte die Augen geschlossen, das Gesicht zu einer Vogelgrimasse verzerrt und stieß heisere Lockrufe aus.
Als ich am Lagerplatz war – Meyer lag schweigend im Zelt –, kümmerte ich mich, um überhaupt etwas zu tun, um den Schlitten. Ich bearbeitete die Kufen mit Skiwachs. Dann bestrich ich mehrere undichte Stellen am Vorratszelt mit Imprägnierlösung. Den Vogelfänger hatte ich ganz vergessen.
Nach etwa einer halben Stunde aber kam aus Richtung der Falle ein Geräusch, Schnee stob auf, es bewegte sich etwas – und schon im nächsten Moment hatte sich Hu über die Falle geworfen. Ich lief schnell hin.
Tatsächlich – es hatte funktioniert!
Die Falle war so raffiniert aufgebaut gewesen, daß das Schneehuhn, der Körnerspur folgend, auf die Leimrute gegangen und dort festgeklebt war. Mit seinem Flattern hatte es die an der Leimrute befestigten, zeltartig aufgebauten Zweige wie ein Kartenhaus zum Einsturz gebracht. Da diese ebenfalls mit Leim bestrichen waren, verklebte das Gefieder, und das Huhn kam nicht mehr hoch. Es lag unter den Zweigen. Nur noch ein hilfloses Flattern ... Hu hatte sich darübergeworfen und drückte mit einer Hand das Huhn in den Schnee. Mit der an-

deren zog er sein Messer aus dem Gürtel und stach das Huhn kurzerhand ab. Er entfernte es notdürftig aus dem Gestrüpp und hielt den verklebten blutigen Hühnerbalg über das Feuer, das inzwischen fast niedergebrannt war. Der Leim auf den Federn brannte knisternd ab, es stank entsetzlich.

Dann nahm Hu den Rest auf, einen angesengten, halbgerupften Klumpen Huhn, und trug ihn zu unserem Rastplatz. Collie war schon herangesprungen, und als Hu ihm den Batzen hinwarf, winselte er dankbar. Aber er machte sich nicht gleich darüber her. Erst trug er sein unerwartetes Fressen ein Stück fort, legte es ab und stieß es mit der Schnauze einige Male hin und her. Als er sah, daß es seine Ordnung hatte, machte er sich gierig darüber her.

Herr Hu sah ihm zu, und seine Augen waren vor Vergnügen zwei schmale Striche. Immer wenn Collie von neuem zuschnappte, nickte Herr Hu begeistert und sagte etwas in seiner Sprache.

Ich ging ins Zelt und wollte Meyer von unserm Weidwerk berichten, aber der schlief schon.

Also habe ich mich leise zu ihm gesetzt, um dieses Jagdabenteuer zu Protokoll zu nehmen – was hiermit geschehen ist!

16.4.42 – Dicke Luft! Diesmal aber, Gott sei Dank, bloß von der Zigarre. Collie ist friedlich. Sitze in den letzten Tagen immer öfter mit leerem Kopf da. Meine Gedanken schweifen ab. Wenn ich nur wüßte, wohin. Rundum nur Eis. Kein Halt. Und überallhin: unendlich weit. Verdammt einsam.

Angst? Kann schon sein.

17.4.42 – Habe geträumt, ich würde Vater hier, und zwar

im Planquadrat 721, treffen. Die »Dame aus Lausanne« war ein Affe, womit ich aber nicht einverstanden war.
18.4.42 – Spaßeshalber auf Meyers Großkarte nachgesehen: Es gibt gar kein Planquadrat 721! (Natürlich, das wußte ich auch schon vorher.)
19.4.42 – Meyer von hinten: die Skifahrermütze mit den heruntergeklappten Ohrenschützern (das sieht irgendwie mittelalterlich aus), der riesige Rucksack, unten kurze Beine, die stapfend im fast kniehohen Schnee versinken; es hat den Anschein, als müsse sich Meyer immer wieder von der Erde losreißen.
Am liebsten laufe ich vorn. Obwohl es natürlich beschwerlicher ist, ist es doch auf bestimmte Art auch leichter. Unberührt und weiß vor mir die Schnee-Ebene. Laufe ich hinten, muß ich mich dem Schrittmaß der Vorgänger anpassen, in deren Spur bleiben. Das fremde Schrittmaß ermüdet mehr, als selbst den ersten Schritt ins Weiß zu setzen.
Herr Hu mit dem Schlitten hinterdrein. Darauf die Zelte und das übrige.
20.4.42 – Schneesturm.
Die Schneekörner prasseln direkt von vorn auf uns zu. Es ist, als würden wir fortwährend abstürzen. Kein Feiertagswetter!
Meyer ist dagegen, ich bin neutral, aber Rapp setzt es durch: kleiner Fahnenappell zum Führergeburtstag vor dem Zelt. (Angesichts der Munitionsknappheit freilich ohne Ehrensalut!) Nun denn, schnell hatten wir den Platz an einer windgeschützten Stelle einigermaßen freigeschaufelt, wir traten an, ich zog die Fahne, an der die Sturmböen gewaltig rissen, am provisorischen Mast hoch. Rapp streckte den Arm zum Gruß aus. Für diesen

Moment war sein Körper vollkommen gestrafft und sein Arm – eine absolute Gerade.

Anders dagegen bei Meyer. Er sprach, vermummelt, ein paar knappe Worte, von denen der Sturm noch einen Großteil wegriß, zum Stand der Expedition: … Harte Bewährungen auch im Reich … Wir, an vorderster Front … Durchkämmen der Planquadrate bisher zwar erfolglos … Dennoch: Stirn bieten … Kameradschaftsgeist, nicht mit Kameraderie zu verwechseln … Nächstes Großziel: Planquadrat 300 … Schönstes Geburtstagsgeschenk, weil ein Geschenk an das ganze Volk.

Meyers abschließender Hitlergruß: ein halbhoch angewinkelter Arm; aber so könnte auch ein Kapitän irgend jemandem von der Reling eines Schiffes aus zuwinken. Sein übriger Körper blieb daran unbeteiligt.

Herr Hu stand in der zweiten Reihe und beobachtete von dort aus das Geschehen.

Nachher sah ich zufällig, wie sich Herr Hu hinter dem Zelt am deutschen Gruß versuchte. Rapp, der überall seine Augen hat, schritt sofort ein und forderte Herrn Hu auf, diesen Unfug zu unterlassen, immerhin der deutsche Gruß, eine Anmaßung ohnegleichen.

Hu sah schuldbewußt zu Boden. Symbole und Zeichen machen großen Eindruck auf ihn.

Beim Frühstück versuchte Rapp, einen deutschen Sender zu finden. Vergeblich. Der Kurzwellenempfänger übermittelte aus der Heimat wie immer nur Knattergeräusche.

Siebenundzwanzigstes Kapitel

Als ich wenig später zu einem Wochenendurlaub nach Dresden fuhr – und ich hatte mich wirklich darauf gefreut –, kam es dort zu einigen recht unerfreulichen Auftritten mit Hildegard. Sie empfing mich freundlich, ja herzlich, war sogar auf den Neustädter Bahnhof gekommen. Irgendwie machte mich das mißtrauisch. Anstatt nun meinerseits freundlich zu ihr zu sein, war ich unsicher und reizbar. Ich wußte selbst nicht, warum.

Wir tranken noch irgendwo eine Tasse Kaffee, dann fuhren wir mit der Elektrischen zu ihr nach Hause. Ihre Eltern, mit denen zusammen sie die Hälfte eines kleinen Vororthauses bewohnte, waren zu Verwandten nach Döbeln gefahren. Wir hatten das ganze Wochenende für uns. Schon in der Straßenbahn der erste Streit. Ob ihr denn das veilchenblaue Seidentuch, das ich ihr mitgebracht hatte, nicht gefiele? Doch, ja, sagte sie und legte es auch gleich um. Aber ich glaubte ihr nicht. Das Tuch, fand ich, stehe ihr ja überhaupt nicht, es mache ihr Gesicht so unnatürlich blaß. Sie habe das also nur so gesagt, sie sage mir nicht die Wahrheit. Überhaupt, sie sage mir ja nie die Wahrheit! – Ich sah beleidigt aus dem Straßenbahnfenster.

Auch im folgenden suchte ich jeden Anlaß zum Streit, baute mich dabei jedesmal furchtbar auf und provozierte bei Hildegard schließlich eine ähnliche Reaktion. Und als dann auch sie Skandal machte, zog ich mich, als hätte ich nur darauf gewartet, türenschlagend auf die Veranda zurück, innerlich erregt – und ganz ruhig. Ich konnte mir nun sagen: Das ist ja das reine Irrenhaus, hier ist es ja nicht auszuhalten, hier muß man ja raus.

Nichts ist so bedrückend wie das dumpflastende Nebeneinander zweier Personen in einer Wohnung, einem Haus, die sich nicht mehr leiden, erleiden! können. Dieses angespannte Lauschen in den Flur hinaus. Diese falsche Sprache. Dieses vorgetäuschte Unbeteiligtsein. Alles ist falsch geworden. Sogar die Möbel scheinen nicht mehr an ihrem Platz zu sein, sie stehen schief und verquer und einzeln da. Diese Sehnsucht plötzlich nach frischer, kalter Luft. Vergessen, Neuanfang. Es einfach nicht mehr können, nicht mehr aushalten – losgehen, ohne Ziel, irgendwo muß es doch ein Leben geben ohne diese tränenlose Traurigkeit.

So saß ich denn auf der harten Verandabank, lehnte den Kopf an die Wand. Meine Hände lagen auf dem Tisch, als würden sie nicht zu mir gehören.

Ich sah hinaus in den spätherbstlichen oder doch eher schon winterlichen Garten. Ein nicht eben sehr großes dreieckiges Etwas, bergan gelegen – rechts, zur Straße hin, durch eine fast ebenso breite wie flache, etwas gewundene Mauer begrenzt; zum Grundstück linker Hand, weiter oben an der Straße, gab es keinen Zaun, es lag terrassenförmig erhöht. Das angrenzende Grundstück gegenüber aber, mit seiner grauen zweistöckigen Villa, zog meine Blicke stets magisch an. Im oberen Stockwerk waren die Fensterladen, solange ich zurückdenken konnte, immer zugeklappt gewesen. Es befand sich zwar ein beträchtliches Stück entfernt, hinter Bäumen, Sträuchern und einem flachen Kreuzzaun, da aber die Blätter abgefallen waren, rückten Grundstück und Villa gleichsam näher.

Im Winter, wenn die Natur kalt und leergeräumt ist, zieht sich die Welt zusammen, wird kleiner, enger. Ich zog unwillkürlich die Schultern hoch und verschränkte fröstelnd die Arme.

Das faulige Laub unten war zusammengeharkt worden. Der Garten sah geplündert und verwahrlost aus. Nur hinten, im äußersten Winkel, beim chinesischen Teehaus, ein paar achtlos vom Wind verstreute Blätter, rostrote Tupfer im strähnigen, feuchten Gras.

Das Teehaus – vor einigen Wochen hatten wir dort noch gesessen. Jetzt lehnte der runde weiße Tisch mit der abgedeckten Platte schräg an der Wand; in den Fensternischen des kleinen Pavillons schwarze verwitterte Gitter.

Der Garten war abgeräumt – »sinnentleert«, wenn man so sagen will, denn der Sinn stand längst eingeweckt im Keller. Lange Reihen beschrifteter Gläser, Johannisbeeren, schwarz, weiß, rot ... 1937 ... 1938 ... 1939.

Wenn ich bisweilen, an einem Sommertag etwa, den Keller betrat, um vielleicht eine Gießkanne oder den Leiterwagen zu holen, war mir jedesmal, als stiege ich in ein Pharaonengrab hinab. Der Kellerraum, in grobe Holzverschläge notdürftig unterteilt, strömte eine zeitlose Kühle aus. Die Vergangenheit war hier nicht nur in den langsam einstaubenden chronologischen Kompottgläserreihen konserviert, nein, überall: im Gerümpel, den Papierbündeln, Brennholzsäcken, in Hildegards altem Puppenwagen, im Staub. Und es roch so schön, so anheimelnd muffig: nach eingelagerten Kartoffeln, Kohlegrus und noch etwas anderem, was vielleicht die Vergangenheit selbst war.

Dort unten, im Keller, das spürte ich jedesmal, war ein anderes Reich – und ich war gerne dort. Meist zu lange, so daß ich gerufen werden mußte. Die Stimmen von oben, von draußen, kamen nur dumpf und von ferne

unten an. Die Decke, von der, wenn man anstieß, Kalk herabrieselte, lag wie eine Grabplatte über dem feuchtkühlen Raum, und vor den Fenstern, in den halbrunden Nischen, hingen wirre staubige Spinnweben, schwarze hauchzarte Schleier.
Ich hatte wohl einen Moment überlegt, ob es nicht besser wäre, in den Keller zu gehen und dort – anstatt hier fröstelnd herumzusitzen und in den trostlosen Garten hinunter zu starren – die Briketts aufzustapeln oder sonst irgend etwas Nützliches zu tun. Dann aber fiel mir mein Streit mit Hildegard wieder ein, und da ich ihr auf dem Weg in den Keller sicher begegnet wäre (denn unten in der Diele standen die Türen zu Küche und Stube stets offen), blieb ich hier sitzen, denn es hätte ja als Versuch einer Kontaktaufnahme gedeutet werden können – und das wollte ich nicht. Lieber fror ich weiter und starrte in den leeren Garten.
Mein Blick fiel auf den Apfelbaum, einen Boskop. In dessen weitausladendem Geäst, das im Sommer flirrende Schatten ins Gras warf, hing noch ein einzelner Apfel, der nicht gepflückt worden war und der offenbar vergessen hatte, abzufallen. Ein letzter, blaßgelber Apfel, der schon begann zu verschrumpeln und sich dennoch dem ewigen Kreislauf widersetzte.
Gerade wenn wir uns stritten, hatte ich bemerkt, wurde Hildegard ihrer Mutter sehr ähnlich. Es gab da so einen grämlichen Zug um die Wangen, der die Mundpartie sehr hart erscheinen ließ. Bei Hildegards Mutter war das schon ein fester Bestandteil des Gesichts. Bei Hildegard nur ein verräterisches, kurzes Aufzucken, wenn sie erregt war.
Der ewige Kreislauf – ich schloß die Augen und hatte

plötzlich Angst davor, in diesen Kreislauf einzutreten: Heirat; Kinder, die im Garten spielen; Frühling, Sommer, Herbst und Winter ...
Für andere, auch für Hildegard, schien das normal zu sein. Mir war es exotisch. Bisher hatte ich ja Ehe- und Familienleben (was wir zu Hause in der Gundelachstraße führten, ließ sich kaum als Familienleben bezeichnen) nur von außen und, buchstäblich, »aus der Ferne« kennengelernt. Ich erinnerte mich, wie ich oft als Kind, mit dem Indianerschmuck auf dem Kopf, in der dunklen, schmalen Kammer unserer Wohnung gestanden und durch den Feldstecher die Fenster des Hauses gegenüber abgesucht hatte. Dort spielte sich also Familienleben ab. Ein Stummfilm, in wechselnder Bilderfolge, doch stets ähnliche Bilder. Szenenbeleuchtung Küche an! Um den Tisch Vater, Mutter, Kinder versammelt. Sprachen sie? Oder war das nur das Kauen? Die Kinder, die ich sonst doch von der Straße her kannte, schienen mir bei diesem Spiel seltsam verwandelt. Sie bewegten sich in den häuslichen vier Wänden ganz anders als sonst, unnatürlich; viel gesitteter, ruhiger. Das wunderte mich. Überhaupt, die Menschen dort hinter den Scheiben wirkten so seltsam eingeweckt – wie in einem Kompottglas.
Dann das Wohnzimmerlicht an! Jetzt wurde also »gewohnt«. (In der Küche brannte derweil noch das Licht für den Abwasch.) Zuletzt Schlafzimmerlicht. Die Fenster wurden geöffnet, die Gardinen zugezogen, Schemen, auf und ab. Dunkelheit schließlich, die schwarz in meine Augen stach.
Und auch später war es nicht anders. Je mehr Familien und Ehen ich aus der Nähe kennenlernte, desto unheimlicher wurde mir die ganze Sache. Beim besten Willen,

ich konnte nie einen rechten Sinn dafür, einen Familiensinn eben, entwickeln.
Welches geheime Gesetz trieb denn Mann und Frau, die doch auf dem Hochzeitsphoto im Vertiko noch Kopf an Kopf in die gemeinsame Zukunft geblickt hatten, später so schlimm auseinander?
Sonntagnachmittag, wenn ich irgendwohin zu Kaffee und Kuchen eingeladen war, fühlte ich immer, daß ich zwischen den Stühlen saß. Ich spürte die Bombe unterm Tisch ticken. Sticheleien und kleine Boshaftigkeiten gingen da hin und her, Anspielungen, die ich nicht verstand. Was sollte es denn etwa bedeuten, wenn Onkel Hubert, über den vollen Kuchenteller gebeugt, mir mit Leidensmiene zuzwinkerte und stöhnte: »Deine Tante will mich nämlich umbringen!« – und dann (es müsse ja weg, »das süße Zeuch«) trotzdem den Kuchen in sich hineinschlang? Ich saß dann da, und mir blieb der Bissen im Halse stecken, und ich wußte nicht, was ich sagen sollte. Ich lernte, daß man in der Ehe hauptsächlich damit beschäftigt war, an verschiedenen Fronten Stellvertreterkriege zu führen. Erbittert wurde um die Härte der Eier, die Stärke des Kaffees, das Fensteröffnen und wer weiß was gestritten. Stellungskämpfe, bei denen kein Meter Boden preisgegeben werden durfte. Rückzug war Eingeständnis der Niederlage. Wie bei feindlichen Armeen, die sich im Graben gegenüberliegen und sich aufeinander eingeschossen haben – die Kanonen sind gerichtet, man weiß die Stellungen des Feindes und kann mit einiger Sicherheit die Schüsse plazieren beziehungsweise bei einem Gegenangriff rechtzeitig in Deckung gehen.
Dabei liegt es offenbar in der Natur der Sache, daß die Anläße für die Auseinandersetzungen immer geringer

werden. Vielleicht hing das damit zusammen, daß jeder meinte, die Ehe habe einem so viel Verzicht und Beschränkung im großen, im Leben, abverlangt, da müßten wenigstens die kleinen Rechte verteidigt werden – entschlossen, unnachgiebig, verbissen. Nicht noch in puncto Härte der Eier Abstriche machen, nicht auch das noch. Das würde prinzipiell, das würde an die Substanz gehen. Ob ich mich da jemals hineinfinden würde, war mir zweifelhaft.

Ich war froh, als mich die tropfende Dachrinne aus meinen Gedanken riß und mich auf andere, naheliegendere brachte. Ich ging nun doch hinunter, stellte die Leiter ans Haus und kratzte das Laub aus der Dachrinne. Hildegard sah aus dem Küchenfenster zu mir herauf.

Später saßen wir uns in der Küche gegenüber.

Hildegard hatte Kaffee gekocht, schob aber ihre Tasse demonstrativ weit ab. Danach, das sollte ich merken, stünde ihr jetzt wahrlich nicht der Sinn. Ihre Augen – rot und verweint.

Dieser Terror durch mutwillig vergossene Tränen. Damit kann man (Wasser höhlt den Stein) noch den stärksten Mann umhauen. Dagegen kommt man mit keinem Wort an. Ich schwieg. Es war unaussprechlich.

Dabei, ich war von der Gartenarbeit durchgefroren und hätte ganz gut einen heißen Kaffee vertragen können. Im gleichen Moment überlegte ich mir aber, daß es unpassend wäre, jetzt den Kaffee zu trinken, während Hildegard so todunglücklich vor mir saß. Das konnte auch eine Falle sein. Hätte ich jetzt ungerührt am Kaffee genippt, würde ich mich doch damit nur verraten haben – als taub, kalt und empfindungslos (das behauptete Hildegard ja ohnehin schon immer) gegenüber ihrem

Unglück, ihren Tränen. Um es genau zu sagen, sie weinte gar nicht richtig. Nur so ein gelegentliches, fast stummes Aufschluchzen (wovon ich freilich jedesmal zusammenzuckte), begleitet von einem kurzen, krampfartigen Erbeben der Schultern.

Unschlüssig hielt ich die heiße Tasse mit meinen rotgefrorenen Fingern umklammert. Dann, um überhaupt etwas zu tun, warf ich, wie in Gedanken, ein Stück Zucker in die Tasse, dann noch eins, und rührte um. Aber auch dies nicht zielgerichtet, sondern »nur so«, in Gedanken. Es konnte ebenso als Besinnung und Reue wie auch als trotziges Beharren angesehen werden.

Quälendes Schweigen.

Dazwischen das Klicken meines Löffels am Rand der Tasse.

Endlich stand Hildegard auf. Sie müsse jetzt die Wäsche bügeln, es sei schon spät und sie habe wirklich nicht Zeit, den ganzen Nachmittag hier so herumzusitzen. Sie ging hinaus.

Als die Tür hinter ihr zuklappte, leerte ich gierig, wie ein Verdurstender, die Tasse mit einem Zug – der Kaffee aber war kalt geworden inzwischen.

Achtundzwanzigstes Kapitel

Aus dem blauen wasserdichten Tagebuch (8)

25.4.42 – Collie schnappt nach mir! Heute alles in allem schon fünfmal. Höhenkoller? Ein beinahe unerträglicher Spannungszustand.

Jetzt schläft er, und ich kann schreiben. Aber leise …

Mache mir doch ziemliche Sorgen. Als ich neulich einmal, mitten in der Nacht, von einem Alptraum aufwachte, den aufzuschreiben ich mich geniere, leckte Collie mein Gesicht ab. Ich sah die gebleckten Zähne, so ist es ja nicht … Dieser Hund!

Heute nun haben wir Collies Ration etwas heraufgesetzt. Ob das hilft? Wie sagt man: Der Appetit kommt beim Fressen. (Mir schaudert bei diesem Gedanken.)

Ansonsten: ein ganz normaler Abend. Draußen heult der Sturm. Drinnen heult Collie. Und ich – es ist zum Heulen – sitze einfach da, starr starre ich geradeaus ins Dunkel.

27.4.42 – Die schwarzen Schafe auf meiner Liste –

Disput mit Meyer über »Innigkeit«, »Gemüt«, »Heimweh«; Wörter, die mir Schwierigkeiten bereiten, da sie noch nicht einmal adäquat in andere europäische Sprachen übersetzbar sind, geschweige denn in Ypsilon. Oder?

Meyer überlegte kurz, es war, als hörte er in sich hinein – nein, er hörte nichts. Offenkundig habe ich doch recht, genaue Entsprechungen dafür scheint es jedenfalls nicht zu geben. (Deutung: Die eigentlichen, die urdeutschen Worte sind unübersetzbar, sie »bleiben bei sich«.)

Am Abend kamen wir noch einmal darauf zurück; sehr gegensätzliche Interpretationen dieses Faktums. Während ich (siehe oben) in dieser Unübersetzbarkeit Spuren des unverwechselbaren Eigenen sehe, gibt Meyer zu bedenken: Es ist womöglich ein Zeichen der Unreife, daß man für Dinge, die uns sprachlos machen sollten, so schnell ein »Wortetikett« findet, das man aufklebt. So kommen diese Dinge ins Gerede – obwohl es vielleicht besser wäre, andächtig darüber zu schweigen. Wie es z. B. Religionen gibt, wo der Name Gottes nicht ausgesprochen, d. h. beschmutzt werden darf. Was bleibt denn vom »Gemüt« übrig, wenn aus diesem Stamme »Gemütlichkeit« herausrankt? Die Sprache führt uns doch nur in die Irre usw. Wir bezeichnen munter drauflos und ... (wörtlich) Meyer: »Die Worte schänden die Wirklichkeit«, verlorene Unschuld etc.
1. 5. 42 – Am schlimmsten ist es, morgens vor der Zeit zu erwachen. Zumindest hier ist es das Schlimmste.
Früh im Zelt. Die anderen schlafen noch. Ich liege wach. Allein mit der Last des Tages, dem ich frierend entgegenzittere. An Einschlafen ist nicht mehr zu denken. Krümme ich mich, um die Eisfüße zu massieren, strömt von oben kalte Luft ein; liege ich langgestreckt, fange ich unten an einzufrieren; krümme ich mich also wieder ... Von diesem ganzen Hin und Her bald völlig wach, und das Bewußtsein, so noch ein paar Stunden abfrieren zu müssen.
Heute früh aber, die anderen schliefen noch, machte ich bei dieser Gelegenheit, aus Langeweile sozusagen, eine Entdeckung. Meine Zunge fuhr im Mund herum, nur so, die Zahnreihen entlang. – Plötzlich stockte sie, stand abwartend, lauernd in der Mitte des Mundes. Dann noch

einmal. Rechts hinten (oben) fing es an, Kauzähne, in deren Furt glitt sie nach vorn, machte plötzlich, da die Furt der Kauzähne zu Ende war, einen Abrutscher und war nun auf der Innenfläche des Eckzahnes. Dann die Zungenspitze wieder nach vorn gedrückt, die scharfe Kante der Schneidezähne … Langsam zurück – und die Eckzähne (abwechselnd rechts und links) inspiziert. Die Eckzähne!

Was man in Büchern nachlesen kann, ohne es jemals richtig zu begreifen – hier plötzlich begriff ich es: Ja Gott, wir sind Raubtiere gewesen, Raubtiere … Die Eckzähne haben ihrer Stellung und, zumindest im Ansatz, ihrer Form nach den Charakter von Hauern, wie sie wilde Tiere haben, manche Affen, links und rechts die sichelförmig gebogenen Eckzähne.

Haben sich unsere edleren Teile im Laufe der Evolution zurückgebildet?

Wie ich so dalag, morgens, im Kreise meiner schlafröchelnden Gefährten, die Augen erschöpft geschlossen, sah ich mein Gesicht: aus dem offenen Mund, links und rechts, ragten zwei scharf gebogene Hauer.

Ich stöhnte leise – verdammt gutes Gefühl!

Hatte gar keine Lust mehr, wieder einzuschlafen.

2.5.42 – Meyer, sein Gesicht flackerte vom Widerschein des kleinen Lagerfeuers: »Schäfers Tibetexpedition – das sind Räuberpistolen gewesen. Haben Sie die Bücher darüber gelesen? Nein? Es lohnt sich auch nicht, Mann. Alles hanebüchen. Zudem, es bleibt auf die zoologische Seite der Sache beschränkt, mit dem Ahnenerbe auch nur sehr mittelbar verbunden. Obwohl der Reichsführer Schirmherr der Sache war. Trotzdem. Er jagt durch Tibet, Brennecke über der Schulter, freut sich, wenn er zu einem Abschuß kommt. Aber der Urahn, das ist Fehlmeldung. Das war nie ein Thema für ihn. Der hat einfach SS-Gelder abkassiert, und jetzt zieht er als Wanderprediger durch die Lande. Mit Lichtbildervorträgen. Flora und Fauna Tibets. Völlig abgehoben. Himmler hat ihn abgeschrieben, da ist er völlig abgeblitzt.«

7.5.42 – Eispickel, Frostbeulen – ewiger Kreislauf ...

10.5.42 – Unangenehmes Erlebnis –

Solange ich denken kann, trage ich es schon mit mir herum, das kleine Photo. Es zeigt meine Lieben und mich auf der Festung Königstein. Wir sitzen rittlings auf einer Kanone. Ich, vielleicht sechsjährig, sitze vorn, kurze Hosen, Kniestrümpfe, Tirolerhütchen. Hinter mir Mutter und Tante Gerda, Hände auf den Schultern, wie bei einer Polonaise.

Meyer, der es zufällig bei mir sah, machte ein paar anzüglich-frotzelnde Bemerkungen, Phallussymbol usw. – Abends, heimlich, nahm ich mir das kleine scharfgezackte Photo noch einmal vor. Jetzt erkannte ich es: Zwischen meinen dünnen Knabenbeinen hervor wuchs riesig das eiserne Rohr der Kanone ...

Meyers zersetzender Blick – und: Aus einer deutschen Familie in gemütlicher Sonntagnachmittagslaune wird augenblicklich eine Riesenschweinerei. O Gott.

Muß noch viel lernen.

Oder besser nicht.

–

Hoffe, daß es nicht persönlich ist, aber: finde überhaupt, sonderbare Verwandlung geht mit Meyer vor. Je mehr wir uns vom Reich entfernen, desto ... ? Sein Auftreten wird »weltmännisch«. Das fiel mir schon beim Herflug auf (damals noch ignoriert), als er mit dem Piloten

Englisch sprach. Eigentlich eine Normalität, aber: ungesunder Hang zur Perfektion, anbiedernde Betonung des »th« usw.
Als habe die Bewegung nur seine Oberfläche gekräuselt, im Innern aber …
Die Schlange häutet sich, ich werde wachsam sein. Nicht, daß ich da in irgendwas hineingezogen werde.
13.5.42 – Leider völlig zum Vorherigen passend: Rapp hatte gestern nach dem Abendbrot erzählt, wie im KL mit den Bibelforschern umgesprungen würde. Ziemlich haarsträubende Sachen. Rapp fand das alles ganz normal. (»Wer zwingt diese Heinis denn, Bibelforscher zu sein!« Sie könnten sich ja anderweitig für die Volksgemeinschaft nützlich machen.) – Meyer offenkundig aber sehr ungehalten darüber, wörtlich: »Diese harte Gangart lehne ich grundsätzlich ab« und »Ich habe überhaupt keine Mauke, eines Tages für die Privatvergnügungen einer Handvoll von Sadisten geradestehen zu müssen«.
Später nahm er mich noch beiseite. Mein Schweigen zu Rapps Bericht hatte er offenbar als stummen Vorwurf aufgefaßt. »Sie brauchen gar nichts zu sagen, ich weiß. Ja, ich bin gewissenlos, ich müßte was dagegen tun. Aber was soll ich hier, hier in Tibet (er breitete theatralisch seine Arme aus) dagegen tun? Können Sie mir das sagen? Nein, das brauchen Sie mir nicht zu erklären. Sie brauchen mir überhaupt nichts zu erklären. Und suchen Sie nicht nach Gründen, die kann ich Ihnen gleich nennen: Feigheit. Jawoll, aber klar – ich bin feige.« Er blickte mich beinahe triumphierend an. Sein wortreiches Eingeständnis hatte mich stumm gemacht. (Und das sollte es wohl auch.)
Abends im Schlafsack darüber nachgedacht: Selbstbe-

zichtigung und Selbstverleugnung sind eine optimale Verteidigungsstrategie, alle Angriffe gehen ins Leere. Die bequemste Art, sich etwaiger Kritiker zu entledigen.
Der einzige Fehler in Meyers Rechnung: Ich bin ja gar kein Kritiker. (Er hat sich also umsonst ins Zeug gelegt.) Mir ist es doch so verdammt egal, was Rapp, der mich nichts angeht, von Bibelforschern, die mich nichts angehen, hält oder nicht hält und wie Meyer das mit seinem »Gewissen« vereinbaren kann.
Ich halte mich da völlig heraus. Da müßten mir ja wirklich ein paar Gehirnwindungen fehlen, wenn ich mich da einmischen wollte. Kaltherzig? – Nein. Vernünftig. Wir haben eine Höhe erreicht, wo unnützer Ballast abzuwerfen ist. Das ist eine Überlebensfrage.
Übrigens, morgen erreichen wir Planquadrat 250. Das ist entscheidend.
15.5.42 – Gerade kommt Hu angeflattert. Wie ein angeschossener Vogel steht er vor uns, rudert wie wild mit den Armen, sehr aufgeregt.
Was ist los?
Mit Rapp ist er bei einem Außeneinsatz gewesen. Jetzt steht er vor uns – ohne Rapp! – und kann sich kaum verständlich machen. Nur immer wieder das Wort »Pflicht«, das er ausstößt, und dabei schlägt er sich mit beiden Händen gegen den Hinterkopf. Eine Katastrophe ... (Uhrzeit: 19.05)
15.5.42 (zwei Stunden später) – Rapp ist wieder da!
Was war geschehen? Die beiden hatten den Auftrag bekommen, vor unserem weiteren Aufstieg die schneeverwehte Gletscherspalte zu sichern, in die heute vormittag unser Schlitten zur Hälfte eingesunken war – Beseitigung dieser Gefahrenstelle für den Rückweg. Bei dieser

Aktion ist Rapp abgerutscht, und da es dunkel war, hatte Hu ihn sofort aus den Augen verloren. Während wir hier saßen und hin und her überlegten, ob wir zur Absturzstelle hinaufsteigen oder besser nach Rapp (oder seinen Resten) im Tal suchen sollten, kam Rapp humpelnd an. Bis auf ein paar Schrammen ist es glimpflich abgegangen. Gott sei Dank!

Jetzt, wo Rapp wieder da ist, kann ich gestehen: Als Hu uns die Hiobsbotschaft brachte und wir damit rechnen mußten ... Rapp, irgendwo zertrümmert im Tal ... mein erster niederträchtiger Gedanke war – dieser außerordentliche Anlaß rechtfertigt eine Zigarre außer der Reihe. (Seit Tagen sind die Zigarren kontingentiert.) Meyer war noch zu sehr von der Nachricht benommen, so daß er erst wieder aufmerkte, als meine Zigarre schon brannte. Er nahm sich dann auch eine und paffte lustlos draufzu. Ich sog gierig den Rauch in mich hinein und versuchte zu überlegen, wie es nun weitergehen sollte und was am Ende wohl mehr wog: der Nachteil, daß wir nun zu dritt unser Gepäck, das auch so schon viel zu schwer ist, zu bewältigen hätten (aber man könnte ja auch Teile zurücklassen), oder der Vorteil, daß die Vorräte nun sicher ein paar Monate länger reichen würden.

Oder aber ... Meyer brachte es auf den Punkt: »Es kann ja wohl nicht Zweck der Übung sein, daß wir beide nun auch noch draufgehen, bloß weil Kamerad Rapp nicht aufgepaßt hat.« Er blickte entschlossen in die Ferne. – Sternklare Nacht.

Ich dachte an die Schweizer Pässe, traute mich aber nicht, das so direkt anzusprechen, sondern sagte nur etwas von einem eventuellen »späteren Rückzug nach Lhasa«. Meyer sah mich prüfend an, zeigte aber keine deutliche

Reaktion. So widerrief ich meinen Vorschlag gleich wieder, sagte, daß es für Panikmache ja noch viel zu früh sei. Rapps Rückkehr riß uns aus unsern Gedanken.
Erleichterung, weil uns keine Entscheidung abverlangt wurde. (Resümee: Keiner will den Anfang machen – also macht auch keiner den Anfang. Und so bleibt es, wie es ist.)
Bei dieser Gelegenheit übrigens kleine Standpauke Meyers, der uns zu erhöhter Vorsicht aufrief: »Keine Extratouren, Herrschaften! Lieber dreimal absichern als einmal abstürzen.« Und, direkt an Rapp: »Hören Sie, wir sind hier nicht in einem Luis-Trenker-Film, damit das klar ist.«
Rapp noch viel zu benommen, um etwas darauf erwidern zu können.
Nachtrag: »Pflicht« – so nennt Hu seit einiger Zeit Rapp, weil der sich angewöhnt hat, jeden Morgen – egal, ob es den furchtbarsten Schneesturm gibt – zu rufen: »Die Pflicht ruft!«
Herr Hu kann es nicht auseinanderhalten und hält Rapp, der es ruft, selbst für die Pflicht.
19. 5. 42 – Problem Zeltaufteilung.
Meyer und ich sprachen uns heute darüber aus. Einigung konnten wir nicht erzielen. Einen neuen Gesichtspunkt brachte Herr Hu ein. Er wies mit dem Finger nach oben, auf die schneebedeckte Gipfelkette, deutete dann mit unmißverständlicher Geste Frieren an, wobei er sich zusammenkrümmte, die Arme kreuzte und mit den Handflächen rasch die Oberarme rieb. Dann streckte er vier Finger hoch und umschloß sie, wobei er lächelte, mit der anderen Hand.
Meinte er: alle vier in einem Zelt, wenn es kälter wird?

Wer weiß. Vorerst ist dieses Problem noch nicht aktuell. Bislang halten wir es so, daß jeweils drei von uns im Wohnzelt schlafen und einer, immer der Reihe nach, im Vorratszelt.

Rapp, in dessen Zuständigkeit dieses Problem eigentlich fällt, hat neulich, wie er selbst fand, eine ganz brauchbare Systematik vorgelegt. Nur hält dieser Zeltplan tiefergehenden Erwägungen nicht stand, da mehrere Punkte unberücksichtigt bleiben bzw. Ungereimtheiten auftreten.

1. Herr Hu ist entschieden bevorteilt, da Rapp es kategorisch ablehnt, ihn allein im Vorratszelt schlafen zu lassen. Weswegen? »Das dürfte wohl klar sein«, ist Rapps vielsagender Kommentar dazu. Auf diese Weise kann aber Herr Hu ständig im Wohnzelt schlafen. So wenig es ist: Der kleine Spirituskocher gibt, gerade zum Einschlafen, immer noch ein bißchen Restwärme ab, während wir andern uns der Reihe nach im Vorratszelt abfrieren müssen.

2. In absehbarer Zeit, mit dem Schwinden der Vorräte, wird es möglich sein, daß zwei von uns im Vorratszelt Platz finden. Hinsichtlich der morgens immer sehr verbrauchten Luft im Wohnzelt, wenn wir zu dritt dort schlafen, wäre das durchaus wünschenswert – und es würde den bisherigen Rhythmus (jeden dritten Tag ist man an der Reihe, im Vorratszelt zu schlafen) nicht ändern, wenn wir nämlich Herrn Hu als Dauerschläfer dorthin ausquartieren. In diesem Fall würde er ja auch nie alleine dort sein. Zwei Fliegen also mit einer Klappe?

Dem steht nun wieder entgegen, was Herr Hu angedeutet hat – auf gut deutsch gesagt: »Lieber erstunken als erfroren.« Denn auch zu zweit wird es im Vorratszelt schon empfindlich kühler sein.

Wir drehen uns mit diesem Problem im Kreise. Keinen Schritt weiter.
Der weitere Fortgang wird die Sache entscheiden, so oder so.
21.5.42 – Schlafe jetzt immer auf der linken Seite. So höre ich meinen kleinen unentwegten Trostspender, das Herz, dumpf und beständig hämmern. Manchmal, im Dämmer zwischen Wachen und Schlafen, erscheinen mir die sonderbarsten Bilder.
Zeitig zu Bett. Und hoffentlich, hoffentlich bald einschlafen.
26.5.42 – Bart vereist, Brauen ebenfalls. Verhängnisvoller: die zugefrorenen Nasenlöcher, die mich zwingen, den Mund zu öffnen. Kälte sticht bis tief in die Lungenflügel. (Dort, tief im Innersten, also noch Gespür.)
Beim allabendlichen Auftauen der Nase mit der glühenden Zigarre hörte ich heute plötzlich ein seltsames, sehr nahes Knistern. Schlußfolgerung: da offenbar die Nasenhärchen Feuer gefangen hatten – auch die Nase schon fühllos. Biß mir darauf voller Verzweiflung auf die Lippen, sie bluteten, aber es schmerzte nicht.
In dem Maße, wie ich nacheinander in allen Organen das Gefühl verliere, verliere ich zum erstenmal auch das Gefühl der Angst. Heute zum erstenmal an den Tod gedacht. Genauer: nicht an den Tod, an meinen Tod. Das ist etwas ganz anderes. Früher, im Stadtbad, auf der Liegewiese, betrachtete ich oft voller Abscheu meinen rechten großen Zeh. Ich hatte von einem Schulfreund gehört, daß im Leichenhaus die Blechmarke am rechten großen Zeh befestigt wird. Damit es nicht zu Verwechslungen kommt. Ich sah meinen Zeh an, wie man einen Verräter ansieht: Na, du böser, böser, großer Onkel! – Und im Spiel be-

wegte ich ihn auf und ab, und es gelang mir schließlich, diesen Gedanken, der schauerlich war, aber noch nicht bedrohlich, zu verscheuchen. Ich bewegte ihn fort. Noch hatte ich ja diesen Gedanken, noch hatte dieser Gedanke nicht mich. Nun ist es anders. Ganz anders.

27.5.42 – Endloser Tagesmarsch. Undurchsichtiges Schneetreiben. Die Füße laufen wie von selbst; die Gedanken schwirren ab. Tagtraum: In Wirklichkeit machen wir hier einen Familienausflug. Und zwar zur Festung Königstein! Vor mir Herr Hu. (Das ist wahrscheinlich Tante Gerda, die Unergründliche.) Weiter vorn, kaum noch zu erkennen, Mutter. Ich könnte sie rufen. Aber es ist kalt. Ich habe die Lippen fest aufeinandergepreßt. (Vermutlich, weil es so kalt ist, hat Mutter Rapps Jacke übergezogen.) Ich denke: Gleich hört das Schneetreiben auf, wir schütteln uns lachend die Kleider ab und machen irgendwo Rast. Hinter mir, das schwere Stapfen im Schnee – das muß Vater sein. Wer sonst!

Völliges Durcheinander? Nein. So ist es ja nicht. Ich bin ich – was immer das sein mag …

28.5.42 – Rapp, aufgeregt von einem Rundgang zurück. Angeblich Tiere gesichtet: Bergziegen oder Bären. Er breitete die Arme aus: »Das waren solche Kaventsmänner – Donnerwetter!« Er ließ sich auf seine Luftmatratze niederplumpsen und schüttelte nur immer wieder den Kopf: Hätte er nur ein Gewehr dabeigehabt – er hätte zwei, drei Stück davon kaltmachen können. Als wir später nachsuchten, fanden wir tatsächlich verschiedene Spuren im Schnee. Zuordnung aber schwierig. Wie von Menschen, aber sehr viel größer. Riesenzehen – oder Krallen?

29.5.42 – Von den Spuren – keine Spur mehr!

(Spurlos verschwunden …)
2.6.42 – Den Kopf einziehen, die Schultern hoch, sich gegen den Wind stemmen, der, hielte man nicht fortwährend dagegen, uns sofort umwerfen würde. So ging es weiter den ganzen Tag – über die graue, vereiste Ebene hin. Erst gegen Abend, es begann schon zu dunkeln, hatten wir eine einigermaßen geschützte Stelle erreicht, wo wir auch sofort unsere Last abwarfen und zu viert – gegen den Wind – die beiden Zelte aufschlugen.
Gerade noch rechtzeitig. Denn kaum hatten wir das Zelt von innen zugeknöpft, ging draußen ein unbeschreibliches Stürmen los. Oder schien es uns nur so? War der Wind vielleicht nur durch die Membranen der knatternden Zeltwände verstärkt?
Die Anspannung des mörderischen Tagesmarsches wich allmählich, und an ihre Stelle trat wohlige Schwäche.
Wie lange soll das noch so gehen?
Ein Trauermarsch.
Sogar das Ungeziefer, die Flöhe (wahrscheinlich von Hu eingeschleppt), haben uns verlassen! Offenbar sind wir in dieser Höhe (5528 Meter) die einzigen Lebewesen.
9.6.42 – Die Begierde, die uns treibt, zu erforschen, unschuldsweiße Flecken auszutilgen, den ersten Schritt ins jungfräuliche Weiß des Schneelandes zu setzen (Begehrlichkeit, Neugier etc. – sexuell gedeutet).
Diese ungestillte Lust in uns, der wir verfallen sind, solange wir sind und noch nicht verfallen sind … Anders gesagt: Das Weiß des Hochgebirges, das Weiß der Frauenschenkel – ist es nicht eine Begierde, die uns treibt, zu erforschen? Unschuldiges Weiß aufzubrechen? Ewiges Eis?
12.6.42 – In einem gesunden Körper wohnt ein gesunder Geist.

Ein pausbäckig gesundes Geisterchen geistert da herum. Ihm, da es ihm doch an allem fehlt, fehlt scheinbar nichts in seiner gesegneten Einfalt. In einem kranken Körper aber wohnt ein krankhaft gesunder, ein genialer Geist. (Bei den Gesunden sitzt die Krankheit nur tiefer, unheilbar.)
14.6.42 – Aufgeregt? Keine Spur.
16.6.42 – Abends. – Wickle mich heute etwas früher in meinen Schlafsack. Collie schläft an meiner Seite. Der Gute. Was wäre, wenn wir ihn nicht hätten? (Obwohl ich mich viel zu dick eingemummelt habe, als daß er mich wärmen könnte.)
Komme lange nicht zum Einschlafen. Der Sturm draußen. Die Stille im Herzen. Mit meinen Gedanken bin ich daheim – d.h. in der Ferne. Mit anderen Worten: »Daheim«, das ist in weiter Ferne.
Morgen will ich versuchen, ob ich das Zelt nicht flicken kann. Es ist ein wenig eingerissen am Eingang. Collie ist ganz nah zu mir herangekrochen, derart zieht es im Zelt. Die Zeltplanen knattern in den Sturmböen, so daß ich fürchte, sie werden über kurz oder lang reißen. Ohne Zelt – ein Gedanke, den ich lieber nicht zu Ende denken möchte ...
17.6.42 – Harter Tagesmarsch. Planquadrat 277. Resultat: 81 Grad östlicher Länge. Zwischendurch quälte mich der Gedanke, wir kämen nicht von der Stelle.
28.6.42 – Collie verschwunden!
Wir rufen nach ihm. Keine Antwort.
Die eingefärbte Schneebrille nimmt die Sicht, so daß kaum etwas zu sehen, geschweige denn zu erkennen ist. Wir machen uns Vorwürfe, stapfen unentschlossen weiter.

(Anderthalb Stunden später) Glückliches Dementi! Collie wiedergefunden. Herr Hu hatte ihn heute morgen in der Eile des Aufbruchs, es mußte schnell gehen, angepflockt, damit er nicht, wie es seine Art ist, beim Zusammenpacken dazwischenspringt. Dann hatten wir ihn im Schneetreiben vergessen. Der treue Hund aber hat sich losgerissen und wieder zu uns gefunden. Große Wiedersehensfreude. Rapp macht Hu bittere Vorwürfe. Auch Collie macht einen Bogen um Hu. Meyer versucht, den Frieden wiederherzustellen, er entfernt den Strick von Collies Halsband.

Auf dem Spirituskocher ein Mittagsmahl: Corned beef. Dazu vier Büchsen dänisches Lagerbier, »Tuborg«, ein Stück Schweizer für jeden.

Herr Hu gibt Collie von seinem Corned beef ab, wir grinsen. Alles in allem ein Festmahl.

Danach Tagebuchschreiben und Erholung.

(Die Zeltplanen werden übrigens fadenscheiniger von Tag zu Tag. Zusehends. Meine Besorgnis darüber wächst, ebenso wie die Risse.)

29.6.42 – Historischer Moment am Empfänger! Der britische Südostasiensender, den wir hier manchmal einfangen, meldete gerade den Beginn einer Großoffensive unserer Truppen am Südabschnitt der russischen Front, Nordkaukasus, Stalingrad. Das muß gestern losgegangen sein. Sehen uns das auf der Karte genau an.

Können zwar nur mit unsern Malzkaffeepötten anstoßen, trotzdem: sehr feierlich. Herr Hu schüttelt uns allen die Hand. Unsere Gedanken aber fliegen um den halben Erdball …

Neunundzwanzigstes Kapitel

Rapp war aus Overbecks Umgebung zu uns gestoßen. Ob als Wunschkandidat Meyers – das ist fraglich. Obergruppenführer Overbeck war dafür bekannt, Leute aus der zweiten Reihe vorzuziehen; Männer, die kaum jemand kannte – und die dann beklommen vortraten und gar nicht wußten, wie ihnen geschah. Natürlich, es ging Overbeck nicht um diese Leute. Er wollte damit vor allem seine Unbestechlichkeit, seine Unabhängigkeit im Urteil beweisen. Und indem er solche Leute favorisierte, die nie im Leben damit hatten rechnen können, jemals aufzusteigen, machte er sie zu seinen Schicksalsgenossen. Ihr unerwarteter Aufstieg fesselte sie an ihn, der das alles mit einer Unterschrift erwirkt hatte.

Die Bevorzugung der einen setzte zugleich natürlich andere zurück – zwei Fliegen also mit einer Klappe.

Wer da etwa an die Macht drängte, stand bei Overbeck hintenan. Wäre so jemand aufgestiegen, so hätte der sich das ja selbst zuschreiben können, ob da ein Overbeck über ihm saß oder nicht. Er wäre dann eben »an der Reihe« gewesen, und Overbeck hätte dabei keine Rolle gespielt. Aber das ging natürlich nicht: Overbeck und »keine Rolle spielen«, das paßte einfach nicht zusammen. Und überhaupt, wer an die Macht wollte, der würde eines Tages auch vor ihm, Overbeck, nicht haltmachen, das war ja nur konsequent – und Grund genug für Overbeck, solche Möchtegernemporkömmlinge kaltzustellen.

Diese Unberechenbarkeit und das von Overbeck immer wieder beschworene Prinzip »Bei mir hat jeder eine Chance« stellten die Macht des Obergruppenführers auf ein breites, unerschütterliches Fundament ergebener Leute. Er stand nicht einsam und isoliert an der Spitze, um sich herum eine Handvoll Berater – nein, er hatte den gesamten Apparat durchdrungen, seine Leute waren überall. So war niemand, auf keiner Ebene, vor ihm sicher. Overbeck war ein virtuoser Machtspieler – und als solcher war er eins mit seinem Instrument geworden.

Eine seiner Hervorbringungen war nun also Rapp. Ortwin Rapp. Es war während der Quedlinburgfahrt, als Meyer mir »unsern dritten Mann«, wie er sagte, vorstellte.

Der Reichsführer hatte am Vormittag anläßlich einer Vereidigung eine Rede im Dom gehalten. Anschließend Besichtigung der Krypta. Das war schon feierlich – der Widerhall unserer andächtigen Schritte in diesen Gewölben aus Steinbögen, die tausendjährige Ruhe und Kälte ausströmten. Ich spürte: In diesen uralten Steinen lag eine Wahrheit, ein tieferes Wesen, denen auch der warme, blaue Sommertag nichts anhaben konnte, der draußen, hinter den schmalen, spitzgiebligen Fensternischen zu sein schien; doch das war nicht wirklich. Das Wirkliche war ja hier. Das Licht draußen war nur ein flüchtiger Schein.

Nach der Feierstunde gab es ein gemeinsames Mittagessen im Ratskeller. Ein Vorauskommando hatte eine der Fensterfronten des Lokals entsprechend ausgestaltet. Etliche Fahnen hingen dort und verschiedene Wappenschilder niederdeutscher Bauernhöfe. Auf den Fenstersimsen standen Julleuchter und Holzteller. Vor eines der Fenster war eine durchscheinende Plakatfolie gespannt. Unter dem Schriftzug »Urdeutsches Land ruft Dich zur Mitarbeit im Bund Deutscher Osten« stand ein germanischer Krieger. Sein blondgelocktes Haar wurde von einem Stirnband gehalten, den dunklen Überwurf hielt eine Brosche. Besonders fiel der Dolch auf, der im Gürtel steckte und quer vor dem Geschlecht hing, so daß man beide verwechseln konnte.

Ich wollte gerade meinen Nebenmann darauf hinweisen, da kam aber schon das Bier, der »köstlich-edle Gerstensaft«, wie der Reichsführer, den anderen laut zuprostend, etwas theatralisch ausrief.

Es gab Hirschbraten mit Rotkraut und Klößen. Die alten und neuen Kameraden saßen in gemischten Gruppen. Aber zu Gesprächen, wie das wohl beabsichtigt war, kam es kaum. Nach Dessert und Abschiedsschnaps rückten die neuen, frischvereidigten Kameraden wieder in ihre Kasernen ein – die Prominenz rauschte nach Berlin ab.

Übrig blieb eine kleine Gruppe, Ahnenerbe und ein paar Interessierte; Meyer hatte noch eine Höhlenbesichtigung in Rübeland organisiert.

Wir warteten auf den Bus, als Meyer mit einem kleinen drahtigen Mann, der sich schon den ganzen Vormittag in Meyers Nähe aufgehalten hatte, näher kam.

»Kamerad«, sagte Meyer zu mir – und das war immerhin ungewöhnlich, sonst ließ er den »Kameraden« einfach weg – »das hier ist unser Kamerad Rapp, Ortwin Rapp, unser dritter Mann!«

Der »dritte Mann« straffte sich und streckte mir seine kleine feste Hand entgegen. Was mir auffiel: die durch den Bürstenhaarschnitt freiliegende flache Stirn und die tief in den knochenumwölbten Höhlen sitzenden Augen. Ich hatte versucht, ihm beim Händeschütteln in die Augen zu blicken, unmöglich – nur zwei dunkle Striche, Sehschlitze.

Der ungewöhnlich breite, ausladende Unterkiefer machte sein Gesicht außerdem kantig, viereckig.
Insgesamt: eine sportliche Erscheinung, Donnerwetter, ein Mann von »Schrot und Korn«. Das wurde mir noch deutlicher, als Meyer und Rapp, wir mußten noch ein Stück zu Fuß gehen, vor mir liefen. Meyer, mindestens doppelt so dick wie Rapp. Er hatte seine Südtiroler Trachtenjacke an, Schillerkragen darüber, wulstige Knickerbocker, Kniestrümpfe. Seine Schritte seltsam ausbalancierend, wie das bei dicken Menschen öfter zu beobachten ist. Jeder Schritt wie eine Frage: Ob das so ginge? Die Füße, die weit auseinandergesetzt werden, schlagen wie Klappen auf den Boden. Sie haben große Last zu tragen. Ein Nachklang des Schrittes durchzittert den Körper, bevor er sich zum nächsten Schritt aufrafft. Kein fortlaufendes Schreiten und Abrollen über den Fußballen, nein, jeder Schritt markiert einen vorläufigen Endpunkt. Die irdische Schwerkraft wird sichtbar. Und trotzdem geht es.
Ganz anders Rapp. Nicht etwa leichtfüßig, aber irgendwie, auf schwer zu beschreibende Weise mit der Erde im Bunde. So wie er läuft, merkt man ihm an, daß er auf der Welt zu Hause ist.
Dazu noch sein unscheinbarer erdbrauner Anzug. Auffällige Besonderheit: der eifrig wirkende, weggestreckte Hintern.
Vom ersten Moment aber hatte Rapp für mich etwas Räudiges an sich, ohne daß ich das hätte näher erklären können.
So liefen sie also vor mir her – und ich, mit meinen Überlegungen, hinterdrein.
Schließlich saßen wir in einem KdF-Bus und fuhren nach

Rübeland. Durchs Tal schlängelte sich der schmale Fluß. An die Straße gesetzt – Häuser, deren schmale Gärten hangaufwärts lagen; die oberen Begrenzungszäune etwa in Höhe der Hausschornsteine. In den Fenstern, eingerahmt von Blumenkästen und Gardinen, Gesichter und gewinkelte Arme alter Frauen. Irgendwo saßen auch ein paar alte Männer auf einer Bank.
Am Eingang der Höhle begrüßte uns ein ausgestopfter schwarzer Bär. Nach einer kurzen Ansprache des Führers (des Höhlenführers!) begaben wir uns ins Innere. Unterirdische Kühle, glitschige Steinstufen. Wenn es oben regnet, so der Höhlenführer, dann tropft das Wasser hier erst nach vierzehn Tagen durch die Decke.
Wir standen da, alle in der gleichen Pose: die Hände in Schoßhöhe übereinandergelegt, den Kopf leicht schräg – und staunten die dicke Decke an.
… und Goethe war auch schon hier!
Feucht schimmerten die Wände im elektrischen Licht, grüne Algen wuchsen um die Lichtquelle. Obwohl der Vergleich natürlich weit hergeholt ist: Die Atmosphäre in der Höhle erinnerte mich an die großen Berliner Zentralen, die Granit- und Marmorpaläste der Partei.
Wieder ein Stück weiter wurde ein kleiner unterirdischer See besichtigt. Der Höhlenführer – wir umstanden ihn im Halbkreis – berichtete über die beinahe konstante Temperatur in der Höhle. Zwar sei es uns vorhin, beim Abstieg, als wir von draußen kamen, sicher sehr kühl vorgekommen, dafür sei es aber im Winter auch relativ warm hier unten, das gleiche sich so aus.
Meyer knuffte mich unauffällig in die Seite: Das wäre doch was, nicht wahr? Der richtige Lebensraum, um abzutauchen und die Zeiten zu überstehen …

Ich verstand nicht genau, was Meyer meinte. Doch ehe ich etwas darauf sagen konnte, ging es schon wieder weiter. Und jetzt, am Ende des Rundganges angelangt, gab es noch eine nette Überraschung. Der Höhlenführer spielte uns zum Abschied eine kleine Melodie – und zwar auf einigen buntilluminierten Zapfen, die von der Decke in unterschiedlicher Länge und Färbung als bizarre Gebilde herabhingen. Ich lauschte dieser schönen Musik mit offenem Munde.

Dann nahmen wir Aufstellung zum Erinnerungsphoto. Dies aber schon auf der Treppe, die hinausführte. Vorher hatte sich Meyer noch beim Höhlenführer bedankt: Die Besichtigung habe uns allen sehr, sehr viel gegeben.

Durch eine schwere Stahltür gelangten wir ins Freie.

Die andern gingen ins Lokal. Ich setzte mich noch, unweit des Ausganges, ein bißchen an den grasbewachsenen Hang und döste vor mich hin. Bis zur Abfahrt blieb noch eine gute Stunde. Nach einer Weile hörte ich Schritte. Es war Meyer. Es sollte wohl so aussehen, als käme er zufällig hier vorbei, denn er tat ganz erstaunt, mich hier zu finden. Als er sich aber schnaufend neben mir niedergelassen hatte, merkte ich, daß er gekommen war, weil er das Gespräch mit mir suchte.

Was ich denn so von Rapp hielte, wollte Meyer wissen.

Ich zuckte die Schultern, dazu konnte ich nun wirklich noch nichts sagen. Meyer nickte, das verstand er.

Ich fügte aber noch hinzu, daß es immerhin erstaunlich sei: jemand aus Overbecks Nähe, wo doch bekannt sei, daß Meyers Verhältnis zu Overbeck nicht das beste wäre …

Er sah mich einen Moment mißtrauisch forschend von der Seite an, dann schüttelte er abrupt den Kopf, so als wolle er damit alle Zweifel abschütteln: »Ach was, Unsinn, wer behauptet denn so was! Ich komme blendend mit Overbeck hin.« Er schwieg einen Moment. Dann, mit gesenkter Stimme: »Also – wenn Overbeck auf dem Obersalzberg ist oder sonstwo, tausend Kilometer weit weg, und nichts von mir will – und ich bin in Berlin und will nichts von ihm, dann ... dann klappt es prima mit uns, dann gibt es überhaupt keine Probleme. So ist das – was denn!« Die letzten Worte wurden schon fast von dem Lachen verschluckt, das jetzt aus ihm hervorbrach – ein ungehemmtes Lachen, das den ganzen fülligen Körper erfaßte; die Schultern bebten, den Kopf hatte er zurückgeworfen. Ich war mir nicht ganz sicher und lachte vorsichtig ein bißchen hinterher.

Als er sich soweit ausgelacht hatte – immer noch, bruchstückhaft, kamen einige Ausläufer seines Lachens nach –, nahm er mich dann doch noch einmal ziemlich ernsthaft ins Gebet: Es sei ihm aufgefallen, daß ich langsam ungeduldig würde, das sei auch völlig verständlich; dennoch, bislang stünde unser »Auftrag« eben unter absoluter Geheimhaltung, daran sei auch nicht zu rütteln. Ob ich denn, wie vereinbart, an den Sprachmodellen weitergearbeitet hätte?

Natürlich, das hatte ich. Zwar hielt ich das allmählich für Beschäftigungstherapie, um mich irgendwie hinzuhalten (wohin aber? zu welchem Zweck?), doch ich mußte ja irgend etwas machen, schon, um meinen Ruheposten nicht zu gefährden, und so hatte ich ein Sprachmodell Ypsilon 3a entwickelt, das m. E. gegenüber den Vorläufermodellen etliche Vorzüge aufwies, nämlich ... Aber so genau, wie ich es jetzt anfing zu erläutern, wollte es Meyer nun auch wieder nicht wissen. Er begann dann ziemlich unvermittelt über die Gebirge an sich zu sprechen, und daß immer die unwegsamsten Gebirge legendenumwittert seien: die Brockenhexe im Harz, Rübezahl im Riesengebirge, Kaiser Barbarossa im Kyffhäuser usw. Überhaupt – die Höhlen …

Der Höhlenforscher gewissermaßen das Gegenstück zum Bergsteiger. Die sinnbildhafte Verkörperung des Ahnenerbes. Hinabsteigen – diese alte Sehnsucht; mit Handlampe und im Gummizeug durchs Tropfnaß der Höhle. Männer, die hinabsteigen in den Schoß von Mutter Erde, zum Ursprung zurückkehren. Es sei etwas Großes, Existentielles an diesen Dingen – gar nicht zu leugnen. Er denke auch manchmal, ob der Forscherdrang, der Drang, in Unbekanntes vorzudringen, einzudringen, nicht am Ende auch eine geschlechtliche Komponente habe? Freilich, man dürfe das keinesfalls zerreden. Der Wiener Nervenarzt Freud habe derartige Analogien ja maßlos übertrieben und ins Gemeine verzerrt. Aber immerhin, etwas, irgend etwas, sei bestimmt daran … In dieser Richtung jedenfalls.

Wie nun, setzte Meyer plötzlich neu an, wenn unsere Mission genau die entgegengesetzte Richtung verfolgte, hinauf zu den einsamen Gipfeln? Der Widerspruch wäre doch nur ein scheinbarer. Wir wären dann eben nur Höhlenforscher mit umgekehrtem Vorzeichen …

Worauf genau Meyer damit hinauswollte, das begriff ich damals noch nicht, und so beließ ich es meinerseits bei einem nachdenklich-langsamen Kopfnicken. Zugleich aber beschloß ich für mich, bei nächster Gelegenheit mir Klarheit zu verschaffen, was eigentlich Sache ist. Schließlich konnte ich nicht ein Sprachmodell nach dem andern entwickeln, ohne vorher genau zu wissen, wofür. Das

mußte Meyer ja einsehen. Ja, so würde ich meinen Vorstoß begründen können.
Diese ganze Geheimniskrämerei ging mir langsam auf die Nerven – und Rapps Erscheinung war ein neues mittelgroßes Fragezeichen.

Dreißigstes Kapitel

Aus dem blauen wasserdichten Tagebuch (9)

30.6.42 – Testete heute früh mein neues Sprachmodell an Rapp. (Herr Hu, den ich sonst als Testobjekt gewählt hätte, war auf Außenposten.)
Ich: Schnee-sehe-ich. (Meine Hände wiesen erst auf den Schnee, dann auf meine Augen, dann rieb ich mir den Leib.)
Rapp musterte mich mit zusammengekniffenen Augen. Er sagte nichts. Weder schüttelte er den Kopf noch nickte er.
Ich, indem ich auf das Zelt zeigte, fuhr fort: Das Zelt-sollten-abbauen-wir. (Dazu nickte ich kräftig.)
Rapp, der sich noch immer nicht gerührt hatte, stand nun langsam, ohne mich aus den Augen zu lassen, auf und ging, als hätte er gerade nichts anderes zu tun, hinüber zu Meyer, der Spuren sicherte. Sie unterhielten sich halblaut. Meyer sah die ganze Zeit zu mir herüber, während Rapp leise auf ihn einsprach.
Grundgedanke der neuen Sprache: Sie ist besser dem Überlebenskampf mit der Natur (Urahn!) angepaßt als herkömmliche Sprachen. Natürliche Abfolge: Zunächst und zuerst kommen die Dinge (Dingwörter), dann kommt das, was wir tun (Tätigkeitswörter), und zum Schluß kommen wir. Solch eine Sprache spiegelt unser Ausgeliefertsein an die Welt, die Abhängigkeit unserer Handlungen von dieser eher wider als unsere bisherige, irreführende! Sprache es vermag. Bei uns: Erst kommt das Subjekt (Ich), dann tut es etwas (sehe), dann erst

kommt das Objekt, das lange vor uns da war und lange nach uns da sein wird (Schnee). Grundverkehrte Struktur!
(Muß noch ausgebaut werden.)
Am Abend fragte mich Meyer, ob ich nicht eine Partie Schach mit ihm spielen möchte. Ich schüttelte den Kopf und sagte, er könne ja mit Rapp spielen. (»Mit Rapp spielen können Sie«, das verkniff ich mir.) Darauf Meyer, obwohl er weiß, daß ich weiß, daß das nicht stimmt: »Rapp kann ja gar nicht spielen.«
Gedrückte Stimmung. Bald zu Bett.
Beim Aufpusten der Gummimatratze ein Mißgeschick: Meine Lippen blieben am Mundstück kleben, froren fest. Ich riß mich los, und es begann zu bluten. Ich leckte es ab, Blutgeschmack noch beim Einschlafen.
1.7.42 – Die Finger blau und steif gefroren.
Der Stift rutscht übers glatte Papier, ungelenke Schriftzüge, Schritte, rutschend übers Weiß – welchem Ziel entgegen?
Das Weiß, eintönig und scheinbar unendlich, hält auf Schritt und Tritt Absturzstellen für uns bereit; locker vom Schnee verwehte Schluchten und Felskamine, in denen man auf Nimmerwiedersehen verschwinden kann.
Schneeblindheit: Ich sehe schwarz.
(Nach einem Anfall von Schneeblindheit schnell wieder erholt. Setze die Schneebrille nur noch im Dämmer des Zeltes ab. Brauche länger als die anderen, um mich im Halbdunkel des Zeltes zu orientieren.)
2.7.42 – Abends im Schlafsack: Ich will mich kleinmachen, verkriechen – als sei ich zu groß für diese Welt.
Es ist kalt – und wie!
6.7.42 – Fraß heute gedankenlos den Grind meiner

Schürfwunde am Handgelenk. Hatte plötzlich die irre Idee, das könnte ein erstes Anzeichen von Kannibalismus sein.
7.7.42 – Glaube ich wirklich an den UA?
Lange darüber nachgedacht.
Überraschendes Ergebnis: Nicht, ob es den UA gibt oder nicht – ob ich überhaupt etwas glauben kann, das ist mein Problem. (Glaube es übrigens nicht.) Insofern ist die Frage UA ziemlich gleichgültig, jedenfalls in dieser Hinsicht.
8.7.42 – Alles Wahnsinn! Alles verkehrt – Ausgeburt einer kranken, weltfernen Phantasie. Das muß einfach mal zu Papier! Wie die Kinder, wir sind wie die Kinder. Man sagt uns: So und so – und dann machen wir so und so. (Wobei zu bezweifeln ist, ob Kinder tatsächlich so idiotisch brav sind.)
Es ist wirklich beängstigend. Ich halte hier fest: Mit dieser geistigen Verirrung habe ich nichts zu tun. Ich bin ein denkender Mensch und glaube nicht an Klopfgeister und Ammenmärchen! Also, ausdrücklich: Ich glaube einfach nicht daran, daß wir den nördlichen Kammweg nehmen müssen. Die in Berlin ausgeheckten Planungen sind völlig unbrauchbar. So jedenfalls finden wir den UA nie!
9.7.42 – Habe mehr und mehr den Eindruck: Jeder von uns sucht eigentlich etwas anderes.
Deswegen wahrscheinlich die heutige Lagebesprechung in puncto UA so unbefriedigend – und deswegen so schlecht voran.
Fangen wir ganz unten und mit dem Einfachsten an. Herr Hu ist in unserer Expedition, weil er einen Broterwerb sucht. Und damit hat es sich. Mit Rapp schon schwieriger. Er dient der Sache, von der selbst er wahrscheinlich wenig

Ahnung hat. Hier steht der Dienst im Vordergrund. Im Dienst ist er hart und erbarmungslos – gegen andere, aber auch gegen sich selbst. Er hat es gut. Er geht in seinem Tagesplan auf, vollständig. Kein Rest, der von Zweifeln geplagt wäre. Wenn er etwas sucht, dann sind es die Brühwürfel oder ist es ein guter Standplatz für die Zelte.
Bleiben Meyer und ich.
Was Meyer betrifft: Seine Angewohnheit, in Orakeln zu sprechen, hat deutlich zugenommen. Was er wirklich denkt ... Nie sollst du mich befragen! Als ich neulich einmal kraftlos und unkontrolliert stöhnte: »Ich will zurück«, sah er mich ganz sonderbar an. Dann legte er seine Handschuhhand auf meine Schulter und brüllte durch den Sturm: »Deswegen ja – weiter!«
Und was suche ich? Bestätigung – aber wofür? Daß es den UA gibt? Daß es ihn nicht gibt? Daß es mich gibt? Oder suche ich nur einen Ort, wo ich so sein kann, wie ich bin, wo ich ankommen kann ... Vielleicht eine Ur-Sehnsucht? Ich kann es ohnehin nicht aussprechen.
»Esperanto mit Unbekannt« – womöglich eine hohe Schule des Schweigens? (Völlig neuer Gesichtspunkt.)
10.7.42 – »Einmal ist keinmal ...«
Als Rapp wieder mal einen von diesen blödsinnigen Sprüchen abließ, hätte ich ihm am liebsten meinen Eispickel in den Rücken gerammt und abgewartet, ob er das dann auch noch sagen würde.
Ich hasse Rapp wegen seiner Fähigkeit, die allerdümmsten Banalitäten laut und langsam und mit belehrendem Unterton sagen zu können. Was hat dieser Mensch nur für eine Engelsgeduld. Mit sich! (»Der hat Arschruhe«, sagt Meyer bewundernd.)
Schon wie er sich morgens rasierte. Schon das! Das ge-

nügte, mir den ganzen Tag zu verleiden. Ich mußte jedesmal weggehen, wenn ich seine Vorkehrungen sah. Mit wieviel Liebe er die Rasierseife aufquirlte, wie sorgsam er sein Gesicht einpinselte (hätte ich morgens auf nüchternen Magen mir so lange ins Gesicht geschaut – mir wäre speiübel geworden!), und wie er dann langsam mit dem Rasiermesser Streifen für Streifen seine Fassade wieder freilegte, die Klinge fein säuberlich am Rand des Napfes abstrich und akkurat neu ansetzte – es war zum Auswachsen! Den Kopf nach hinten geworfen, die ganze Prozedur aufmerksam aus den Augenwinkeln verfolgend, als käme unter dem Rasierschaum sonstwas für ein Weltwunder zum Vorschein ... und immer das Messer am Hals, das rosige Fleisch unterm Rasierschnee ... Es kribbelte!

Als es dann in kältere Regionen ging und wir den Spiritus rationierten, fiel auf meinen Vorschlag das warme Wasser zum Rasieren als erstes unter die Sparmaßnahmen. Wir lassen uns Bärte stehen.

Rapp, nach kurzer Irritation, verlegte seine zermürbende Langsamkeit nun auf andere Felder.

Nur Beispiele! (Aber bei der quälenden Nähe unseres Miteinanders wachsen sich selbst kleinste Unverträglichkeiten rasch zu tiefgreifenden Zerwürfnissen aus.) Eines Morgens wurde ich von einem gluckernd-glucksenden Geräusch wach. Sofort war ich hellwach! Vielleicht war sonderbarerweise und eigentlich ziemlich unverständlich eine Quelle aufgetaucht, und ich war der erste, der sie entdeckt hatte. Immerhin, damit hätte ich ja einiges hermachen können.

Aber weit gefehlt! So rasch ich mich aus den Decken gewickelt und aus dem Schlafsack geknöpft hatte, so rasch erkannte ich meine Täuschung. Es war Rapp. Zunächst dachte ich, ein bißchen schlaftrunken noch und vom schnellen Hochfahren auch ganz schwindelig, Rapp wolle ein Tier anlocken, vielleicht ein Lagopus, ein Hochgebirgsschneehuhn. Werbend klang der Dauerlaut, den er von sich gab – und irgendwie kläglich bittend. Eine ungewöhnliche, eindrucksvolle Tierstimme in dieser feierlichen Morgenstille ... Doch weit und breit kein Tier. Und warum er dazu den Kopf so weit in den Nacken legen mußte?

Da erst dämmerte mir. Rapp, Kopf zurück, die Augen geschlossen, trieb einfach Mundhygiene, er gurgelte. Das also war die neue Quälerei, die er ausgebrütet hatte! Er gurgelte – und er tat das im Angesicht einer prachtvoll aufgehenden Sonne. Eigentlich war das ja eine Unverfrorenheit, eine Entweihung der Natur. Er widmete sich dieser neuen Beschäftigung so inbrünstig, daß ich laut auflachen mußte. Rapp schickte mir einen kurzen Blick über die Schulter, nickte etwas wie ein »Guten Morgen« in meine Richtung und fuhr ansonsten unbeirrt in seiner Übung fort.

Wie gesagt, am Anfang lachte ich ja noch darüber. Als aber dieses ausgiebige, nicht zu sagen unanständige Gurgeln nicht aufhörte und sich ganz in Richtung »Rasierorgie« zu entwickeln schien, begann es wieder bedrohlich in mir zu ticken.

Vor Wut putzte ich mir selbst nicht mehr die Zähne. Ich lag wach und stellte mir vor, daß ich Rapp die Nase zudrückte und den Mund zuhielte und er die ganze scharfe Parodontallauge in sich hineinschlucken müßte. Daß du daran ersticken mögest, Rapp, du Ausgeburt! Wieviel Niedertracht gehört doch dazu, im Angesicht einer derart glorios über schneebedeckten Kammzügen aufgehenden Sonne, die die Ebene blutrot färbt, so blödsinnig und so profan wie in einem deutschen Bahnhofsklo zu gurgeln. Ihm an die Gurgel gehen! das wäre es.

Aber das geschah natürlich nicht. Und es konnte auch sonst geschehen, was wollte, alles konnte aus dem Gleichgewicht sein: Ortwin Rapp, diese Nicht-Seele von Mensch, hielt die Gurgellauge genau in der Schwebe, in Kehlkopfhöhe ... Bis endlich die Spiritusvorräte soweit reduziert waren, daß auch diesem Treiben Einhalt geboten war. Endlich.

Nun hätte er mit Eisstückchen gurgeln müssen. Nicht viel, und er hätte aus lieber Gewohnheit wohl auch noch den heißen Morgenkaffee so niederträchtig hinuntergegurgelt. Das ließ er freilich bleiben.

Dafür aber hält er noch, zumindest bis jetzt, an seiner allmorgendlichen Frühsport- und Waschprozedur fest. Immer als erster von uns auf den Beinen, werden zunächst ein paar Runden ums Zelt gerannt. Dann steht er atemlos schnaufend vor dem aufgeschlagenen Zelteingang, an seiner Nase hängen Wassertröpfchen, wirft Pullover, Hemd und Unterhemd herein, um mit den gymnastischen Übungen zu beginnen. Die Beine weit gespreizt, links und rechts baumeln die großen Schlaufen der Hosenträger herunter, wird nun der Oberkörper tief nach vorn gebeugt oder nach links und rechts gewunden, alle möglichen Verrenkungen. Seinen durch die Skihose betonten Sportlerhintern streckt er uns dabei so entgegen, daß ich jedesmal Lust verspüre, kräftig hineinzutreten. Zum Schluß werden Brust, Oberarme und Schultern kräftig mit Schnee abgerieben.

Beim Frühstück dann, hochrot im Gesicht, malmt er so kräftig an seinen Zwiebäcken herum, daß mir alles vergeht. Es scheint, daß er ewig daran herumkaut. Die Augen halb geschlossen, an der Nase hängt noch immer ein wäßriger Rotztropfen, wird der Brei im Mund um- und umgewendet, der breite Unterkiefer mahlt unablässig. Zwischendurch ein kleiner Schluck, dann malmt er weiter. Und schließlich kommt auch hier noch einer dieser dämlichen Sprüche: »Mit etwas Sport am Morgen schmeckt das Frühstück gleich noch mal so gut!«

Bin gespannt, ob er das auch noch sagen wird, wenn demnächst der Zwieback alle ist und wir auf Schuhsohlen oder Rucksackriemen umsteigen müssen ... (Wäre es nicht einigermaßen hirnverbrannt, würde ich mir fast wünschen, daß es soweit käme. Damit Rapp endlich mal seine Klappe hält!)

Vor ein paar Tagen beobachtete ich während eines Schneetreibens eine kleine Yakherde. Die Tiere rückten ohne viel Aufhebens dicht zusammen. Ihre zottigen, dreckverkrusteten Leiber teilten das bißchen Wärme, das sie hergaben. Sie stellten sich so, daß sie sich abwechselnd gegenseitig Schutz boten. Kurze Momente des Wind-, des Sturmschattens. Immer im Wechsel, immer in Bewegung. Ziemlich eindrucksvolles Bild!

Wir aber – je näher wir zusammenrücken müssen, desto größer die Entfernungen innerhalb unseres Quartetts. Paradox? Nein. Menschenleben ist auf den Kopf gestelltes Leben. Insofern sowieso alles verkehrt; es kann gar nicht verrückt genug zugehen.

Aber, wie Rapp jetzt sagen würde: »Alles hat ein Ende – – – nur die Wurst hat zwei.« Und Herr Hu, der das alles für einen Spaß hält, würde wie ein Papagei folgsam draufsetzen, was ihm Rapp beigebracht hat: »... nul di Wulst halt zwei.«

14.7.42 – Was läßt sich in die Pfeife stopfen, wenn der Tabak alle sein wird? Ich probierte eine »Tibetian blend«, Fussel von Hus Filzjacke, die ich unauffällig abgezupft hatte, und feuchtes Gras.
Ich bekam die Pfeife auch irgendwie in Brand, aber es war mehr das vertraute Gefühl: die Pfeife stopfen und zum Mund führen. Alles andere: schauderhaft.
Meyer dachte, wir hätten einen Schwelbrand im Zelt.
Anschließend ein Unter-vier-Augen-Gespräch mit Meyer über den Stand der Dinge. »Stand ist gut«, knurrt Meyer.
Ich falte die Karte auseinander: »Wir haben jetzt fast die Hälfte durchgekämmt – und: noch nichts, keine Spur«, worauf Meyer erwidert: »Das muß nichts heißen. Theoretisch betrachtet, erhöht sich jetzt sogar die Wahrscheinlichkeit, endlich auf ihn zu stoßen.« – »Und praktisch?« frage ich. Er zuckt die Schultern und nickt vor sich hin. »Und wenn wir ihn nun überhaupt nicht finden – wenn das alles Humbug ist?« frage ich leise. »Na, na«, widerspricht Meyer, aber kleinlaut, ohne rechte Überzeugung. Dann sagt er: »Noch brennt ja nichts an. Vorräte reichen noch, wir können da und dort auch noch strecken. Es ist zum Beispiel überhaupt nicht einzusehen, warum in jede Fleischbrühe unbedingt zwei Suppenwürfel müssen.« (Über diesen Punkt ereifert er sich regelrecht und kommt mehrmals darauf zurück.)
Besprachen trotzdem einen Notplan. Falls wir gezwungen sein sollten, die eiserne Reserve anzureißen, müssen wir uns umgehend zu einer Siedlung durchschlagen. Schlimmstenfalls direkt nach Lhasa. Dort sind zwar Briten stationiert, aber – wir sind ja »Schweizer«, auch nicht schlecht. – Ich gab zu bedenken, daß Rapp da niemals

mitmachen würde. Meyer: »Wenn er nicht will – er muß nicht.«

15.7.42 – Die Luft nimmt ab, die Kurzatmigkeit nimmt zu. Wir waten durch Staub und Geröll. Dann wieder hoher Schnee. Schwache Vegetation: Krüppelkiefern, Flechten.

16.7.42 – Abends, wir ziehen uns dick an – und gehen zu Bett. Alles hier grundverkehrt.

Kann lange nicht einschlafen. Meine Gedanken drehen sich im Kreise. Gebetsmühle. – Hat es noch einen Sinn? Oder hat es keinen Sinn mehr? (Weiß nicht, welche Variante die schlimmere wäre.)

17.7.42 – Gestern nacht: Kauerte im Schnee. Mein geblähter Leib gab einen langanhaltenden, erbarmungswürdigen Seufzlaut von sich. Aufschrei der gequälten Kreatur.

Der Schneesturm pfiff drüber hin.

19.7.42 – Fern oben, als ginge sie das alles gar nichts an: die Gipfel im Sonnenlicht. Manchmal, gerade wenn es gut vorangeht, die Angst, wir kämen nie an. Vor der riesigen Bergkulisse verschwinden wir förmlich, unsere Fortschritte werden nichtig, und schon das nächste Planquadrat scheint unerreichbar.

21.7.42 – Haben den toten Punkt erreicht.

22.7.42 – Lange über das Wort »Notzucht« nachgedacht. Keinen rechten Sinn darin gefunden.

25.7.42 – Temperaturen über Null. Der Himmel: hoch. Spüre dennoch Frösteln. Die Kälte kommt von innen. – Wenn ich nur wüßte, wie es weitergeht. So aber weiß ich nur: Nichts geht weiter. Nur wir gehen weiter, immer weiter. Bald haben wir die Zone des ewigen Eises erreicht.

27.7.42 – Nebenbei: die Notzucht, der Notzüchter (?)
28.7.42 – Fortschritte? Die fortschreitende Kälte macht uns einsilbig. Jede unnötige Öffnung des Mundlochs unterbleibt. Die Folge: natürliche/unnatürliche Stille.
31.7.42 – Manches begreift man nie, und manches erst sehr spät.
Habe mich zum Beispiel in meinem Leben viele Tausende Male morgens angezogen. Man kann ja nicht nackt herumlaufen, dachte ich und meinte, mein Anziehen habe Schamgründe. (Das ging ja bis in die Träume: Der Alptraum, nackt in die Schule zu müssen usw.) Zivilisatorischer Unfug!
Daß es aber eigentlich nur eine Verpackung ist, eine Wärmeisolierungsmaßnahme, damit die Wärme aus dem Körperofen nicht ungehindert abzieht – das begriff ich erst hier, auf einem Eisplateau mitten im Himalaja.
Dies möglicherweise eine Wurzel der Zivilisationskrankheit: Es werden höhere Gründe vorgeschoben und, nach genügender Wiederholung, verinnerlicht. Aber es sind Scheingründe. Der Zivilisationsmensch lebt in einer Scheinwelt. Sein Sein … (das ist eine andere Frage!).
Trat, noch tief in Gedanken, vors Zelt und urinierte so entschieden, daß mir Tränen in die Augen traten und ich schwer atmen mußte.
3.8.42 – Einfach den Kopf einziehen und weiter.
Besser wäre es, man könnte den Kopf unters Gefieder stecken, wie eine Ente. Alles ausblenden. Aber das geht nicht.
Also muß es so weitergehen wie bisher.
5.8.42 – Der Horizont, dem wir hinterherrennen.
Das Flattern des Zelttuchs im Wind: unsere Fahne. Das

Weiß des Schnees. Der Gedanke an Kapitulation. Weißbeflaggte Bergrücken …
6.8.42 – Die Stirn mit feinkörnigem Schnee abreiben. Immer weiter. Wo führt das noch hin?
Heute dachte ich: Ich schaff es nicht mehr. Die Schwere des Körpers unerträglich. Schleppte mich noch ein Stück hin, dann war es aus. Gegenwind von solcher Stärke, daß man den Kopf daran lehnen kann, mitten im Laufen.
Die Dinge wechseln ihr Licht. Schnee verdunkelt die Sonne. Schwarzer Schnee. Wohlige Kälte.
Dunkel.
11.8.42 – Nachts wurde ich von einem seltsamen Geräusch wach. Irgend etwas schlug aneinander, schnelles Klipp-Klapp, wie von Holzpantinen. Oder schlug etwas gegen die Zeltplane?
Ich war an der Reihe, im Vorratszelt zu schlafen. Wir wechseln uns seit einigen Tagen wieder darin ab; seit Rapp nämlich festgestellt hat, daß morgens die Vorräte neuerdings durcheinander (wie durchgewühlt) sind.
Doch dann schlief ich wieder ein.
Gegen Morgen wiederholte es sich, diesmal deutlicher, und ich war auch schon richtig wach geworden und merkte endlich, was es war: das Klappern meiner Zähne.
(Gott sei Dank die nächsten drei Nächte wieder im Hauptzelt. Was immer man von den andern sagen will: Mit 36 Grad Celsius Körpertemperatur ist jeder Mensch so etwas wie ein kleiner Kachelofen.)
14.8.42 – Gestern beim Zeltabbauen. Ich: »Wann hat dieser Irrsinn ein Ende?« Darauf Meyer (halblaut): »Da müssen Sie sich noch neunhunderteinundneunzig Jahre gedulden« – er grinst. Rapp hat es nicht gehört.

(Anspielung auf das »Tausendjährige Reich«? – Vorsicht.)

14.8.42 – (abends) Das Leben ist ein einziges Verlustgeschäft. Man verliert beständig etwas: die Hoffnung, die Haare. Gestern nun auch noch den Büchsenöffner! (Hier, fernab der Zivilisation, ein schwer zu verschmerzender Verlust.)

15.8.42 – Meyer (sinngemäß): »Wir machen hier keine KdF-Reise, Herrschaften.«

16.8.42 – Bin so recht gedankenleer.

Ich denke, also bin ich. Nein. Ich bin, also denke ich nicht. Denn ich will ja sein – und Nachdenken wäre hier das Ende.

18.8.42 – Ein Mensch, der immer weiß, »wo es langgeht«, kann auf Dauer zu einer echten Belastung werden. Rapp! Wenn einer von uns etwas »falsch« macht (d.h.: nicht so wie er), dann rückt er das geduldig, ohne große Worte, wieder gerade bzw. so hin, wie es nach Ortwin Rapp zu sein hat. Dies freilich mit deutlicher Abstufung der Rangfolge. Bei Meyer fast unbemerkt. Wie eine Mutter, die die kleinen Ungezogenheiten ihres verwöhnten Sohnes, ohne ein Wort darüber zu verlieren, hinnimmt und die Sache rasch ausbügelt.

Bei mir schon eher pädagogisch, so daß ich immerhin mitbekomme: Ich habe einen Fehler gemacht – Rapp aber korrigiert es großzügig.

Wenn Herr Hu etwas falsch macht, dann ist es schon unwirsch, wie Rapp die Zeltplane neu zusammenrollt oder den Schlitten anders bepackt.

Bei Meyer und mir wahrt er zwar die vorgeschriebene Distanz, das Ergebnis ist aber auch hier kein anderes: Am Ende hat es so zu sein, wie Rapp es für richtig hält.

Seltsamer Mensch, dieser Rapp.
Hätte es uns nicht gemeinsam nach Tibet verschlagen, im normalen Leben würden wir keine drei Worte miteinander gewechselt haben.
20.8.42 – Abends, vorm Einschlafen: Das Herz ist schwach. Die Pumpe verbraucht sich schon in den »oberen Regionen«. Unten im Schlafsack zwei Eisbrocken, die nicht warm werden wollen. Das sind die Füße.
Trockener Husten, dabei schwefliger Geschmack im Mund. Kündigt sich eine Erkältung an? Ein Wunder wäre es nicht. Schon den ganzen Tag über irgendwie »etwas von Sinnen«.
Aspirinvorräte rapide zusammengeschmolzen!
21.8.42 – Für Rapp scheint unsere Expedition nur ein Parteiauftrag zu sein. An wissenschaftlichen Gesprächen nimmt er kaum teil, geschweige denn Anteil. Womöglich ein Schutzinstinkt. Er schützt sich vor verwirrenden Erörterungen, die sein Weltbild durcheinanderbringen könnten. Das Weltbild selbst natürlich denkbar einfach: Volk ohne Raum, edle Rasse, natürliche Auslese etc. Er empfindet den Nationalsozialismus als ausgleichende Gerechtigkeit, als »Stimme der Natur«, die endlich spricht. Mit unendlichem Vertrauen in den Lauf der Dinge öffnet er morgens die Augen; nicht angekratzt von Zweifeln, wickelt er sich abends in den Schlafsack.
Als er mir einmal unterm Sternenhimmel seine Anschauungen darlegte, wußte ich nicht, ob ich lachen oder weinen sollte. Beides wäre verräterisch gewesen. Also verzog ich nur das Gesicht. Das konnte er allenfalls als schmerzhaft intensive Aufmerksamkeit deuten. Im Gespräch mit ihm muß ich aufpassen. Allzuschnell könnte ich Dinge

sagen, die sich später kaum rechtfertigen ließen. (Wenn es denn ein »Später« geben sollte ...)
Rapp ist eins mit der Bewegung. Deshalb: Ihr Untergang wäre auch sein Untergang. Einer der ganz wenigen völlig überzeugten Parteigänger, die ich kenne.
Wenn Gespräche zwischen Meyer und mir seinen Horizont verlassen und »heikle Bereiche« streifen, schweigt er aufmerksam. Entweder die Augenbrauen hochgezogen und den Mund fest zu einem Strich zusammengepreßt – oder lauernd: die Augen zusammengekniffen. Da ist er dann »ganz Ohr«, mehr noch – den Mund einen Spalt geöffnet, als wolle er durch diesen Spalt die verräterischen Worte einsaugen, um sie sich auf der Zunge zergehen zu lassen.
(Skiwachsvorräte beinahe aufgebraucht. Ebenso die Nivea-Gesichtscreme, die uns vor Sonne und eisigem Wind schützt. Lassen uns ohnehin schon lange Bärte wachsen. Die vereisen zwar tagsüber, sind aber dennoch ein gewisser Schutz.)
22.8.42 – Nachtrag –
Heute mit Meyer auf Erkundungsgang, während Rapp und Hu die Zelte aufbauten. Das Gespräch kam auf Rapp. Meyer sieht es ähnlich: »Wissen Sie, Rapp ist, was er ist, durch den Nationalsozialismus. Ich war auch schon vorher etwas. Und ich bediene mich der Partei, um das zu bleiben, was ich schon vorher war. Für mich ist die ganze Sache ein Mittel. Für Rapp ist es Zweck. Das ist der Unterschied. Aber auf die ›höheren Zwecke‹ kommt es ja gar nicht an. Rapp ist doch im Unterschied zu mir ein Uralt-Pg, seine Mitgliedsnummer, du lieber Schwan, die können Sie an ein paar Händen abzählen. Und was ist er in der Partei? Machen wir uns doch nichts

vor ...« Meyer schnipste verächtlich mit den Fingern. »Jedenfalls, das Ende des Tausendjährigen Reiches würde Rapp nicht überleben.« Und nach einer Weile fügte er hinzu: »Ist nur noch die Frage, ob man dazu tausend Jahre alt werden muß ...«

Ich fühlte seine nachforschenden Blicke auf mir. Unter unsern Füßen knirschte der Schnee.

Irgendwie wollte er mich ins Vertrauen ziehen. Unangenehmes Gefühl, als wollte er mich in einen Sumpf ziehen. Reagierte unbestimmt. Auch auf seine weiteren Auslassungen: »Also, manchmal habe ich ja direkt den Eindruck, Berlin schickt uns nur als Vortrupp. Wenn wir es schaffen, rücken die Herrschaften nach. Wenn nicht, dann waren wir eben nur ein Himmelfahrtskommando ... Himmlers Himmelfahrtskommando.«

Er blickte lange schweigend auf die Gipfelsilhouette.

»Haben Sie übrigens mal Bilder vom Obersalzberg gesehen? Muß ein grandioses Gefühl sein, dort oben. Wenn der Führer so um sich blickt: nur Eis, Ruhe, sagenhafter Fernblick. – Wie hier, eigentlich.«

Er wollte noch wissen, zu welcher Überzeugung ich inzwischen hinsichtlich unserer Chancen im Hinblick auf den UA gekommen sei. Ich ließ keinen Zweifel daran, daß es meines Erachtens nach wie vor nicht besser als fünfzig zu fünfzig stünde.

Meyer nickte ernst.

Dann, sinngemäß: Egal, wie das alles mal ausgeht, wenn es ein »Danach« gibt, wir können immer sagen, wir haben geforscht usw. Im Zweifelsfall legen wir unsere Temperaturtabellen, Windstärkeaufstellungen, Vegetationslisten vor – wie auch immer, wir haben einen Beitrag zur Erforschung eines unbekannten Gebietes geleistet, das

ist doch was, bitte schön, das kann man ja nicht wegreden.
Er merkte mir an, daß ich in Reserve ging, und wechselte, ebenso schnell wie er es begonnen hatte, das Thema. Die Sache war vergessen – und bleibt es hoffentlich!

Einunddreißigstes Kapitel

Etwas scheint passiert zu sein.
Schon die Art, wie er heute aus der Zelle geholt wird, ist anders. Der Wärter geht neben ihm, nicht hinter ihm, wie sonst.
Monbluhm steht auf, als sie das Vernehmungszimmer betreten. Der Beisitzer, der ihn sonst kaum eines Blickes würdigt, ist ebenfalls aufgestanden und hat eine Tasse vor ihn hingestellt. Jetzt gießt er heißen Kaffee hinein.
Er umklammert die Tasse mit beiden Händen und schaut Monbluhm fragend an.
Zunächst aber erkundigt der sich ganz allgemein nach seinem Befinden, nach der Temperatur in dem … Monbluhm nennt seine Zelle heute »Aufenthaltsraum«. Alles in allem, meint Monbluhm, hätten die Befragungen bis jetzt wenig erbracht. Das sei aber durchaus kein Vorwurf! Vielleicht habe man auch nur in der falschen Richtung gesucht. Es sei ja auch sehr schwierig, sich in dieser komplizierten Materie zurechtzufinden. Es fallen die Worte »… in diesem Fall natürlich sofortige Entlassung«. Monbluhm versucht, ihm zuzulächeln. Das klappt nicht ganz. Auch sein Antwortlächeln nicht. So sehen sich beide also nur einen kurzen Augenblick mit verzogenen Gesichtern fragend an.
Dann kommt Monbluhm endlich zur Sache. Dieselbe Nummer, die in seinen Unterarm eintätowiert sei, habe man unterdessen in einer Gefallenenaufstellung der Waffen-SS gefunden. Es handele sich da um einen Angehörigen der Waffen-SS, mittlerer Dienstrang, der im Februar 1943 gefallen sei, vor Stalingrad. Da man bei den Deut-

schen aber, insbesondere im Hinblick auf Nummern, an einen Zufall nicht recht glauben könne, liege doch der Gedanke nahe, seine Unterarmnummer gehöre womöglich in ein anderes Nummernsystem. Manches deute ja darauf hin, daß ...

An dieser Stelle hält Monbluhm ein. Offenbar will er die Vernehmung nicht von vornherein zu sehr in eine Richtung lenken. Er legt Photos auf dem Tisch aus.

Es ist wie ein Puzzle. Lauter Bruchstücke von Bildern, die sich aber nicht, oder nur sehr schwer, zu einem Bild zusammenfügen. Apparaturen sind zu sehen, Anzeigetafeln, kreisrunde Skalen mit Zeigern, Schläuche und Drähte. Dazwischen Menschen. Die einen in Kitteln, die andern halbnackt. Letztere werden offenbar untersucht. Darauf deuten verschiedene Photos hin, die Körperausschnitte zeigen: Arme, Beine, Halspartien.

Monbluhm tippt auf eines der Photos. Ob ihm dieser Wagen hier bekannt vorkäme?

Das Bild zeigt einen Omnibus. Aber nicht auf einer Straße, sondern irgendwo auf einem freien, öden Platz zwischen Holzhütten oder Baracken.

Er zuckt die Schultern.

Das ist der sogenannte Himmelfahrtswagen, sagt Monbluhm – Untersuchung der Auswirkungen von Druck und Druckabfall auf den menschlichen Körper.

Monbluhm nimmt seine gelbe Mappe auf, Interrogation 1018 – a, Vernehmung des Ernst Schaefer vom 31.3.1947, blättert ein paar Seiten durch, dann hat er die Stelle gefunden und liest laut vor: »Zu diesem Zeitpunkt, ich weiß nicht, ob es Tage oder Wochen danach war, kam der Sievers eines Morgens unangemeldet in mein Institut und stellte mir Stabsarzt Dr. Rascher vor.

Dr. Sievers war außerordentlich freundlich und sagte: ›Ich schlage Ihnen vor, daß Sie sich näher mit dem Mann unterhalten. Es ist ein Mann, der Tatkraft hat.‹ Ich war damals schon so versiert, daß ich wußte, daß da irgend etwas dahinterstecken muß, wenn Sievers freundlich zu mir war. Er sagte: ›Wir haben für Ihren Kameraden eine außerordentlich wichtige Aufgabe. Gehen Sie nach Hause und ziehen Sie Ihre Uniform an.‹ Nach einer halben Stunde wurde ich abgeholt nach Dachau. Wir fuhren in das Konzentrationslager hinein. Es wurde vor einer Baracke gehalten. Ich bekam mikroskopische Präparate zu sehen. Man bat mich, Platz zu nehmen, und Sievers gab folgende Erklärung ab: In Griechenland oder Kreta seien deutsche Fallschirmspringer in großer Masse tot auf die Erde gekommen. Die Luftwaffe lehne Versuche an Menschen ab. Das solle nun hier gemacht werden und mein Filmoperateur Krause hätte diese Dinge zu filmen. Ich weiß nicht, ob ich richtig kombiniert hatte, aber jedenfalls war meine Vermutung, nun sollte ich im Verbrechen festgelegt werden. – Nun nahm Rascher aus dem Glasschrank ein menschliches Gehirn und gab semi-wissenschaftliche Erklärungen ab. Es handle sich um ›Luftembolien‹. Er sei den Dingen auf die Spur gekommen. Es sei Luft in das Gehirn eingetreten. Die Luftwaffe würde die Experimente ablehnen. Himmler hätte sie befohlen. Nun war mir vorher nicht aufgefallen, daß vor der Tür ein Omnibus stand. Rascher ging hinaus und zeigte ein Experiment. Ein Häftling hing in einem Gurt. Der Omnibus war in zwei Teile geteilt. Er hatte Häftlinge als Bedienungsmannschaft. Der Häftling wurde aus dem Gurt herausgeholt. Da war ein Zementboden mit einem Kreidestrich. Auf dem mußte der Häftling laufen. Er torkelte etwas. Da sagte Rascher: ›Sehen Sie die Gleichgewichtsstörungen, das muß gefilmt werden.‹ Dann ging die Fahrt wieder nach Haus.«

Zu diesem Komplex, fährt Monbluhm fort, gehörten auch die sogenannten Kälteversuche in Dachau – und damit schließe sich ja gewissermaßen der Kreis: einerseits Simulation von Höhenbedingungen (Fallschirm) und Kälte im Labor – andererseits die im Himalaja aufgefundenen Ahnenerbezelte, Himmlers Asen, »Vom Himmel hoch, da komm ich her« usw.

Oder wie sollte man sonst diese Experimente verstehen? Monbluhm blättert ein paar Seiten in der gelben Mappe zurück und liest: »Man steckte das Opfer solange in eiskaltes Wasser, bis es ohnmächtig wurde. Jedesmal, wenn die Körpertemperatur um ein Grad gesunken war, entnahm man Blut aus dem Nacken und untersuchte es ... Die tiefste Körpertemperatur, die erreicht wurde, betrug 19 Grad, aber die meisten Männer starben bei 25 oder 26 Grad. Wenn die Männer aus dem eisigen Wasser herausgeholt worden waren, versuchte man, sie durch Höhensonne, heißes Wasser, Elektrotherapie oder Körperwärme wiederzubeleben. Für das letztgenannte Experiment benutzte man Prostituierte: Der Körper des Ohnmächtigen wurde dann zwischen zwei solche Frauen gelegt.« (Eidesstattliche Erklärung, Dr. Franz Blaha, 9.1.46; Internierter in Dachau)

Monbluhm sieht ihn durchdringend an: Ob auch an ihm solche oder ähnliche Experimente vorgenommen worden seien? Der Zustand, in dem man ihn gefunden habe und in dem er sich ja teilweise auch jetzt noch ... Jedenfalls, der Gedanke liege doch nahe, daß er möglicherweise ein Opfer irgendwelcher Kälteversuche sei.

Ein Opfer –
Er senkt die Blicke und versucht zu überlegen.
Vorsichtshalber nickt er.
Ein langsames, schwerfälliges Nicken. Es sieht aus wie ein Eingeständnis.
Es ist still im Vernehmungsraum.
Dann kommt der Wärter und bringt ihn zurück in die Zelle.

Zweiunddreißigstes Kapitel

Um einander besser kennenzulernen (zum »gegenseitigen Beschnuppern«), hatte Meyer einen gemeinsamen Theaterbesuch anberaumt. Zum erstenmal also zu dritt in Berlin: Meyer, Kamerad Rapp und ich.

Es hatte den *Don Carlos* gegeben, und während der Vorstellung war es zu einem Eklat gekommen. Unvorstellbar eigentlich – mitten in der Reichshauptstadt, der Theatersaal, wie man annehmen darf, überwiegend von Parteigenossen durchsetzt; doch kaum hatten die Lüster ihr Licht ausgehaucht und sich der Bühnenhimmel über die Szene gesenkt, verwandelte sich das Theaterpublikum in eine große dunkle Masse, und an der bekannten »Marquis Posa-Stelle (»Geben Sie Gedankenfreiheit«) war es aus dieser Masse heraus zu spontanen Beifallsrufen und heftigem Applaus gekommen.

Rapp schimpfte danach wie ein Rohrspatz. Er hatte vorher natürlich den *Don Carlos*, wie sich das gehört, noch einmal gelesen, und ihm war diese Stelle gar nicht aufgefallen. Er sprach etwas von »Schindluder mit einem unserer Größten treiben« und »das muß Folgen haben«. Er war wirklich derart eingeschnappt, daß er beim Reden dauernd nach Luft schnappen mußte. Meyer beschwichtigte lächelnd. Er nahm das alles mehr gelassen. Bevor wir uns aber Ecke Friedrichstraße voneinander verabschiedeten, kam er noch einmal auf die Sache zurück.

»Nichts gegen Schiller. Aber … Meinungsfreiheit, denke ich, kann man zubilligen. Das ja. Jeder kann so viele Meinungen haben, wie er will. Dagegen ist nichts zu sagen. Jeder, wie er meint, bitte, nach seiner Fasson.

Aber Gedankenfreiheit?
Meinen Sie nicht, meine Herren, daß im Begriff des Gedankens etwas von Unbedingtheit, von Ausschließlichkeit liegt? Gedankenfreiheit – das ist doch irgendwie ein sehr unglückliches Mischwort. Das ist doch ernsthaft gar nicht unter einen Hut zu bringen: Gedanken und Freiheit. Die Gedanken, wenn es denn welche sind, treibt es doch mit Zwangsläufigkeit weiter. So und so – und nicht anders.
Sobald man sich einmal auf Gedanken eingelassen hat, gibt es keine Freiheit mehr. Da ist nichts mehr ›einfach so ins Blaue hinein‹. Das ist nur Begriffsverwirrung.«
Rapp schwieg verbissen. Er konnte dem wohl nicht so recht folgen und knurrte nur immer »Provokation«. Ich wandte ein, ob damit nicht vielleicht etwas anderes gemeint sein könnte: daß man seine Gedanken frei äußern könne …
»Dann soll man bitte schön Redefreiheit sagen. Aber das ist schon wieder eine ganz andere Frage«, beharrte Meyer. Er schüttelte den Kopf. »Nee, nee – Gedankenfreiheit, das hat schon Jean Paul gesagt, wird nur durch Schlaf, Rausch oder Tollheit unterbunden. Und wenn man genau hinhört – als ob einen die Sprache daran erinnern wolle – Freiheit … und? Fragt man sich doch sofort: wie weiter? Freiheit – wovon? Frei von ansteckenden Krankheiten – oder wie!«
Dann, sinngemäß, weiter: Es gibt keine absolute Freiheit, zu diesem Thema seien schon dicke Abhandlungen geschrieben worden; absolute Freiheit – ein Widerspruch in sich, wenn alle alles können, kann bald keiner mehr irgend etwas, absolute Freiheit – ein Begriff, der sich selbst »auf die Füße tritt«.

Meyer winkte ab.
»Im übrigen«, und damit beendete er diese Erörterung, »im Leben geht es nun mal nicht wie auf der Staatstheaterbühne zu, Gott sei Dank!«
(Das Stück wurde dann übrigens vom Spielplan abgesetzt. Offenbar mußten sich ähnliche Vorfälle wiederholt ereignet haben.)
An diesem Abend blätterte auch ich noch einmal bei Schiller nach, in meiner Cotta-Volksausgabe, die ich zwar immer mit mir herumschleppte, in der ich aber seit Schulzeiten nicht mehr gelesen hatte.
Mir flatterten ein paar lose Notizblätter entgegen. Sie waren undatiert, mußten aber, wie ich mich erinnerte, aus der Zeit nach der Musterung stammen, als alles noch ziemlich unbestimmt war und ich täglich ganz knieweich zum Briefkasten schlich, weil ich insgeheim, trotz des rätselhaften »z. b. V«-Bescheides, noch immer mit einer Einberufung zur normalen Truppe rechnete.
Inzwischen war mir das alles einigermaßen fremd geworden und an einen Zufall, daß diese Blätter gerade im Schiller gelandet waren, wollte ich kaum glauben. Es kam mir doch ziemlich »theatermäßig« vor, was ich da las. Nach der erstaunten Lektüre legte ich die Blätter dann auch gleich in den Ofen.
»Im Labyrinth. Wieder frontal zur Wand. Ich kann nicht mehr. Schlimmer: Ich will nicht mehr. Irgendwie ist die Luft raus. Alles auf eine Karte setzen – und verlieren! So muß es gehen im Spielerleben. Eine unendliche Leere in mir, in die ich zurückfalle. Die Zukunft liegt wie ein riesiges schwarzes Tier vor mir. Soll ich da nun hinüberklettern? Dahinter ist wieder eines, noch größer vielleicht. Völlig entschlußlos. Jetzt, als stolzer Besitzer einer Pisto-

le – wie wäre das schön! Alle anderen Selbstbeseitigungsweisen sind so läppisch. (Bin ich im Innersten also doch Militär, daß ich ›durch die Kugel‹ fallen will? – Anscheinend.) Ich habe mich völlig verausgabt und stehe da als gläserne Figur, von allen Seiten angreifbar. Dabei – guter Wille meinerseits war ja noch stets vorhanden. Muß ich schon sagen. Aber es gibt unselige Konstellationen. Das läuft diesmal, wenn es so weitergeht, ganz aufs Finale hinaus. Was verliere ich dabei? Eine Welt. Was verliert die Welt dabei? Mich. Da kann man nun abwägen …
Was will ich eigentlich? Ich könnte doch … Ach, könnte ich! Ich habe nur ungefähre Vorstellungen davon, was ich nicht will (und das ist allerhand). Aber, was will ich wirklich? Zum Beispiel will ich wissen, was sie von mir wollen, was sie mit mir vorhaben. Das, zum Beispiel.
Ich habe keine Kraft mehr. Macht Euern Scheiß alleine. Ich empfehle mich (Euch nicht, nie und nimmer!), mich empfehle ich. Wie ist das bloß alles auf diesen Punkt hingelaufen?
Völlig ratlos sitze ich da, drehe die Wörter hin und her. Die Wörter sagen mir nichts mehr, weil ich nichts mehr zu sagen habe. Diese lähmende, tödliche Ungewißheit.
Ich kann nicht mehr. Ich will nicht mehr. Ich kann nicht mehr wollen. Ich will nicht mehr können. (Unsinn! Wenn wenigstens der letzte Satz stimmte, dann wäre noch Hoffnung, dann läge noch etwas bei mir. – Aber so?)
Warum denn bloß? Ich – und der Zug rollt drüber hin. Warum bin ich denn so kraftlos? Ich könnte mich doch vom Gleis wälzen … Und dann? Entgleist der Zug, und fährt trotzdem drüber.
Ich habe immer gedacht: Irgendwie packst du es schon. Und nun packt es mich.

Ich bin eine Spielernatur, keine Kämpfernatur. Das entschuldigt zwar nichts, erklärt aber manches. Dauernd habe ich eine Rolle vorgespielt (›intelligent‹, ›begeisterungsfähig‹), und das waren ja stets doch nur Masken. De facto: traurig, ängstlich, melancholisch … (hier eine Latte psychiatrischer Fachbegriffe noch anzufügen).
Jetzt könnte ich eigentlich anfangen, d.h. aufhören. (Könnte ich es doch mit einem Schuß!) Aber so …
Früher habe ich mal – Gott, wie war ich da ›lustig‹ – ein Testament gemacht, in der Art: Der bekommt das, der bekommt jenes usw. – ich nehme mir nur meinen persönlichsten Besitz, mein Leben.
Ja, nimm es dir mal, greif zu! Und wo du's packst … etc. (Meine Schrift wird immer kleiner, als würde ich auch hier schon verschwinden wollen, unter der Hand.)
Das wäre noch was: Eine Liste, ein Verzeichnis aller nun nicht mehr ausgeführten ›Esperanto mit Unbekannt‹-Weiterungen. In Schönschrift! Und alle Welt rauft sich die Haare. Hätten wir das mal gewußt … Auf Händen hätten wir ihn, auf Händen … Ja.
Zu spät.
Und nun?
Nun geschieht das Unbegreifliche, und ich bin fassungslos, daß ich das zu Protokoll geben muß: Ich stehe auf, ich wasche mich, ich putze mir gründlich die Zähne, nehme eine (eine!) Schlaftablette und gehe – ins Bett.
Da merke ich, da ich das alles noch tun kann, daß ich schon tot bin, eiskalt und tot.
Spränge ich jetzt – bei unbestimmten Erfolgsaussichten – aus dem Fenster (II. Stock), da wüßte ich: Ich lebe noch. So aber bin ich tot, tot, tot.
Man müßte sich in Luft auflösen können. Das wäre

überhaupt das Größte. Aber das geht nicht. Also macht man erst noch dies, dann das, dann jenes – so geht das Leben hin.
Ich kann nicht mehr. – Wie oft habe ich diesen Satz schon gesagt! (Wie oft kann man diesen Satz überhaupt sagen, ohne lächerlich zu werden? Denn jedes Aussprechen macht ihn ja falsch.) Ich weiß es nicht.
Nur schwarz noch, schwarz.
Die Weichen sind gestellt, die Kessel unter Dampf, die Gleise glänzen im Nachtlicht, der Zug fährt ruckend an. Alles eine Frage des Fahrplans.«

Dreiunddreißigstes Kapitel

Als der Wärter ihn ins Verhörzimmer bringt, ist Monbluhm in einen dicken Aktenordner vertieft.
Er setzt sich auf den Stuhl und wartet erst einmal ab. Da spürt er, daß Monbluhms Blicke hart und forschend auf ihn gerichtet sind. »Ihre« Mappe liegt unberührt, am Rand des Tisches. Etwas anderes scheint Monbluhm zu beschäftigen. Er macht auch gar keine Anstalten, in der Befragung von voriger Woche fortzufahren. Er sagt, er habe bei seinen Recherchen einen Bericht gefunden, den er dem Gefangenen jetzt vorlesen werde. Monbluhm blättert den dicken Aktenordner an einer bestimmten Stelle auf und liest ihm schließlich eine Zeugenaussage vor. Es fällt ihm nicht leicht. Er ist sehr erregt. Manche Sätze kann er nur vorlesen, nachdem er einen gewissen Anlauf genommen hat. Dann spult er hastig und äußerlich unbeteiligt die Worte ab; manchmal, unvermittelt, macht er lange Pausen zwischen den Sätzen.
Da es heute nicht direkt um ihn zu gehen scheint, ist der Gefangene weniger als sonst blockiert. Auch seine Stimmbänder funktionieren. Zwei- oder dreimal fragt er sogar etwas dazwischen. Einmal, als Monbluhm eine Abkürzung nicht versteht (»NSRK«), nennt der Gefangene bereitwillig den ganzen Namen: »Nationalsozialistisches Reiter-Korps«. Er wiederholt das sogar.
Es geht um ein deutsches Konzentrationslager. Einer der SS-Leute, er hieß »Walter«, hatte sich zur Angewohnheit gemacht, bei seinen Rundgängen durchs Lager jeweils einen Häftling an einer geflochtenen ledernen Hundeleine mit sich herumzuführen. Diese Häftlinge – seine »afri-

kanischen Zebrahunde« – mußten auf allen vieren hinter oder neben ihm herlaufen. Sie wurden, wenn Walter in die Kommandantur oder in einen Block ging, draußen vor der Tür angebunden und mußten dort warten, oft stundenlang.

Manchmal ließ er sie auch aus einer Pfütze Wasser saufen, oder sie mußten ihre Notdurft an einem Baum verrichten. Wenn Walter gut aufgelegt war, warf er ihnen die Reste seines Frühstücksbrotes hin. Das war, wie er es nannte, die »Hundesteuer«. Oder sie mußten zu zweien oder zu dreien auf dem Appellplatz tanzen – »Hundehochzeit«.

Mit einem der wöchentlich eintreffenden Transporte kam Zygorski ins Lager, ein Krakauer Lehrer. Draußen wäre er, ein untersetzter, etwa vierzigjähriger Mann, wahrscheinlich von niemandem weiter beachtet worden. Im Lager aber stellte er sich gleich zu Beginn so ungeschickt an, daß er auffiel. Dabei tat er alles, um nicht aufzufallen. Es half ihm nichts. Er hatte es einfach nie gelernt, in einer Menge unterzutauchen.

Manche Sachen kann man auch nicht erlernen. Dazu braucht es wahrscheinlich Instinkt, jahrelange Erfahrung. Und woher sollte das der Lehrer Zygorski auf einmal auch können? In seinem bisherigen Leben, zwischen Mondkarten, Arithmetikformeln und uninteressierten halbwüchsigen Schülern, war er ja beständig auf das Gegenteil bedacht gewesen: die Blicke der Schüler auf sich zu ziehen.

Im Lager versuchte er, alles so zu machen wie die anderen. Da ihm aber das Gespür dafür fehlte, was gerade »angesagt« war, mußte er die anderen genau beobachten. Es mußte alles erst durch seinen Kopf, es lag ihm nicht im Blut.

So verlor er wertvolle Zeit, war der Letzte, fiel stolpernd aus der Reihe, dem Gleichschritt; fiel immer wieder auf. Jemand, dessen Schicksal, hier ständig »Mode zu sein«, vorbestimmt war.

Walter hatte ihn sofort entdeckt, gleich am ersten Tag.

Die Neuzugänge standen in Zweierreihe vor der Baracke des Lagerfriseurs. Walter schritt die Reihe ab und blieb vor Zygorski, der seinen Nebenmann gerade etwas fragte, stehen. Er wartete. Jemand stieß Zygorski an. Der wandte sich ärgerlich um – und verstummte. Walter entschuldigte sich. Er habe die Unterhaltung wirklich nicht stören wollen. Das sei nicht seine Absicht gewesen. Ob sie denn nun wirklich fertig seien? Zygorski verstand nicht und zuckte die Schultern; Walter aber streckte ihm aufmunternd, wie einem alten Bekannten, die Hand hin. Unsicher schob Zygorski seine Hand hin.

Walter strich ihm die Haarsträhnen aus der Stirn und betrachtete lange und nachdenklich Zygorskis nacktes Gesicht. Dann packte er mit der Faust die Haare im Büschel und überprüfte das so entstehende Bild. Er ließ los, tätschelte noch flüchtig Zygorskis Wange. Dann faßte er Zygorski fest am Nacken und zog seinen Kopf nah zu sich heran. »Du hast mir noch gefehlt«, sagte er leise. Er gab ihm einen leichten, beinahe freundschaftlichen Stoß, und Zygorski mußte sich wieder einreihen. Gedankenversunken schritt Walter davon.

Als Zygorski fertig war, Häftlingsdrillich, Kahlkopf, pfiff Walter ihn heran. Im Laufschritt kam Zygorski, wobei er eine seiner Holzpantinen verlor. Er wollte umkehren und sie holen, aber Walter pfiff noch einmal, fordernd. Atemlos stand Zygorski vor ihm.

Walter wies mit vorgestrecktem Zeigefinger zu Boden.

Zygorski kauerte sich hin. Das war nicht richtig, Walter schüttelte den Kopf, er machte es ihm jetzt vor, worauf Zygorski vorschriftsmäßig in die Knie ging, sich mit den Händen aufstützte und zu Walter emporsah.
Der beugte sich zu ihm hinunter, nahm Zygorski vorsichtig, mit beiden Händen, die Brille vom Gesicht und erklärte ihm: »Die nehme ich in Verwahrung. Hunde tragen bei mir keine Brillen. Die sehen ja sowieso nichts.«
Walter lachte freundlich, und Zygorski, der nicht wußte, was das alles zu bedeuten hatte, blinzelte unsicher und lachte auch ein bißchen. Er kannte die Spielregeln noch nicht.
Er verstand kein Deutsch.
Walter wickelte die Brille in ein sauberes Taschentuch, steckte sie in seine Brusttasche und legte Zygorski ein Halsband an.
Von dem Tag an war Zygorski sein Lieblingshund. Zygorski war langsam, Walter zerrte ihn an der Leine über den Appellplatz. Gelegentlich trieb er ihn auch mit Fußtritten an. Meist jedoch versuchte er es im Guten: »Ich mach noch einen richtigen Schäferhund aus dir, wart's nur ab.«
Zygorski, der den Torturen des Lagers nicht gewachsen war, verfiel zusehends. Seine körperliche Schwäche und Unbeholfenheit versuchte er durch besonders unterwürfiges Verhalten wettzumachen. Auf Befehl bellte er. Aber es konnte auch vorkommen, daß er ganz von selbst winselte oder jaulte. Oder daß er, kamen sie an einem Baum vorbei, ohne Aufforderung daran schnupperte. (Vielleicht verschaffte ihm das kleine Pausen.)
Was wirklich in ihm vorging, wußte niemand. Er vermied es, mit den anderen Häftlingen zu sprechen. Rich-

tete jemand das Wort an ihn, senkte er nur den Kopf und schwieg. Anfangs hatten sie Mitleid mit ihm gehabt. Später verachteten sie ihn nur noch, und eines Abends rettete ihn nur Walters zufälliges Erscheinen, sonst wäre er wahrscheinlich von seinen Mithäftlingen totgeprügelt worden.

Einmal, nachts, als Walter einen Block kontrollierte, drang von draußen jämmerliches Hundegebell herein. Walter stieß mit dem Fuß die Tür auf: Zygorski. Er hockte am Boden und heulte den Mond an.

Einige Wochen später wurde der Lagerweg mit neuem Schotter aufgefüllt. Es war heiß, und die entkräfteten Häftlinge des Baukommandos arbeiteten trotz aller Schläge und Tritte langsam. Auf einmal tauchte Walter auf. Er winkte den zuständigen Scharführer heran, sie sprachen miteinander. Der Scharführer zuckte die Schultern. Walter schrie ihn an. Dann stapfte er wütend los.

Nach einer Weile kam er zurückgeschlendert, Zygorski an der Leine. Er machte die Leine los, sagte etwas, und weil Zygorski, »der dumme Hund«, ihn ja doch nicht verstand, machte er ihm noch ein deutliches Zeichen. Mit der einen Hand zeigte er auf die Häftlinge – bei der anderen ließ er den Daumen und die leichtgekrümmten Finger immer wieder zusammenschnappen.

Zygorski kroch los, hielt aber mit einem Male ein, senkte seinen Kopf und kam noch einmal zurück. Es sah aus, als hätte er den Befehl nicht richtig verstanden. Walter baute sich schon in voller Größe für eine Strafpredigt auf; die Beine weit gespreizt, die Hände hinterm Rücken unters Koppel geschoben, den Kopf leicht schräg.

Da, mit einer Kraft, die ihm wohl niemand mehr zugetraut hätte, sprang Zygorski seinen Herren an, krallte sich an ihm fest und riß ihn mit sich zu Boden. Er schnappte, den Mund weit aufgerissen, nach Walters Kehle, unmenschliche Schreie …

Hier bricht Monbluhm ab.

Er klappt rasch den Aktenordner zu und setzt seine Brille ab. Mit der flachen Hand streicht er sich über die Augen. Dann setzt er die Brille wieder auf, sieht kalt zu ihm herüber.

Anfangs hatte er geglaubt, Monbluhm wolle ihn in irgendeiner Weise zu diesem Bericht befragen. Aber Monbluhm fragt nichts, sitzt nur da und scheint seinen Gedanken nachzuhängen. Vielleicht will er auch nur feststellen, welche Wirkung dieser Bericht auf ihn hat?

Nach einer kurzen Pause, die ihm angemessen erscheint, fragt er Monbluhm, um überhaupt eine Reaktion zu zeigen: Und – hat er überlebt?

Monbluhm blickt kurz auf, dann schüttelt er kurz und abweisend den Kopf.

Was für eine Frage auch, überlegt er im nächsten Moment, wie soll er das überlebt haben. Sicher wird der Biß die Halsschlagader getroffen haben. Er stellt sich das vor – ein grauenhaftes Bild, nein, das kann man sich nicht vorstellen …

Sie haben ihn auf der Stelle erschossen, setzt Monbluhm jetzt hinzu.

Er zieht erstaunt-fragend die Brauen hoch – da trifft ihn Monbluhms Blick. Und als Monbluhm jetzt fortfährt und sagt, daß Walter, der mit ein paar Kratz- und Bißwunden davongekommen sei, später die Sache mit seinen »Zebrahunden« sein gelassen habe, da nickt er nur. Und ihm dämmert, daß er mit seiner Frage beinahe einen großen Fehler gemacht hätte.

Vierunddreißigstes Kapitel

Aus dem blauen wasserdichten Tagebuch (10)

25.8.42 – Werden wir verrückt?

Heute abend im Zelt erfaßte uns ein schlimmer, wütender Lachanfall. Habe den Anlaß vergessen. War es wegen des Salzes, das Herr Hu verloren hatte? Rapp fuhr ihn deswegen an und fragte hämisch, warum er denn nicht auch gleich noch – der Vollständigkeit halber – die Maggiwürfel »versaubeutelt« habe? Dann griff er wütend kopfschüttelnd in den Rucksack, um sie herauszuholen – und, tatsächlich, siehe da! auch die Maggiwürfel fehlten. (Meyer und mich riß es fast auseinander!)

Oder war es wegen des Risses in der Zeltplane, durch den immer wieder Schneegrieß auf Meyers Platz rieselte? So oft er diesen auch wegzustieben versuchte, er rieselte immer weiter, und es war lächerlich, wie Meyer ihn immer wieder wegfegen und wegpusten wollte.

Wie auch immer – es ist egal, eigentlich hat unser Lachen schon gar keine Anlässe mehr. Im Gegenteil: Je weniger es zu lachen gibt, desto mehr lachen wir.

Es ist ein idiotisches, allgegenwärtiges Gelächter, haltlos, das sich immer wieder, ohne aufhören zu können, an den kleinsten Gelegenheiten entzündet.

Ist das schon die letzte Phase? Dieses Lachen, das krank ist, irre und böse, wiehernd.

Anfälle dieses Lachens kommen unerwartet. Anfangs schämte ich mich noch für mein idiotisches Gesicht, das ich dabei machte, mein aufgerissenes Pferdegebiß. Doch ich kann mich nicht dagegen wehren – es lacht aus mir heraus. (Inzwischen ist es mir auch schon ganz egal, wie ich dabei aussehe.) Wahnsinniges Gelächter. Es reißt uns in die Tiefe, abgründiges Gelächter, in das wir hineinstürzen, und wir können uns nicht mehr halten – vor Lachen. (Habe in Deutschland mal von einem Mann gehört, der sich einen Leistenbruch angelacht haben soll, also buchstäblich krank gelacht!)

27.8.42 – Herr Hu bei einem Außeneinsatz – und lange überfällig. Meyer drehte eine große Runde, von Hu keine Spur.

Er hätte längst zurück sein müssen. Meyer nervös. Rapp, der mit Hu am schlechtesten auskommt und zunächst noch über asiatische Unpünktlichkeit schimpfte (»Asiatische Höflichkeit – daß ich nicht lache. Ist es vielleicht höflich, uns hier über zwei Stunden warten zu lassen!«), wurde zunehmend kleinlauter, und als Hu schon über vier Stunden überfällig war, gab er zu, daß Hu alles in allem doch gar kein übler Kamerad gewesen sei, natürlich, Ecken und Kanten, aber wer habe die denn nicht, verdammt noch mal … Als leiste er schon im voraus Abbitte. Er ging sogar vors Zelt und rief nach ihm.

Ich brühte Tee mit Rum und Zitrone (keiner hatte etwas dagegen, daß ich an die Vorräte ging) und füllte eine Thermoskanne, um sogleich Heißes bei der Hand zu haben.

Hinter all dem stand natürlich die Sorge, daß wir einen Ausfall Hus kaum verkraften könnten. So legten wir uns nieder. Unruhiger Halbschlaf.

Mitten in der Nacht wird die Zeltplane zur Seite geschlagen: Hu. Mit erfrorenen Fingern zündet er die Petroleumlampe an. Er strahlt über das ganze Gesicht, freut sich, daß er wieder »zu Hause« ist. Rapp fährt hoch, sitzt kerzengerade, preßt die Lippen zusammen. Dann macht er Hu scharfe Vorwürfe. Alle Sorge über sein langes Ausbleiben schlägt jetzt um in Aggressivität, Feindseligkeit. Hus Lächeln ist eingefroren. Er hockt schuldbewußt vor unsern Betten. Meyer läßt Rapp gewähren. Er tut so, als sei er eben erst wach geworden. Dabei hatte er erst vor wenigen Minuten Rapp nach der Zeit gefragt. Nun liegt er langgestreckt da, mustert Herrn Hu aus den Augenwinkeln und sagt kein Wort zu all dem.

Rapp, als er seine Standpauke beendet hat, greift nach der Thermoskanne, hält sie aber erst Meyer hin (er nimmt einen kleinen Schluck in die Becherkappe), dann trinkt er selbst, gleich aus der Kanne. Ein kleines Teerinnsal läuft aus seinem Mundwinkel. Als nächster bin ich an der Reihe. Ich wische die Kannenöffnung ab, doch als ich merke, daß kaum noch etwas in der Kanne ist, nehme ich nur einen winzigen Schluck und reiche den letzten Rest Hu hinüber. Der verbeugt sich, schüttet die letzten Tropfen in die hohle Hand und schlürft und leckt das bißchen auf.

Rapp wendet sich brüsk ab und streckt uns empört seinen Hintern entgegen. Meyer hat die Augen geschlossen. Hu will sich ins Vorratszelt trollen; ich aber mache ihm ein Zeichen, er möge heute ruhig hierbleiben. Er verneigt sich vor mir, legt sich ohne Decke, so wie er ist, mir zu Füßen. Schon nach wenigen Minuten höre ich seinen brodelnden, röchelnden Atem; er schläft. Ich liege noch lange wach. Bei dem Gedanken, daß ich Herrn Hu wie einen Menschen behandelt habe, wird mir warm.

30.8.42 – Unser eigener Überlebenskampf. Dabei

kommt die Hauptsache beinahe aus dem Blick. In einer Hinsicht ist das gar nicht schlecht: Um den Laden am Laufen zu halten, ist so viel Energie nötig, daß keine Zeit zum Grübeln bleibt.
Heutiges Resultat: Planquadrat 341 erfolglos abgeschlossen. Vom UA wieder keine Spur, nichts. Aufgabe der Aufgabe? Davon kann nicht die Rede sein. Dem schraffierten Kernbereich, auf den wir große Hoffnungen richten, sind wir nun schon so nahe gekommen, daß es, Luftlinie, nur etwa noch 60 Kilometer sind. Hin und her überlegt, ob wir nicht doch einen direkten Vorstoß unternehmen sollten (zumal wir auch im Zeitplan zurückliegen).
Haben das aber verworfen. (Meyer: »Nicht hektisch werden, nicht die Systematik verlieren.«) – Goldrichtig!
2.9.42 – Wir sitzen fest.
Seit zwei Tagen das Zelt nicht verlassen. Nur Notdurft und kurze, ebenfalls notdürftige, Lüftungen, die im Nu unsern Zeltinnenraum in eine weiße Schneelandschaft verwandeln. Es ist so kalt – heute morgen haben wir –27 Grad gemessen –, daß selbst im Zelt der Schnee nicht schmilzt. Draußen seit zwei Tagen Schneesturm. Wenn man nicht schon manchmal gedacht hätte, wir sind am Rande der Welt, hier sind wir es wirklich. Wo soll das hinführen?
Jedenfalls nicht weiter. Seit zwei Tagen keinen Schritt vorwärts – das ist die Bilanz.
Meyer? Gelegentlich eine weiße, blutleere Nasenspitze, die sich aus dem Schlafsack schiebt; Augen, wie heruntergebrannte Kohlen glühend.
Herr Hu jammert nur so vor sich hin. Ewige Litaneien. Als Rapp ihn deswegen anfährt (Rapps Stimme aus dem

Innern des Schlafsacks: dumpf und drohend), verstummt er. So ist es fast noch schlimmer. Stummer, wortloser Vorwurf.
Auch Meyer sagt schon lange nichts mehr.
Wir sitzen fest, und die Kälte ist unerträglich. Schlimmer: Sie ist gerade noch erträglich – denn wir ertragen sie ja, müssen sie ja ertragen. (Wie lange noch?) Wäre sie doch unerträglich, so würden wir wenigstens unter ihrer Last zusammenbrechen – und Schlußaus!
So aber ...
3.9.42 – Lagerplatz XXVII.
Der Boden steinhart gefroren, so daß wir diesmal (erstmals!) schweren Herzens auf unsere liebgewordene Gewohnheit verzichten mußten, die Pfähle einzurammen. Mit einem darübergelegten Schlittenbrett als »Donnerbalken« ergab das nämlich bisher immer ein ganz passables »Stilles Örtchen«.
Nun denn, »Notdurft kann auch notdürftig« entschied Meyer, und wir beließen es dabei.
Nicht zu übersehen: wir vertieren allmählich!
8.9.42 – Das Leben vergeht – wie ein Schmerz, der langsam nachläßt.
9.9.42 – Seit Tagen Schnee. Alle Farbe aus den Dingen gewichen.
12.9.42 – Kam vom Rundgang zurück und belauschte zufällig ein Gespräch zwischen Meyer und Rapp, die schon im Zelt waren. Rapp beschwerte sich bei Meyer über mich. Unerhörte Vorwürfe!
Unter anderem, sinngemäß, das Folgende: Ich hätte mich seines Wissens noch nie klar und unzweideutig zu unserer Weltanschauung bekannt; für meine politische Zuverlässigkeit jedenfalls wolle er seine Hand nicht ins

Feuer legen. Überhaupt kehre ich zu sehr den Kopfarbeiter heraus, nehme mich wichtiger, als ich sei. Und: »Wenn's brenzlig wird, setzt er sich an sein Wörterbuch und taucht ab.« Außerdem: Es fehle mir der einfache Begriff von Kameradschaft (»Man muß auch mal blödeln können!«), dann noch etwas über »entwurzelte Familienverhältnisse«. (Ein Glück nur, daß ich heimlicher Lauscher war – sonst wäre ich dazwischengegangen!)
Er würde gern mal meine Gedanken lesen, sagte Rapp noch. Dann wandte er selbst ein: Oder besser nicht. – Das wiederholte er sogar vielsagend: Besser nicht.
Recht hat er!
Meyer beschwichtigte (»Alles kein Beinbruch!«), widersprach aber nicht. Habe zumindest nichts Derartiges gehört. (Wahrscheinlich lag er mit dem Rücken zu meiner Abhörstelle.) Dann sagte wieder Rapp etwas, worauf Meyer noch erwiderte: Er werde künftig ein Auge auf mich haben.
Dann wurde es still im Zelt.
Na, schönen Dank auch!
Es heißt, Augen und Ohren offenzuhalten.
16.9.42 – Es gibt noch Wunder (und gerade, wenn man sie am wenigsten erwartet): Haben hier tief im Schnee einen Büchsenöffner gefunden! Kommt uns gerade recht, da unserer seit einiger Zeit spurlos verschwunden ist. (Muß irgendwo am Boden des Rucksacks liegen.) – Gehen nun doch direkt nach Nordwest vor!
17.9.42 – Unser Jubelgeschrei löste eine Lawine aus, die uns beinahe begraben hätte. Rapp sprang noch geistesgegenwärtig zur Seite und fand Schutz hinter einem Felsblock, er konnte Meyer herausziehen, der am tiefsten eingesunken war. Hu und ich, wir wühlten uns selbst aus

dem – Gott sei Dank – lockeren Schnee. Schwimmbewegungen. Zufrieden, noch einmal mit dem Schrecken davongekommen zu sein. Um ein Haar …

Nachdem wir unsere Siebensachen wieder zusammengeklaubt haben – der Schlitten hat nichts abbekommen –, kleinlauter Abend, jeder für sich. Feierliche Stille der Hochgebirgsnacht. Ich wage kaum zu atmen. Was ist geschehen?

Haben am Steilhang auf der anderen Seite des Tales ein kleines Dorf entdeckt, mehrere Hütten, Licht, Menschen! Da wir von den Strapazen der letzten Wochen wahnsinnig erschöpft sind, ist das Rettung in letzter Minute! Ich hatte schon nicht mehr daran geglaubt. Das Glück, das unsere Expedition verlassen zu haben schien – es ist zurückgekehrt. Endlich. Sind noch ganz durcheinander. Jeder hängt seinen Gedanken nach. Heute schon den Aufstieg wagen – das wäre zu riskant. Inzwischen ist es tiefe Nacht, und es wird sicher noch Schneetreiben geben. So verbringen wir also diese Nacht noch einmal im provisorischen Zelt. Morgen, mit frischen Kräften, wagen wir den Aufstieg zur Siedlung.

Gehe mit einem Gefühl zu Bett, als wäre mir das Leben, das ich schon fast verloren zu haben glaubte, wiedergeschenkt.

18.9.42 – »Kommando zurück!«

Meyers einziger Kommentar, der all unsere Hoffnungen mit einem Schlage wieder zunichte machte.

Ich kann es nicht glauben! Meyer, der nicht hatte schlafen können, war vor uns auf den Beinen gewesen. Jetzt, im Licht des aufbrechenden Tages, sehen wir es selbst. Die »Siedlung« stellt sich als merkwürdig regelmäßige Anordnung abgestumpfter Felskuppen dar. Woher das

Licht gekommen sein mag – das ist mir ein Rätsel. Vielleicht reflektierte Strahlen der untergehenden Sonne. Unbeschreibliche Niedergeschlagenheit. Einer der schwersten Momente ... Und es wäre eine Untertreibung, zu behaupten, wir stünden wieder da, wo wir gestern, vor unserer »Entdeckung«, gestanden haben. Sind durch die enttäuschte Hoffnung noch weiter, noch viel weiter zurückgeworfen.
Kann nicht weiterschreiben ...
22.9.42 – (abends) Ich ertappe mich dabei: In ganz schlimmen Situationen setze ich mich hin, ziehe die Knie an, umklammere sie mit meinen Armen, lege den Kopf auf die Knie – die Haltung eines Embryos im Mutterbauch. Ur-Sehnsucht nach einem Zurück.
23.9.42 – Der einzige von uns, der noch zivilisatorische Reste mit sich herumschleppt – wir andern haben derlei längst als unnützen Ballast abgeworfen –, scheint Collie zu sein. Der letzte Bannerträger des Abendlandes. Er hält die Fahne hoch ... Und nicht nur das! Ich habe ihn heute beobachtet. Immer noch sucht er hier Bäume. Und auch wenn er diese hier natürlich nicht findet, tut er doch so, als gäbe es sie. Wie er beim Pinkeln an einen nichtvorhandenen Baum das linke Hinterbein hochreckt, es sich fast ausrenkt ... Sein zitternder Leib in schneeweißer Leere ... ein Bild, das mir das Herz zusammenzieht.
26.9.42 – Beobachtung an Meyer: Es gibt einen Punkt, von dem an der Mißerfolg mehr zählt als der Erfolg – scheint doch der Mißerfolg zu bestätigen, daß alle Welt sich gegen uns verschworen hat. Dagegen ist natürlich schwer etwas auszurichten. Triumphierend werden von nun an die sinkenden Schiffe gezählt. Munter wird in die Welt hinausgekräht, daß soeben das Haus zusam-

mengestürzt sei. Und sicher wird es noch besser kommen! Mörderischer Galgenhumor – und es kommt noch besser, d. h. noch schlechter, wenn man nur darauf wartet.

Als heute die Schlittenkufe brach, sah mich Meyer triumphierend an, daß ich glaubte, er sei wahnsinnig geworden.

Mit Rapp versuchte ich die Sache, so gut es ging, zu reparieren. Besser, wir beschäftigen uns mit dem Schlitten als mit uns selbst.

Nachtrag: Rapp hat sich beim Ausprobieren des provisorisch geflickten Schlittens den Fuß vertreten. Widerwillig läßt er sich von Hu einen Umschlag machen.

27. 9. 42 – Abends, wir lesen die Karte.

Unsere Lage ist nicht aussichtslos. Im Gegenteil. Wenn das Wetter plötzlich umschlagen würde und wir außer acht lassen, daß Rapp sich den Fuß verstaucht hat, und wir dann noch vernachlässigen, daß die Proviantsäcke sich langsam, aber sicher leeren – dann kann man getrost behaupten: Unsere Lage ist »hoffnungsvoll«. Wenn …

3. 10. 42 – Fieberhafte Überlegung, heute, unterwegs:

Uns hält nur die Schwäche aufrecht. Wir laufen verbissen immer weiter, fest in unsere Felljacken gewickelt. Keiner gesteht ein, daß er nicht mehr kann. Würde einer das Schweigen brechen, einer plötzlich anhalten, die Hand an den Kopf schlagen – wir würden die Rucksäcke abwerfen und zum Rückzug blasen. Aber weil keiner den Mut findet, geht es immer weiter. Bergauf, bergab … Die Angst, Schwäche einzugestehen, macht uns so schwach. Die fixe Idee, mutig sein zu müssen, macht uns so feige.

5. 10. 42 – Dieses verhängnisvolle Trotzdem, ohne das

nichts geht – und das alles zunichte macht. Gerade dieses Trotzdem treibt uns ins Unglück. Es gäbe ja ein Zurück, aber …

Wir müßten die einfachen Dinge wieder lernen: umzukehren, einzuhalten, schlappzumachen. Ganz auf uns gestellt. Abgründe ringsum. Wir laufen am Seil. Nur Herr Hu hat sich abgeseilt und geht voran. Er zählt nicht, bzw. er ist, wie Rapp es nennt, »unser Minenhund«.

Ein Schritt daneben – und wir wären gerettet! denke ich manchmal (sage ich aber nicht).

7. 10. 42 – Woher nehme ich meinen Mut?

Ich stehle ihn mir zusammen bei den anderen (anders ist er ja nicht zu bekommen): Meyer, obwohl er das zu überspielen sucht, bleibt viel eher die Luft weg als mir. Nach Luft schnappend … Herr Hu begreift nichts, und so ist ihm alles ein unbegreifliches Elend. Manchmal beobachte ich ihn, wie er plötzlich beim Zeltaufbau einhält und für Momente gedankenabwesend, vor Kälte gekrümmt, bei den Planen und Stangen hockt und ins Leere starrt.

Rapp, der unter der Kälte mindestens ebenso leidet wie ich, aber das weniger zeigen kann. Er friert für sich. Hinter vorgehaltener Hand sozusagen. Immerhin, die große Kälte ist ihm die große Bewährung, und neben allen anderen Zwängen, unter denen wir stehen, steht Rapp zusätzlich unter »Beweiszwang«. Aber vielleicht hilft ihm das auch, alles zu ertragen.

17. 10. 42 – Morgens ist es am schwersten. Da liegt noch der ganze Tag, der ganze Stein, schwer auf der Brust. Mehrere Male war es nun schon so, daß ich im Traum weit weg war und wach werdend, beim Heulen des Schneesturms, noch dachte: Es ist ja ein Traum …

Am Morgen, stückweis, fallen mir die Neuigkeiten des

gestrigen Tages wieder ein – stückweise in meinem Kopf, der von der Nacht noch so wohltuend schwarz und leer ist. So füllt sich das allmählich. Und als wir beim Morgenkaffee sitzen, beim Morgenkaffeersatz!, und jeder schweigend vor sich hin kaut, sind wir wieder auf dem Stande von gestern.

Lageskizze: Unser gegenwärtiger Standort ist unbekannt, das dichte Schneetreiben verhindert jede Orientierung.

Rapps verstauchter Fuß verhindert entscheidende Fortschritte. Meyer ist skeptisch, was den Zeitplan betrifft. Wir liegen mehr als zwanzig Planquadrate zurück. Ich – lassen wir das.

Wir beschließen, einen weiteren Rasttag einzulegen. Nach den Strapazen der letzten Woche – bitter nötig.

20. 10. 42 – Zu hastig, zu fett gegessen.

Es kollert im Bauch, der auch ansonsten unbekannte Töne von sich gibt. Brechreiz, ohne zu brechen. Ein Gefühl wie Muskelkater in den Lenden. Trinke nur Tee. Schlapp.

21. 10. 42 – Loslassen, seinlassen, fallenlassen. Seit Tagen wieder Wärme, ich knöpfe die Wetterjacke auf, ausruhen …

24. 10. 42 – Der Fieberanfall ist vorbei.

Im trockenen Mund Aspirin, viel Flüssigkeit verloren. Der Urin brennt gelb im Schnee.

Herr Hu flößt mir Tee ein. Einige Schlucke laufen über die Jacke, wo sie bald gefrieren.

Unerträgliche Kälte. Kein Widerstand mehr.

Meyer ist besorgt. Rapp ölt das Gewehr. Herr Hu schüttelt den Kopf und dichtet das Zelt ab. Ich bitte Meyer um eine der Giftkapseln, die er in einer kleinen runden Blechdose für den Fall auswegloser Situationen (Feind-

berührung mit deutlicher Übermacht der Gegenseite usw.) stets bei sich führt. Meyer schüttelt bedächtig den Kopf. Rapp verneint entschieden. Bin dankbar. Kameradschaft.
Später – sie denken, ich schlafe – höre ich ihr halblautes Gespräch. Zu dritt schaffen sie es nicht. Sie brauchen mich. Muß auf dem Posten sein.
26. 10. 42 – Meyer hat mich beauftragt, meine bisherigen »Sprachdinge« gut lesbar zusammenzufassen, »für alle Fälle«. (Rechnet er damit, daß einer von uns – ich? – auf der Strecke bleibt?)
Fragen über Fragen, auch bei Ypsilon, lange nicht damit beschäftigt. Etwa: Bei welchem Sprachniveau setzen wir an?
Mein altes Problem bei dieser Sache: Die etruskische (norditalische) Herkunft der Runenzeichen (die also im Grunde keine germanische Eigenschöpfung sind, wie es oft falsch dargestellt wird) schließt zumindest diesen Verständigungsweg zum möglichen UA-Sprachraum so gut wie aus. Auch die zeitweilige Ausdehnung unserer germanischen Vorfahren nach Süden, bis hin zum Keltenreich (Donau- und Rheingebiet), kann diese Lücke, die ja bis nach Asien klafft, nicht schließen.
Wenn wir nur wüßten, wann der Kontakt mit unseren »Transhimalajaverwandten« abgerissen ist. So aber tappe ich im dunkeln. Und immer wieder die alten Probleme, mit denen ich mich im Kreis drehe.
Soviel steht zumindest fest: Grundlegend für eine Kommunikation dürften wahrscheinlich Symbole, unmittelbar verständliche Bildzeichen sein. Welches aber sind nun die einfachsten, elementaren Symbole? Das Hakenkreuz als altindisches Fruchtbarkeitszeichen (Sonnensymbol)

kann ja nur ein Anfang sein. Immerhin: Wenn die Sonne scheint, kann mit Zeigeverweis Sonne – Zeichen begonnen werden. Aber, wie weiter?
(Natürlich, erst mal muß die Sonne wieder scheinen, und solange wir den UA nicht gefunden haben, sind das alles sowieso nur Sandkastenspiele.)
Der Schnee weht über die Ebene. Es ist, als werde ein weißes Bett aufgeschlagen, immer und immer wieder.
Kann lange keine Ruhe finden. Herr Hu dichtet die Ritzen ab, so geht es.
Meyer sagte heute, es gebe Pläne, »für den Fall der Fälle« im Süden Deutschlands eine uneinnehmbare Alpenfestung zu errichten. (Das halte ich für Spinnerei.)
Im übrigen: Was ist »der Fall der Fälle«?
27.10.42 – Wie es der Zufall so will: Hatten gestern abend für einen Moment ausgezeichneten Kurzwellenempfang. Unsere Rußlandtruppen haben große Teile Stalingrads erobert.
Es geht also voran. – Wer sagt's denn!
28.10.42 – Tibet – das Dach der Welt.
Zumindest so gesehen haben wir hier den Himmel auf Erden. Ansonsten: Die Spiritusvorräte reichen höchstens noch für sechs Monate. Meyer findet das »bedenklich«. – Unsinn: Auch wenn wir darüber nachdenken, es »bedenken«, ändert es doch nichts an der Tatsache.
1.11.42 – Stießen heute auf einen verlassenen Rastplatz! Feuerstelle, Abfälle usw. Die Meinungen gehen auseinander.
Meyer ist der Ansicht, er könne von Bolotsen herrühren. Ein kleiner, sehr armer tibetischer Stamm, dessen Herkunft ungewiß ist. Grobknochige, derbe Menschen mit rohen Gesichtern, oft hellbraunen Haaren und unmon-

golischen Zügen. Als sehr primitiver Stamm werden sie von den Chinesen und den Tibetern unterdrückt. Tagelöhner oder Diebe und Räuber. Vorsicht!
Nehmen die Fundsachen zu Protokoll.
Machen ein paar Photos.
Eine Spur ist das sicher nicht. Die hellbraunen Haare allerdings bemerkenswert. Das deutet in eine Richtung. Ob sie eine eigene Sprache haben, kann Meyer nicht sagen.
Nachtrag:
Die Bezeichnung »primitiver« Stamm scheint übrigens bei näherer Betrachtung höchst ungenau zu sein. Jedenfalls sehr relativ. Für einen Wilden ist z. B. ein Europäer, der es nicht versteht, aus Feuerstein und Grasbüscheln eine Flamme zu entfachen, naturgemäß ein »primitives« Wesen.
5.11.42 – »General Winter« im Vormarsch. Er schlägt furchtbar zu. Hart, schneidend, unbarmherzig.
13.11.42 – Werde nachts von einem Winseln wach. Aber Collie ist ganz ruhig und friedlich.
15.11.42 – Wir schaffen es schon! Collie, lieber kleiner Gefährte! – Du fiepst, und deine Zunge hängt seitlich aus dem offenen Maul. Mußte daran denken, wie wir uns kennenlernten, du an mir hochsprangst …
16.11.42 – Rapp kränkelt. Er sieht blaß aus, rotfleckig im Gesicht. Meyer verordnet ihm Ruhe. Vom Bett aus Anweisungen. Große Besorgnis, wie es weitergehen soll.
17.11.42 – Rapps Zustand leicht gebessert, aber nur leicht.
18.11.42 – Daß er uns als erster verlassen würde – wer hätte das gedacht!
Die Augen trübe, stoßweise der Atem. Wir versuchten

es mit Umschlägen, wärmten ihn, flößten ihm Fleischbrühe ein. Meyer, dem es besonders naheging, opferte sogar seine letzten Biskuits (deren Existenz er uns übrigens verschwiegen hatte) – nichts half. Er verging vor unsern Augen.

Bei allem, was in letzter Zeit auch vorgefallen war: Das Wort »Kameradschaft« bekam erst durch ihn einen Sinn. Morgens war er als erster auf. In den schwierigsten Situationen war er zur Stelle. Gab es Streit, ging er von einem zum andern und knüpfte unkompliziert – »ohne große Worte« hätte ich beinahe gesagt – wieder das Band zwischen uns. Auf geheimnisvolle Weise war er das Herz unserer Expedition. Nun hat sein gutes Herz aufgehört zu schlagen. Ein Zeichen, daß auch unsere Stunde geschlagen hat?

Er ist nicht mehr. Schon eine knappe Woche nicht mehr. Die letzten Eintragungen waren Fälschungen ... Brachte es nicht übers Herz, das aufzuschreiben. Die Angst, ich würde es damit besiegeln und unwiderruflich machen, schwarz auf weiß sozusagen.

Herr Hu wollte nach altem Brauch seiner Vorväter das Herz roh verschlingen. Wir ließen es nicht zu. Mit den Eispickeln hackten wir eine Vertiefung ins Eis und betteten seinen ausgezehrten Körper hinein. In Ermangelung deutscher Erde warf jeder von uns drei Handvoll Schnee auf den Leichnam. Herrn Hu überließen wir es, einen Schneehügel über das Grab zu schaufeln, wobei ihn freilich Rapp beobachtete. Rapps Mißtrauen hielt ich zwar für unbegründet, aber immerhin hatte er so viel Takt, sich so danebenzusetzen, daß es wie eine Totenwache aussah – und nicht wie eine Überwachung Hus.

Wir müssen auf jeden Fall Spannungen vermeiden. Jetzt

sind wir desto mehr einer auf den anderen angewiesen. Rapp noch schwach, aber schon besser. Er meint, Collie sei für ihn gestorben: »Der Tod stand schon im Zelt ...«

23.11.42 – Am Morgen danach erwachte ich mit dem dumpfen Gefühl, etwas Furchtbares sei vorgefallen. Gewohnheitsmäßig, ehe ich meine Gedanken sortiert hatte, streckte ich meine Hand aus, um, wie ich es morgens immer tue, Collies Nackenfell zu kraulen – da erinnerte ich mich an alles, war unendlich niedergeschlagen. Die Hand, die ins Leere gegriffen hatte, zog ich wieder ein, versuchte, sie warm zu hauchen. Unmöglich. –

Grieser Schneewind, der aus allen vier Himmelsrichtungen auf uns einzustürmen scheint.

28.11.42 – Sprachen über Herrn Hu. Meyer, sinngemäß: In mehreren Naturreligionen die Auferstehung des Fleisches im Fleisch. Wer gern Schweinefleisch ißt, sieht aus wie ein Schwein. Rindfleisch – wie ein Rind usw. Die Fischköppe von der Nordsee, Hans Albers' glasige Augen.

So weit, so gut.

Nach dieser Logik aber, wandte ich ein, würde also konsequenterweise Menschenantlitz am ehesten bei Kannibalen anzutreffen sein. – Meyer lachte darüber (wie jemand, den nie Komplexe plagen).

3.12.42 – Ordentlich vorangekommen. Seit langem einmal wieder das Pensum geschafft. Als hätte uns Collies Verlust fester zusammengeschweißt.

4.12.42 – Haben nun endlich eine Regelung gefunden, was das Abhören von Feindsendern betrifft. Tun es prinzipiell nur noch gemeinsam, schon damit das peinliche »Ach, ich hab ja nur mal probiert!« entfällt.

Meyer, der am besten Englisch spricht, ist natürlich im

Vorteil. Er hat die Augen geschlossen, atmet schwer und ist ganz auf das Hören konzentriert. Rapp, den Kopf vorgebeugt, nickt verschlagen und blickt aus den Augenwinkeln nach links und rechts, zu Meyer und mir. Manchmal ein gequältes Lachen. Das soll dann zeigen, daß er den ganzen »Propagandaquatsch« durchschaut. Aber ich glaube, daß er nur einzelne Wörter und den Tonfall aufschnappt. Ich verstehe auch nicht alles, aber doch so viel: Unsere Stalingradoffensive ist gegenwärtig zum Stillstand gekommen. (Was ich eigentlich nicht verstehe …)

Ungetrübte Freude nur immer bei Herrn Hu, wenn wir den Knatterkasten anstellen und Stimmen daraus sprechen.

Das Naturkind, auf seine Weise, ist schon beneidenswert.

Fünfunddreißigstes Kapitel

Erwin – das ist ein Kapitel für sich.
Ein Schlußkapitel.
Das Ende kam mit Erwin.
Der Berlinaufenthalt hatte zur Folge, daß ich an den Wochenenden immer seltener in Dresden war, höchstens einmal im Monat, und auch da mußte ich mich ja in der Gundelachstraße wenigstens kurz sehen lassen (und sei es auch nur, um die Hemden zum Waschen abzugeben).
Hildegard schloß sich in dieser Zeit wieder enger der Wandergruppe an, mit der wir auch schon früher oft gewandert waren; kleine Ausflüge in die Dresdener Heide, in die Sächsische Schweiz oder nach Moritzburg, zur Schloßinsel.
In der Studentenzeit war mein eher sporadisches Auftauchen nie ein Problem gewesen. Hildegard akzeptierte das – wohl auch mit Blick auf unsere gemeinsame Zukunft. Jetzt aber war diese Zukunft da, und Hildegard hatte kaum mehr Verständnis dafür, daß ich nur so unregelmäßig kam. Freilich, sie sagte das nicht direkt. Ich merkte es nur daran, wie plötzlich – wenn ich einmal Zeit hatte – sie keine Zeit mehr hatte und irgendeine andere dringende Angelegenheit vorschob, die sie dann zwar immer wieder auch irgendwie absagte, aber die Botschaft erreichte mich doch: Hildegard war nicht mehr gewillt, der Dinge, die da eventuell kamen oder nicht kamen (das heißt: meiner Person), auf Gedeih und Verderb zu harren. Das war klar.
Es muß im November gewesen sein, oder schon im Dezember. Meyer hatte mir für die allernächste Zeit weitrei-

chende Instruktionen in Aussicht gestellt (er wisse zwar nichts Genaues, aber es könne jetzt alles sehr schnell gehen) und mir empfohlen, ruhig noch einmal übers Wochenende nach Hause zu fahren, »Heimaturlaub«, wie er das nannte.

Ich fuhr und hatte auch vor, das Wochenende mit Hildegard zu verbringen.

»Gruppenausflug nach Meißen« stand auf dem Programm. Dagegen konnte ich nichts vorbringen, Hildegard hatte schon zugesagt (»Ja, wenn ich gewußt hätte, daß du kommst ...«).

Wir trafen uns Sonntag früh mit der Wandergruppe vor dem Hauptbahnhof, am Zeitungskiosk, der alte Stellplatz.

Von Erwin hatte ich schon des öfteren gehört. Immer wieder hatte Hildegard nebenhin Bemerkungen eingestreut (»Ach, und übrigens, Erwin sagt ...«). Eigentlich hätte ich da schon mißtrauisch werden müssen. Was ging mich denn dieser Erwin an, dessen Namen Hildegard dauernd im Mund führte und der allmählich eine derart fixe Größe geworden war, daß es fast kein Gespräch mehr zwischen uns gab, bei dem nicht Erwin seinen Senf dazugab.

So viel hatte ich immerhin mitbekommen: 1) Erwin, ein lange stellungsloser Orchestermusiker, war jetzt irgendwo als Klavierlehrer engagiert, eigentlich aber war er Flötist; 2) Erwin und Gisela (eine alte Schulfreundin Hildegards, die zur Gruppe gehörte) waren zwar seit kurzem verlobt, sie paßten aber nicht zusammen, überhaupt nicht, wie Hildegard betonte, denn Gisela, so nett sie auch sei, verstünde ihn nicht.

Als wir uns auf dem Bahnhofsvorplatz trafen, wäre mir

nicht im mindesten eingefallen, daß dieser schlacksige Jüngling, der das lange, strähnige Haar nach hinten gekämmt trug (nach hinten »gelegt« wäre wohl genauer), daß das Erwin, der »Künstler«, sein könnte. Er machte einen so biederen, einen so gewöhnlichen Eindruck. Und auch die glasigen und, wie mir schien, seltsam stierenden Augen trugen nicht sehr viel zu seiner Verschönerung bei. Sie gaben dem Gesicht lediglich eine gewisse Eigenart. Das war also Erwin, nun ja. Nun ja.

Auch von den anderen kannte ich kaum noch jemanden; es war zuviel Zeit seit damals vergangen.

Wir fuhren mit dem Bummelzug nach Meißen. Ich behielt Erwin unauffällig im Blick, observierte ihn, indem ich mich, Müdigkeit vorschützend, in meine Ecke drückte, die Jacke halb übers Gesicht schob und nur durch einen winzigen Augenspalt die anderen beobachtete. Das übliche Hin und Her, Gespräche über alles mögliche. Nicht, daß sich dieser Erwin da besonders hervorgetan hätte, gar nicht. Höchstens vielleicht eine gewisse Entschiedenheit, mit der er vom ausgewickelten Butterbrot abbiß und eine fast schroff zu nennende Art, wie er, wenn er von den anderen etwas gefragt wurde, antwortete.

Eifersucht? Ich weiß nicht, ob das das richtige Wort ist. Was ich empfand, war wohl vor allem gekränkte Eitelkeit. (Aber vielleicht ist das auch dasselbe.) Beim besten Willen, ich konnte nichts, aber auch gar nichts an diesem Erwin finden, was Hildegard an ihm finden mochte und worin ich diesem Erwin unterlegen sein sollte. Im Gegenteil, ich stach doch geradezu auffällig gegen diesen Erwin ab, gegen diesen »Kaffeehausmusikanten«, wie ich ihn im stillen nannte. »Kaffeehausmusikant« – ja, das war das Wort, das Erwin auf das richtige Maß stutzte, das ihn vernichten mußte! Ich behielt es im Kopf, als Geheimwaffe sozusagen. Anzuwenden wäre es aber, dachte ich mir, gegenüber Hildegard. Das würde die Wirkung wohl noch verstärken. An diesem Erwin würde es ja wahrscheinlich doch nur abprallen. Hildegard aber mußte es treffen, wenn ich das so beiläufig sagen würde: »Dein Kaffeehausmusikant ...«

Doch dazu sollte es schon gar nicht mehr kommen.

Wir waren ein bißchen in Meißen herumgelaufen, auf einmal hatte jemand die Idee, jetzt endlich das Gruppenphoto zu machen. Das war bei diesen Ausflügen so Usus. Ich brachte unauffällig meine Haare in Ordnung – plötzlich ein erregter Stimmwechsel hinter uns. Erwin und Gisela, die ein wenig zurückgeblieben waren, stritten sich, erst halblaut, mit gepreßten Stimmen, dann immer lauter: »Wieso ich? – Du!« – »Jaaa, natürlich ...« Abgehackt meckerndes Lachen, demonstrativ dem Gegenüber ins Gesicht geschleudert.

Es ging, wie allmählich klar wurde, darum, daß der Photoapparat nicht eingepackt worden war. Erwin hatte seinen Rucksack ausgepackt und hielt dessen Öffnung nun anklagend Richtung Gisela. Die stritt alle Schuld ab und lachte hysterisch. Wieso eigentlich, fragte sie, wieso eigentlich sei sie denn für alles zuständig? Er hätte doch genausogut daran denken können. Erwin wurde immer wütender: Er denke überhaupt nicht daran!

Da mischte sich Hildegard ein. Das kam reichlich unerwartet – und es verschlug auch Erwin die Sprache. Sonst hatte Hildegard ja doch für jeden Spleen Erwins eine Erklärung gefunden und alles mögliche als Manifestation seiner »empfindsamen Künstlerseele« angesehen. Jetzt wies sie ihn scharf zurecht. So könne er doch unmöglich

mit Gisela umspringen, ob er denn nicht sehe, wie sie sich für ihn aufopfere. Ihr standen wütende Tränen in den Augen.
Erwin war sprachlos. Auch Gisela sagte nichts. Sie erwartete nun wahrscheinlich von mir, daß ich mich einmischen und Hildegard zurückhalten würde. Vielleicht tat ihr nun auch schon wieder Erwin leid. Aber ich sagte nichts. Ich sah nur über die Mauerbrüstung hinunter zum Fluß und schwieg. Auf den Elbwiesen lag frisch der erste Schnee.
Ich, der ich die ganze Zeit »draußen« geblieben war, begriff plötzlich: Alle bisherigen Vertraulichkeiten zwischen Hildegard und Erwin, das launige Hin und Her im Zugabteil, all das wog nichts gegen die unheimliche Nähe und Vertrautheit, die sich in dieser rügenden Zurechtweisung zeigte. (Derlei, so hatte ich mir zumindest bisher immer eingebildet, käme nur mir zu.) Jetzt merkte ich, was Sache war – und daß die Sorge um Gisela dabei natürlich nur ein Vorwand war! Hildegard sah sich wohl schon in deren Rolle und wollte, wie es schien, ähnlichen Gereiztheiten Erwins schon jetzt vorbauen. Sie würde »ihrem« Erwin schon beibringen, selbst auf seine Sachen zu achten, sie würde ihn sich schon erziehen.
Daß ich mit meiner Deutung nicht ganz danebenlag, merkte ich an Gisela. Sie stand ihrer neugewonnenen »Bundesgenossin« ziemlich hilflos gegenüber, abwehrend. Instinktiv schien sie mißtrauisch zu sein, daß da jemand so für sie Partei ergriff, sich in ihre Lage versetzte und somit gleichsam an ihre Stelle rückte. Beinahe demonstrativ hakte sie nun wieder Erwin unter.
Und ich? Ich hätte wohl damals noch versuchen können, Hildegard zurückzugewinnen. Doch es ging nicht. Sie

hatte einen Schritt von mir weg getan, und schon dieser eine Schritt war ein Schritt zuviel. Ganz oder gar nicht. Ohne ihre bedingungslose Hingabe wollte und konnte ich nicht mehr mit ihr leben.

Sie fragte mich dann zwar noch oft, und manchmal ganz verzweifelt: Ist etwas? – Nein, sagte ich und schwieg. Und das war nicht gelogen. Es war nichts. Es war nichts mehr mit uns. Es hatte aufgehört.

Was Hildegard damals, in dieser Endphase unseres Verhältnisses, am meisten gegen mich aufbrachte: daß ich nicht richtig eifersüchtig war. »Du liebst mich eben nicht!« war ihre Schlußfolgerung, nicht ganz logisch, immerhin hatte sie ja den ersten Schritt weg getan, zumindest den ersten offiziellen. Allerhand, was sie da von mir verlangte: Ich sollte wohl augenrollend, zähneknirschend ihr zu Füßen liegen. Und sie – sie würde sich die Entscheidung vorbehalten. Das wäre ihr Triumph. Eine Hälfte der Entscheidung – und damit eigentlich die ganze Entscheidung – hatte ich ihr aber abgenommen; ich spielte einfach nicht mit. Ihr dämmerte, daß sie das, was sie gewollt hatte, so nicht erreichen würde. Indem ich ihr die kalte Schulter zeigte, betrog ich sie um das, was sie mit diesem Erwin-Abenteuer eigentlich bezweckt hatte. Sie wollte Freiheit, die Freiheit, sich für Erwin oder für mich zu entscheiden. Und meine Rolle in diesem Spiel sollte sein, daß ich ihr händeringend hinterherlief. Nun, daraus wurde nichts.

Deshalb wohl war sie so aggressiv – während ich sie mit eiskalter Ruhe betrachtete. An einem der darauffolgenden Wochenenden etwa, wie sie sich zum Erwin-Rendezvous schick machte. Ein Violinenkonzert! Und leider nur zwei Karten. Ich hätte ja auch so spät telegraphiert.

(Das war richtig. Meyer hatte mich erst im letzten Moment freigegeben. Dennoch …)
Sie stand vor dem Spiegel – und ich gab ihr sogar kleine Tips. Die Bluse passe ja wohl schlecht zur Jacke … Das Resultat: ein Hildegardscher Wutanfall – das gehe mich überhaupt nichts an! (Stimmt, mußte ich ihr stumm recht geben.)
Hildegard hatte bei Auseinandersetzungen so eine gewisse Art, die Stimme zu heben und die Worte pausenlos aus sich herauszustoßen, daß ich es bald aufgab, auf den Sinn zu achten, und nur durch gelegentliche schmerzverzerrte Grimassen meine Teilnahme bekundete.
Ich hörte gar nicht zu und wunderte mich nur, daß ein Mensch so pausenlos reden konnte, ohne Luft zu holen. Mehrmals atmete ich schwer aus – ich wollte sie damit zum Einhalten gemahnen, ans Atmen erinnern. Ohne Erfolg. Irgendwann war sie dann aber doch fertig und fragte, was ich dazu zu sagen habe.
Nichts. Ich sagte nichts.
Ja, das habe sie sich schon gedacht, das sei ja typisch – und sie spulte von neuem endlos viele Sätze vor mir ab, bis sie schließlich irgendwann doch türkrachend das Zimmer verließ.
Und was tat sie dann? Sie schändete zu allem Überfluß auch noch das veilchenblaue Seidentuch, ein Geschenk von mir. Ich hätte sie damit erwürgen können. Aber ich sagte nur: Der Schal ist hinten etwas verdreht. – Mich traf ein vernichtender Blick.
Dann aber, als sie losging, natürlich: eine andere Bluse und das Schaltuch neu gebunden.
Irgendwie gehören wir doch zusammen, dachte ich, als ich ihr durch das Fenster, geschützt durch die Gardine,

nachsah, wie sie, böse die Handtasche schwenkend, die Straße überquerte und diesem Erwin, diesem neuen Unglück, in die Arme lief.

Nun, sollte sie mit diesem Erwin unglücklich werden. Ich wollte ihrem Unglück nicht mehr im Wege stehen.

Ich hatte kein Mitleid mit Hildegard, sie war ja weg. Ich hatte nur noch Mitleid mit mir, da ich ja nun allein in der Stube saß. Verlassen!

Irgendwie kam mir das Wort »Metze« in den Sinn. Ich hatte nicht danach gesucht. Das Wort war einfach da. Es war fällig geworden. Meine Hildegard war eine Metze!

Obwohl es bei ruhigem Verstand sicher Gründe gab, dem zu widersprechen – es bereitete mir eine ingrimmige Lust, im dunklen Zimmer zu sitzen und diesen Satz halblaut, mit fassungsloser Stimme vor mich hin zu murmeln: Meine Hildegard – eine Metze …

Da konnte ich alles vergessen, auch Hildegard übrigens – und das war wohltuend.

Sechsunddreißigstes Kapitel

Wenige Wochen vor unserer Abreise. Ein verregneter Tag. Der »Tag der deutschen Völkerkunde«.
Meyer und ich, wir nahmen daran teil, trotz der hohen Geheimhaltungsstufe unserer Arbeit. Vor allem aus politischen Gründen, so Meyer, das Ahnenerbe dürfe nicht abseits stehen, wenn die deutsche Wissenschaft ... usw.
Auf dem Weg dorthin hatte mich Meyer noch eingehend instruiert, mit wem ich nicht und mit wem ich überhaupt nicht sprechen sollte. Schäfer habe ja so unsagbar viel durch seine Geschwätzigkeit verdorben, »ganz Tibet – ein einziger Lichtbildervortrag«. Er warnte mich noch speziell vor einem Herrn von Cory, »Pressefritze«, der sich sehr für unsere Arbeit zu interessieren schien, sogar teilnehmen wollte. Das sei aber, Gott sei Dank, ausdrücklich von höchster Stelle nicht abgesegnet worden.
Meinen leisen Einwand, daß ich kaum etwas ausplaudern könne, da ich selbst ja über unsere Mission noch nichts Genaues wüßte, parierte Meyer lachend: »Man weiß ja nie ...«
Er sah mich von der Seite an, ein schmaler Augenwinkelblick. Ich reagierte nicht. Wir liefen schweigend nebeneinander her.
»Ach übrigens«, sagte er nach einer Weile, »möglich, daß auch Professor Noell da ist – kennen Sie doch?«
Ja, ich erinnerte mich, natürlich – Noell, Sprachhistoriker, europäische Kapazität. Ich hatte mal eine Vorlesung bei ihm gehört, »Nordgermanische Runenschriften im Wandel der Zeiten«. Ziemlich konfus und auch nicht

mein Thema, aber stellenweise, vor allem wegen des photografischen Materials, ganz spannend.
Meyer bat mich auch in bezug auf Noell um Zurückhaltung: netter Kerl, ja, aber ... Er könne sich nicht mit den neuen Herren arrangieren. Schade eigentlich. Nur, man müsse eben aufpassen, in letzter Zeit gab es Riesenärger mit ihm. Nicht, daß er jetzt geächtet wäre, nein, das nicht. Er habe zwar seinen Lehrstuhl verloren, aber er dürfe nach wie vor arbeiten, auch publizieren, sofern dies weltanschaulich unbedenklich sei. Kurzum, man müsse ja nicht unbedingt mehr als nötig mit ihm sprechen und gesehen werden. Guten Tag, ein paar Worte, das sei man sich ja gewissermaßen schuldig unter Kollegen; mehr dann aber auch nicht.
Beim besten Willen, ich konnte mir nicht vorstellen, wie ausgerechnet ein Noell Krach mit den Mächtigen hatte bekommen können. Er war doch so »außer aller Zeit«, geradezu das Sinnbild des zeitlos vertrottelten Professors, ein bißchen verschroben, aber absolut harmlos. Meyer zuckte nur die Schultern, und bis auf ein »das kommt in den besten Familien vor«, war nichts von ihm zu erfahren.
Erst viel später, als wir uns besser kannten, an einem der langen Abende im eisigen Zelt, erzählte mir Meyer Noells Geschichte, genauer: Noells »Fall«.
Was erstaunlich und manch einem unbegreiflich war, und damit beginnt es: Noell hatte als einer der ersten »Altertümer« in einem enthusiastischen Zeitschriftenartikel den Nationalsozialismus begrüßt. Er zog kühne historische Parallelen – wer Noell jedoch kannte, wußte, daß das bei ihm nichts mit Konjunkturrittertum zu tun hatte, zu dem Zeitpunkt, als er das schrieb, war das

zweifelsohne seine Überzeugung. Eine beinahe kindliche Begeisterung …

»Oben« wurde dieser spontane, nicht vorbereitete Kotau freundlich quittiert, mehr nicht. (Noell war das egal, und er achtete wohl auch gar nicht darauf; er hatte das ja aus eigenem Antrieb geschrieben und nicht irgend jemandem zum Gefallen.)

Machte es die Führung vielleicht mißtrauisch, daß da jemand ganz ohne Rücksprache so weit vorgeprellt war? Und überhaupt, Ergebenheitsbekundungen kamen damals ja schließlich aus allen akademischen Lagern, das hatte nichts zu besagen. Erstaunlich war es dennoch. Nicht einmal, daß sich Noell so rückhaltlos, so voller Überzeugung für den Nationalsozialismus ausgesprochen hatte – wenn auch (dies einschränkend) in recht blumigen Wendungen –, schien die Herren zu überzeugen. Mißtrauten sie echter Begeisterung? Kaum. – Oder doch? Ahnten sie vielleicht schon, daß es ebenso schnell und spontan umschlagen konnte? Das geschah ja dann auch bald. In sein Verhängnis, wenn man die »Kaltstellung« so nennen darf, tappte er einer Lappalie wegen; ein anderer wäre wohl kaum darüber gestolpert.

Ein Vortrag des Reichsbauernführers enthielt in einem Nebensatz – man hätte leicht darüber hinweglesen können – den Hinweis auf den »Jahrtausende währenden« Lebenskampf normannischer Bauern im schwedischen Eketorp, auf der Insel Öland.

Noell schrieb einen mehrseitigen Brief an die Zeitschrift, in der die Rede abgedruckt worden war. Anhand verschiedener Untersuchungen wies er nach, daß in diesem Fall unmöglich von Jahrtausenden geredet werden könne. Sechzehnhundert Jahre, höchstens! Alles andere wäre

Mutmaßung und hätte dann als solche gekennzeichnet werden müssen.
Es war offenbar: Er hatte die Zeichen der Zeit nicht erkannt, hatte nicht erkennen können oder wollen, daß es hier gar nicht auf ein paar hundert Jahre mehr oder weniger ankam, sondern allein auf die »wesenhafte Verwurzelung« nordgermanischer Bauernstämme in Südschweden. Gutmütig gedachte man über diese kleine akademische Quertreiberei – doch wohl eher eine Marotte? – hinwegzugehen und die Sache nach einer kurzen freundlichen Erwiderung auf sich beruhen zu lassen.
Allein, Noell ließ nicht locker. Hier, in diesem Punkt, sah er plötzlich den Ruf der deutschen Wissenschaft gefährdet. Er wußte doch, dachte er, was er wußte, man könne doch nicht einfach ... Er wußte nicht, daß das kein Spiel mehr war, auf was er sich hier einließ, daß es eine akademische Spielwiese im alten Sinne nicht mehr gab. Man bat ihn höflich, jetzt schon sehr viel bestimmter, sich nicht in propagandistische Fragen jenseits seiner Fachkompetenz einzumischen.
Noell jedoch ließ nicht locker. Redselig und, wie er nun einmal war: bisweilen furchtbar unbedacht, erzählte er überall von seinem Disput mit der Partei. So zog die Sache immer weitere Kreise. Auch in der Redaktion bekamen sie jetzt allmählich kalte Füße und leiteten den Vorgang weiter. Täglich erwartete Noell mit der Post den richtigstellenden Bescheid oder eben die fachwissenschaftliche Erwiderung. Weder das eine noch das andere kam. Noell schickte seine Eingaben höher und höher ... Desto tiefer ist er schließlich auch gefallen, und der Kreis zog sich am Ende atemraubend eng um ihn zusammen. Ein Telefonanruf Himmlers beendete schließlich den,

wie der Reichsführer das nannte, »gelehrten Unfug«. Auch der Reichsbauernführer, immerhin doch ein alter Freund des Reichsführers aus gemeinsamer Artamanenzeit, soll, wie man gehört hat, in dieser Angelegenheit scharf von Himmler angegangen worden sein. Schließlich habe die deutsche Wissenschaft doch die verhängnisvolle Systemzeit und all ihre scholastischen Dispute epochenweit hinter sich gelassen. Man habe doch nicht deshalb die deutschen Hochschulen gesäubert, damit nun all das wieder von vorn anfange. Das müsse sofort, unverzüglich abgestellt werden.
Nach diesem klärenden Gewitter und der Neubesetzung des Noellschen Lehrstuhls wurde es ruhig in der Sache. Noell galt zwar seither als unsicherer Kantonist, er hatte seinen Ruf weg als »Meckerer und Kritikaster«, da er aber ungefährlich zu sein schien und offenbar keinerlei politische Verbindungen hatte, wurde er geduldet.
Ergebnislos verlief offenbar auch die Postüberwachung. Man muß sich vorstellen: Die Kameraden von der Abteilung »Stille Post«, in den fensterlosen Verliesen der Wilhelmstraße ratlos über Noells Briefe gebeugt, die er mit Runenspezialisten aus aller Welt wechselte, und wie sie verzweifelt versuchten, solche geheimnisvollen Sätze zu dechiffrieren wie »Gunnar aber freite Sigrun, und Afrid war dabei«, »Ingvar war hier« – Meyer und ich, als wir uns das vorstellten, mußten wiehern vor Lachen!
Doch all das, wie gesagt, hatte mir Meyer erst viel später erzählt.
Der Empfang selbst, in einem dieser einschüchternden Prunkbauten, begann mit einem Vortrag. Vom fahnengeschmückten Rednerpult herunter feierliche Worte an das zahlreich versammelte Publikum über Wesen und Wer-

den der deutschen Völkerkunde im Ensemble der Wissenschaften. So in etwa. Der Referent, ein hochgestellter Parteigenosse, verglich die Wissenschaften mit Musikinstrumenten – die Völkerkunde aber mit der ersten Geige. Ich saß ziemlich weit hinten und merkte nur immer auf, wenn geklatscht wurde.

Dann standen wir draußen, in der hohen marmornen Kuppelhalle, noch in lockeren Gruppen zusammen – zwanglose Gespräche über den eben gehörten Vortrag, aber auch über die allgemeine Großwetterlage.

Meyer wollte mich bei der Gelegenheit mit Runologen-Krause (Göttingen) bekannt machen – eine internationale Koryphäe –, doch hatte der es sehr eilig, blieb nirgends lange stehen, immer in Bewegung, als wolle er alle abschütteln. Meyer, leise zu mir: »Was meinen Sie, welche Sogwirkung das hatte, als damals Wölfchen Krause zu uns vorstieß. Krause beim Ahnenerbe! Nun, sicher nicht ganz freiwillig – aber dann schließlich doch. In den ersten Jahren hat er uns ja immer ungemein geschnitten, immer ein bißchen ›von oben herab‹. Im Zeichen seiner Einberufung war es ihm dann plötzlich sehr eilig, an die geistige Front, an die Heimatfront, versetzt zu werden. Jedenfalls, das hatte Wirkung. ›Wenn nun auch Krause da ist, dann muß wohl was dran sein ...‹, so nach diesem Motto. Danach kamen dann sehr, sehr viele ...« Er ließ eine kurze Pause und setzte lächelnd hinzu: »Wenn ein Großer schwach wird – ist es eine große Schwäche ...«

Meyer hatte mich dann noch zu einem der Gesprächskreise hinzugezogen, Industrielle, wie ich bald feststellte. Er verhandelte über irgendwelche Rabatteinkäufe mit ihnen; den Sinn der Sache verstand ich damals nicht ganz, eigentlich gar nicht.

Welches Interesse konnte das Ahnenerbe an Engrosbestellungen von Büchsenfleisch, Spiritustabletten, Kodakfilmen haben?
Vor allem aber war ich durch einen kleinen Herren abgelenkt, der sich mit dazu gestellt hatte. Sakko, Fliege, Parteiabzeichen – letzteres wirkte irgendwie deplaziert. Er sah aus wie jemand aus der alten Zeit, der etwas vom alten Stil mit in die neue Zeit hinübergerettet hatte. Sein kleiner Kopf schien ein mit dünner Haut bespannter Totenschädel zu sein. Die wassergrauen Augen darinnen aber funkelten lebhaft und gingen rasch hin und her. Was besonders auffällig war: Dieser Mensch nickte permanent zu allem, was Meyer sagte. Der aber beachtete ihn nicht weiter, sah geradezu auffällig über ihn hinweg.
Während wir so standen und sprachen, war plötzlich jemand von hinten an Meyer herangetreten und hatte ihm etwas ins Ohr geflüstert. Augenblicklich entschuldigte sich Meyer; einer der Parteioberen wollte ihn sprechen. Die Gesprächsrunde löste sich nach und nach auf, auch ich wollte gerade nach Meyer Ausschau halten, da stand der kleine Herr neben mir. »Gestatten, Hanns von Cory, ›Völkischer Beobachter‹«. Er deutete mit dem Kopf – und nur mit diesem – eine Verbeugung an, seine Augen fixierten mich dabei unablässig scharf.
Das also war von Cory! Doch ehe ich mir eine Abwehrstrategie zurechtlegen konnte, hatte von Cory schon die Initiative ergriffen. Er fände es goldrichtig, daß sich das Ahnenerbe neuerdings etwas bedeckter halte – und auch mir, dem neuen Mitarbeiter (wie er doch wohl annehmen dürfe?), könne er da nur dringend zuraten, jawohl, man könne gar nicht vorsichtig genug sein. Er wisse, wovon er rede.

Seine grauen Augen blitzten mich an.
Herr von Cory verwickelte mich dann in ein ausführliches »Gespräch«. Ich mußte kaum etwas sagen, von Cory hatte eine so raffinierte Fragetechnik, daß ich nur jeweils nicken, den Kopf schütteln oder eine unbestimmte Geste machen mußte.
Ein unheimlicher Mensch!
Keine Frage, mir war diese ganze Berufssparte von jeher suspekt. Ich hielt Journalisten schon immer für Trittbrettfahrer, Aasfliegen. Aber von Cory beherrschte sein Handwerk geradezu meisterhaft. Er jonglierte derart geschickt mit Namen und Begriffen, daß ich mich bald fragte, weshalb er sich überhaupt noch mit mir abgab. Er schien doch ohnehin schon mehr als ich zu wissen. Sicher hatte er auch schon einen halbfertigen Artikel im Kopf. Ich steuerte dann doch, um überhaupt etwas zu sagen, ein paar Sätze bei, unverbindlich natürlich. (Meyers Warnung hatte ich noch deutlich im Ohr.) Herrn von Cory schien das aber nicht im geringsten zu stören. Er formulierte das, was ich gesagt hatte, nur einfach um und fragte dann, ob man das auch so und so ausdrücken könne? Ich nickte zögernd, er nickte schnell, irgendwie auffordernd. Nein, das wurde mir immer klarer, er meinte nicht die Sache selbst, sondern nur deren verwertbare Oberfläche. Vielleicht war es das, was mich am meisten an diesem Berufsstand störte: diese Neugier – Neugier ohne wirkliches Interesse.
Ein gleichmacherisches Hineinfressen von Informationen, die, halbverdaut, sofort wieder ausgespuckt werden müssen. Zwanghaft. Dabei ist es egal, worum es sich handelt. Für den Journalisten zählt nur eines – die Sensation. Und nur diese sucht er herauszufinden. Daher

wohl auch das Gefühl unsäglicher Leere bei der Lektüre der Zeitungen. Nichts ist auf Dauer langweiliger als diese »interessanten« Beiträge aus Politik und Gesellschaft, Wissenschaft, Kunst.

War sehr froh, daß Meyer versichert hatte, wegen der außerordentlichen Geheimhaltungsstufe unserer Mission sei an die Mitnahme eines Journalisten – auch eines Parteijournalisten – nicht zu denken. Es gibt keinen größeren Abstand auf Erden als den zwischen einem denkenden Menschen und einem Zeitungsschreiber.

Das wurde mir besonders deutlich, als wenig später ein junger Mann, offenbar ein Kollege von Corys, diesen nach irgendeinem neuerschienenen Buch befragte. Ja, natürlich, von Cory wußte sofort Bescheid, er hatte es zwar nicht gelesen (warum auch?), er kannte aber alle einschlägigen Besprechungen und Meinungen dazu – und schien zu glauben, nun würde er auch das Buch kennen und sogar noch ein bißchen mehr. In seiner unter all dem Gewirr doch recht einfachen Weltsicht glaubte er, es genüge schon, überall nur die Nase vorn zu haben, als erster Bescheid zu wissen. Gründliche Beschäftigung jedenfalls schien ihm verdächtig zu sein: Das roch ja nach Stubengelehrsamkeit. Natürlich, auch die mußte es geben, aber sie schien für von Cory nur dann eine Berechtigung zu haben, wenn man den entsprechenden »Namen« hatte, das heißt aus der Zeitung bekannt war, zur Not auch in Fachkreisen. Damit konnte man schon wieder etwas anfangen. Das fiel dann unter die Rubrik: Fachidiot, nicht gesellschaftsfähig, aber doch genial (oder so ähnlich). Daß man aber auch ganz unspektakulär etwas denken kann – das gehört wohl zu den größten Unbegreiflichkeiten für einen Journalisten. Mir fiel ein UFA-Film ein, den ich im Filmpalast gesehen hatte. Ein Gelehrter wurde dargestellt, er rannte in seinem Kabinett auf und ab. In den Regalen lagen und standen staubige Folianten, Phiolen, Totenschädel. Plötzlich hielt er im Laufen inne, warf sich über sein Pult, raufte sich die wirren Haare – so in etwa stellt sich Klein-Fritzchen das Denken vor.

Ich war sehr erleichtert, daß von Cory in Berlin bleiben würde und ich, mit oberster Billigung, nichts mit ihm zu tun haben mußte. Und was mich am meisten freute: Das größte Geheimnis hatte von Cory nicht aus mir herauslocken können – daß ich nämlich selbst das Geheimnis noch nicht kannte!

Als ich schließlich gehen wollte, tauchte auch Noell noch auf. Äußerlich hatte er sich kaum verändert. Ich hielt mich, Meyers Weisung folgend, bedeckt. So wurde ich ungestört Zeuge mehrerer, zum Teil sehr peinlicher Situationen.

Noell, natürlich die Koryphäe, begrüßte gönnerhaft die anwesenden jungen Kollegen. Doch die, anstatt geschmeichelt zu verharren, entzogen sich ihm unauffällig. Sie wußten: Hier war nichts mehr zu holen, im Gegenteil ... Entweder merkte er es nicht, oder er ließ es sich nicht anmerken. Er versuchte, mit einzelnen ins Gespräch zu kommen. Dies nicht etwa bittend oder devot, nein, ganz wie früher, von oben herab (»Ihr Skythenbeitrag, Herr Kollege, nicht schlecht, nicht schlecht ...«). Auf sein einschränkendes, früher gefürchtetes »obwohl« wartete aber niemand mehr. Er war abgeschossen worden – und jüngere Kollegen, die früher an seinen Lippen gehangen hatten, lächelten jetzt nur still, wenn er mit ihnen sprach. Dann fanden sie andere Gesprächspartner, entschuldigten sich höflich und verschwanden. So blieb

er mit seinen angefangenen Sätzen stehen, allein. Irgendwie – eine traurige Gestalt. Er paßte einfach nicht mehr in die Zeit. Krawattennadel, der Siegelring an seiner fleischigen Hand, das große, gutmütige Gesicht. Sein Haar, das er dicht überm Ohr gescheitelt trug, war in ein paar langen weißen Strähnen quer über die faltige, braunfleckige Kopfhaut gelegt. Einmal, ob es ein Luftzug war oder eine jähe Kopfwendung, stand eine lange Strähne einsam hochauf. Es sah komisch aus, wie bei einem Indianer.
Zu beneiden war er nicht.
Aber imponierend war es doch, wie er so gegen den Strom der Zeit stand. Natürlich, Noell war Noell. Hätte ich mich abseits gestellt – kein Hahn hätte nach mir gekräht. (Bestenfalls!)
Außerdem, ich hatte gar keinen Grund, mich abseits zu stellen. Im Gegenteil. Mehr als aller ideologische Krempel hatte mich doch an der Bewegung interessiert: dazuzugehören, nicht mehr abseits zu stehen, Teil eines Ganzen zu sein.
An diesem Abend war ich übrigens noch bei Meyer, der mir einige Zeitungsausschnitte geben wollte. Während ich den Stapel flüchtig durchsah, fiel Meyer ein, daß er mir ja bei dieser Gelegenheit auch gleich noch ›unsern wichtigsten Mann‹ vorstellen könnte. Der Professor stand auf, ging zur Tür, öffnete – ich erhob mich: Ein graubrauner Collie sprang auf mich zu, stieß seine Schnauze in meinen Unterleib und schnupperte aufdringlich zwischen meinen Beinen herum.
»Pfui!« rief der Professor.
Obwohl ich das »Pfui« wohl nicht persönlich nehmen mußte, war ich doch etwas pikiert; ich errötete, ich kam mir erkannt vor. Meyer zog den Hund am Halsband

zurück. Der Hund wedelte zwar noch wütend mit dem Schwanz, machte dann aber Sitz und knurrte nur noch zu mir herüber.
»Bist ein guter Hund«, sagte der Professor und walkte das struppige Halsfell des Tieres. »Er heißt übrigens Collie. Ich habe ihm einen Rassennamen gegeben – und wissen Sie, warum? Weil er nicht einfach irgendein Hund ist, sondern wirklich ein Rassehund.«
Das war meine erste Bekanntschaft mit Collie.
Und an diesem Abend, nur im Beisein des Hundes, also gewissermaßen unter vier Augen, weihte mich Meyer zum ersten Mal in den Plan ein: mehrjährige Forschungsexpedition in den Himalaja und nach Tibet. – Ob ich mir das überhaupt zutrauen würde?
Und ob! Ich mußte nicht lange überlegen, kannte ich doch noch von früher Sven Hedins schöne Transhimalaja-Bücher.
Schlug man sie auf, entströmte ihnen verführerisch ein Duft von Leim und Abenteuer. Die beiden hellbraunen Bände waren damals, in der Schulzeit, bei uns von Hand zu Hand gegangen, und auf dem Schulatlas hatten wir Hedins Route mit Bleistift nachgezeichnet.
Sofort war ich Feuer und Flamme. Das sinnlose Herumsitzen in Berlin würde endlich vorbei sein. Und das in nicht allzuferner Zukunft! Als Abreisetermin hatte mir Meyer März oder April des kommenden Jahres, also 41, genannt.
Mir war zwar das, was Meyer hinsichtlich unseres Auftrages und des UA angedeutet hatte, zunächst einigermaßen fantastisch vorgekommen – und beinahe hätte ich laut losgelacht –, aber je länger ich darüber nachdachte, desto weniger störte mich das nebulöse Ziel. Irgendwie

paßte das ja auch zur Abenteuerlichkeit dieser Reise, bei der es bis ans andere Ende der Welt gehen sollte. (Bisher, nach einzelnen Andeutungen, hatte ich ja angenommen, es werde sich vielleicht um einen Einsatz in Norwegen handeln.) Was aber das Wichtigste war, die Ankündigung, daß es nach Tibet gehen würde, erlöste mich endlich aus dieser unbestimmten Warterei. Ich hatte endlich wieder ein Ziel vor Augen, mochte es auch noch so weit sein und der Weg dorthin abenteuerlich, ja gefährlich. Ich witterte die Gefahr als Chance, meinem Leben wieder einen Sinn zu geben – denn der war mir durch die sinnlose Warterei allmählich abhanden gekommen. Ich stellte mir die Zukunft vor, und schon sah ich Berlin und Deutschland – als würde ich sie verkehrt herum durch ein Fernrohr betrachten – immer kleiner werden.

Siebenunddreißigstes Kapitel

Warum Hildegard damals noch einmal nach Berlin gekommen war? Ich weiß nicht. Ein Zufall? Ein letzter Rettungsversuch? Oder hatte sie Wind von meinen Amouren bekommen? (Nein, das sicher nicht. Dann wäre ja alles ganz anders gelaufen …)

Eines aber wußte sie, das hatte ich ihr noch zum Abschied in Dresden gesagt: daß ich demnächst Deutschland, überhaupt das Abendland, verlassen würde. Die Unbestimmtheit dieser Ankündigung hatte sie vielleicht erschreckt. Möglicherweise brachte sie das auch mit unserem Verhältnis in Verbindung.

Eines Tages jedenfalls stand sie vor der Tür. Sie habe, wie sie sagte, gerade ihre Tante in Charlottenburg besucht, und da habe sie gedacht … Ich bat sie herein. Wir taten ganz unbefangen, so als hätten wir uns gerade gestern das letzte Mal gesehen. Ich wohnte damals schon in der kleinen möblierten Wohnung, die ich auf Vermittlung Meyers bezogen hatte. Im »Anker«, so Meyer, sei ein ungestörtes, abgeschirmtes Arbeiten auf Dauer wohl schlecht möglich. Und mit unserer Abreise würde es ja auch noch ein Weilchen dauern.

Ich ließ Hildegard vorangehen. Obwohl ich sie nur von hinten sah, bemerkte ich ihre unauffällig spähenden Seitenblicke. Im Wohnzimmer umarmten wir uns flüchtig. Dann setzte sie sich an den runden Tisch. Wir redeten, erst Belangloses, später dann doch wieder über unser Verhältnis. Immer wieder strich Hildegard das Tischtuch gerade. Da sie ansonsten aber ganz unbewegt dasaß, wirkten ihre Hände wie losgelöst von ihr. Am Ende kam es, wozu es zwangsläufig kommen mußte, zu Tränen. Schließlich wieder das ganze heulende Elend, mit dem es in Dresden aufgehört hatte. Da war es schon fast wieder die alte, vertraute Atmosphäre.

In Hildegards Hand ein rosig feuchtes Taschentuch, mit dem sie immer wieder heftig ihre Nase bearbeitete, bis diese ebenfalls ganz rosig und feucht geworden war.

Es klingelte an der Tür. Ich schreckte hoch. Das war nun doch ungewöhnlich. Sonst war ich in dieser Wohnung tage-, ja wochenlang ungestört gewesen. Mein Erstauntsein sah Hildegard offensichtlich als ein Eingeständnis für wer weiß was an. Abrupt war sie aufgestanden und wollte gehen.

So könnten wir doch jetzt unmöglich auseinandergehen, beschwor ich sie. Vor allem aber stellte ich mir vor, wie peinlich es wäre, wenn sie jetzt – egal, an wem vorbei – so aus der Wohnung ginge. Ich bat sie, wenigstens noch einen Augenblick zu warten, einen Augenblick wenigstens. Ich wolle nur schnell nachsehen, wer es sei, sie könne sich ja für den Moment, wenn sie wolle, ins Nebenzimmer setzen, dort sei sie ungestört. Ich schob ihr die breite Glastür auf und ging zur Wohnungstür.

Es war Rapp. Unmöglich, ihn irgendwie abzuweisen. Ganz zufällig sei er in der Nähe gewesen, und er müsse mich nur mal kurz in einer Sache sprechen. Und ohnehin wollte er sich ja meine neue Klause schon immer mal ansehen.

Ich bat ihn herein, sogar ziemlich freundlich, das fiel mir nicht schwer, im Grunde war ich natürlich erleichtert, daß es Rapp war, wenn es mir auch ein bißchen wie auf der Provinztheaterbühne vorkam: Nebenan, hinter der Glastür, gerade von der Bühne abgegangen, Hilde-

gard – vor mir, wo eben noch Hildegard gesessen hatte, Rapp.
Rapp kam schnell zur Sache. Ihm sei da etwas zu Ohren gekommen. Er wolle sich nur vergewissern, daß da nichts dran sei ... mich gegebenenfalls aber warnen, ganz kameradschaftlich sozusagen. Vorgestern, so habe er gehört, wäre ich gesehen worden, im »Anker«, und zwar ...
Ich starrte auf Rapps Lippen, die sich bewegten. Einen Koffer mit Büchern hatte ich im »Anker« abgeholt und war dort unversehens in eine kleine Gesellschaft geraten, italienische Tänzerinnen, es war spät geworden und ... (und nebenan Hildegard! von dorther schwieg es unheimlich).
... nun sei das ja, mal jetzt unter Männern, alles ganz selbstverständlich, heißes südliches Blut, Temperament, alles klar ...
Natürlich, sie beobachteten mich!
... er wolle mich eben nur darauf hinweisen, daß »Verkehr« (er zog das Wort vielsagend in die Länge und versuchte, mir vertraulich zuzublinzeln, was aber mißlang), kurz gesagt, daß Verkehr mit Ausländern, beziehungsweise mit Ausländerinnen natürlich, für unsere »Fakultät« verboten sei, und wenn schon mal so was passiert, dann sei es zumindest meldepflichtig, wenigstens das.
Er beugte sich vor: Mal ganz unter uns, war da was?
Ich sagte nichts und legte nur die Stirn in Falten, als würde ich überlegen. Auf keinen Fall wollte ich ein Geheimnis mit Rapp haben. Ich wiegte leicht den Kopf.
Er jedenfalls, sagte Rapp, fände, es wäre, auf gut deutsch gesagt, eine »riesige Sauerei«, in diesem Fall nichts ge-

sagt zu haben, unter Kameraden sei man sich das ja doch schuldig.
Mit einem Ruck wurde die Glastür aufgeschoben – Hildegard. Das mußte ja kommen. Provinztheater, dachte ich nur; das wird jetzt hier Provinztheater. Auftritt der Verflossenen …
Rapp sprang auf, er salutierte beinahe.
»Oh, ich wußte nicht … wirklich nicht, daß ich störe«, konnte er gerade hervorbringen.
»Nein, keinesfalls«, sagte Hildegard. Sie habe nur etwas Kopfschmerzen von der Bahnfahrt …
Rapp nickte, er lächelte.
Wir beide, fügte sie hinzu, seien doch gestern abend erst aus Dresden zurückgekommen, wo wir übers Wochenende gewesen seien, sie habe wahrscheinlich irgendwo Zugluft bekommen.
Etwas leiser, an mich gewandt: Ob ich deswegen nun Schwierigkeiten hätte, weil ich nicht hiergewesen sei?
Und nun wieder lauter, zu Rapp: Sie sei schuld, sie habe mich dazu überredet – ob das jetzt sehr schlimm sei?
Ach was, sagte Rapp, dessen Lächeln, ohne daß es aufhörte, sich nun irgendwie von seinem Gesicht zu lösen begann.
Na, dann wolle er aber auf keinen Fall noch länger stören – und da er seit Hildegards Eintreten ohnehin schon stand, machte er nach kurzer Verbeugung auf dem Absatz kehrt. Ich brachte ihn zur Tür.
Ich verstand die Welt nicht mehr – und Hildegard verstand ich schon gar nicht. So schwenkte ich vorsichtshalber erst mal zur Küche ab und setzte Kaffeewasser auf. Zeit zum Überlegen. Aber ich kam zu keinem Schluß.
Wir saßen dann noch ein bißchen zusammen, Hildegard

und ich, unterhielten uns über dies und das. Rapps Besuch erwähnte sie mit keinem Wort mehr.
Einmal legte ich meine Hand auf ihre, aber sie zog ihre Hand, die kalt war, zurück.
Ich wollte großherzig sein und erkundigte mich nach Erwin. Sie schüttelte nur leicht den Kopf. Doch so gut kannte ich sie immerhin, daß ich merkte: irgend etwas war.
Schließlich erzählte sie es mir. Erwin hatte Schwierigkeiten. Er war beim Photographieren erwischt worden …
Donnerwetter, ein Spion, dachte ich unwillkürlich. Und obwohl er jetzt sicher nicht in beneidenswerter Lage war – schließlich hatte sich ja, so Hildegard, die Geheime Staatspolizei der Sache angenommen –, regte sich doch so etwas wie Neid in mir. Immer wieder schaffen es diese Erwins der Welt, sich in Szene zu setzen. Und wenn sie dann doch auf der Verliererstraße sind, heimsen sie immerhin noch Mitleid ein. Erwin – eine männliche Mata Hari!
Für wen er denn spioniert hätte, wollte ich wissen.
Hildegard sah mich verständnislos an. Dann, als ich nachhakte, daß er die Photos ja doch wohl sicher nicht für sein Familienalbum gemacht habe, mußte sie traurig lachen: »Sag mal, kommst du vom Mond? Kennst du den Ausdruck ›Photographieren‹ nicht?«
Nein, kannte ich nicht.
»Na, stell dir mal vor, nur mal vorgestellt, du willst Radio London hören. Wenn du das nun hörst … das muß ja nicht jeder hören, nicht wahr. Also rückst du ganz nah heran an den Empfänger und ziehst dir eine Decke über den Kopf. Siehst du, und das ist dann ›Photographieren‹, so einfach.« Sie lächelte immer noch traurig.

Was ich Hildegard übrigens menschlich hoch anrechnete, daß sie mich damals nicht bat, mich für Erwin einzusetzen. Sie hätte ja denken können, es sei ein leichtes für mich. Sie fragte mich damals nicht, und ich mußte ihr nicht antworten.

Achtunddreißigstes Kapitel

Mal Hand aufs Herz ... Dummejungenstreiche – haben wir doch alle mal gemacht, oder?

So oder so ähnlich Meyers Kommentar, als wir einmal auf den Kommunismus und die Kommunisten zu sprechen kamen.

Ich nickte – und schwieg. Was ich nicht sagte: daß ich in meiner Universitätszeit einmal mit einem Kommilitonen, der Kommunist war und übrigens gar keinen Hehl daraus machte, für ein paar Monate meine Studentenbude geteilt hatte. Hans, der Kommunist.

Wir hatten uns bei einer Wanderung kennengelernt (Motto: »Der Wandervogel fliegt in den Harz«), und da Hans, wie ich, ein bißchen abseits ging, kamen wir irgendwann ins Gespräch, ganz zwanglos. Hans erzählte, daß er ein Zimmer suche. Und da bei mir das Geld immer kaum ausreichte, bot ich ihm schließlich an, wenn er nichts anderes fände, bei mir mit einzuziehen; wir könnten uns Zimmer und Miete teilen. Ein paar Wochen hörte ich nichts von ihm, doch dann kam er auf mein Angebot zurück und zog für zwei Semester bei mir ein.

Natürlich, bald bekam ich mit, zu welcher »Fraktion« Hans gehörte. Aber das belustigte mich eher. Ich hatte mich daran gewöhnt, das alles nicht mehr so wichtig zu nehmen. Dauernd wechselnde Regierungen – wer sah da noch durch! Kurz gesagt, ich hielt das alles für zu lächerlich, um es überhaupt ernst nehmen zu können. Nein, dieser Affenzirkus war nichts für mich, ich hielt mich da heraus. Was sollten mir diese ewig verworrenen politischen Reden – unbestimmt, ungenau. Ich hatte es mir angewöhnt, das Leben als eine logische Aufgabe anzusehen. Irgendwo mußte es für jedes Problem eine Lösung geben – und wenn ich sie nicht fand, so hatte ich wahrscheinlich nur noch nicht konsequent genug gesucht. Nie hatte ich Leute verstanden, die die Probleme so übereinanderhäuften, daß man kaum noch durchsah (eine von Hildegards Spezialitäten!). Vereinfachen, zergliedern – darauf kam es doch an, das war es doch. Und nicht dieser Wust, dieses unausgegorene Gerede von »Freiheit«, »Demokratie« …

Hans belächelte meine trotzigen Attacken gegen das parlamentarische System zwar, aber er tat es auf freundliche Weise. Im Grunde gab Hans mir ja recht, mehr noch – hinter seinem Lächeln, das spürte ich, nahm Hans sehr ernst, was ich sagte, wenn ich auch, so Hans, die richtigen Worte noch nicht fände. Mir war das egal. Hans aber bohrte vorsichtig weiter: »Du bist gegen die Politik. Gut. Aber damit hast du erst den ersten Schritt getan. Du mußt weitergehen …« Zunächst beließ er es bei solchen Andeutungen oder Sophismen, wie etwa: »Du kümmerst dich nicht um die Politik – aber die Politik kümmert sich um dich!« Damit konnte ich wenig anfangen.

Besser war es da schon, wenn Hans spätabends (ich lag, die Arme unterm Kopf verschränkt, auf dem Bett), im Zimmer hin und her gehend, einen seiner Stegreifvorträge hielt; die Worte leicht gepreßt hervorstoßend, dabei wurde er nie laut, es war immer der gleiche Ton. Vor allem bewunderte ich die Respektlosigkeit, mit der Hans alle ehernen Werte und Größen der Gesellschaft abkanzelte. Das war imponierend! Es hatte den Reiz des Verbotenen. Und mich erstaunte nur – es störte mich noch nicht –, daß Hans seine eigenen Götzen so auffällig von dieser Kritik ausnahm. Ich hielt das zwar für inkonsequent; da Hans aber in all diesen Dingen so viel mehr als ich wußte, traute ich mich mit diesen Vorbehalten nicht heraus. Überhaupt, Hans war in allem so viel weiter, hatte so feste und bestimmte Urteile, daß er, obwohl wir gleichaltrig waren, zwangsläufig der Lehrer war und ich (wie jeder andere, dem er sich eröffnete, wohl auch) der Schüler.

Und es machte ja auch Eindruck, wie er immer hinter die Kulissen der Erscheinungen sah. Wenn wir irgendwo spazierengingen, spähte ich manchmal verstohlen zu ihm hinüber, und ich hätte zu gern gewußt, wie das, was wir beide sahen, in seinem Kopf verarbeitet wurde.

Marxismus, Dadaismus, Relativismus – all das schwirrte in dem verrauchten Café, in das ich Hans ein paarmal begleitete, nur so durcheinander. Wenn ich ratsuchend zu Hans hinübersah, lächelte der nur leise und überlegen, als sähe er hinter dem ganzen Durcheinander die große Linie.

Das Verführerische am Marxismus war, daß er fortwährend entlarvte, den schönen Schein herunterriß. Wer sich dem entzog, mußte ja so maßlos einfältig sein, den Schein für das Sein zu nehmen. Wie naiv! »Freiheit«, »Parlament«, »Volk« – Aber was sich »in Wirklichkeit« dahinter verbarg, wer »in Wirklichkeit« die Drahtzieher waren, das wußten allein Hans und die Seinen. Für uns aber, die Nichteingeweihten, die Uneinsichtigen, blieb das Wirkliche unsichtbar.

Auf Dauer machte ihn dieser Appell an ein nichtsichtbares Sein dogmatisch, weltfremd. So hatte Hans, trotz aller beschwörenden Formeln vom »Primat des materiellen Seins«, etwas von einem Ideeneiferer an sich. Ich verstand damals, weshalb die Hitlerleute vor allem mit den Kommunisten kurzen Prozess machen mußten. Von allen Gegnern waren das die fanatischsten, ideenbesessensten.

Und ihr Hang zum Vereinfachen machte sie diktatorisch. Zwar, es war ja nicht abzustreiten, daß es nicht auch anziehend gewesen wäre, nach all dem Gewirr plötzlich einfache Erklärungen zur Hand zu haben, und im Grunde lag das ja auf meiner Linie. Aber daß man sie immer gleich und sofort haben mußte, als wäre es ihnen eingegeben! Ja, Hans wußte oft die Antwort, noch ehe ich überhaupt die Frage gestellt hatte. Er war zu ungeduldig, sich die Frage ganz anzuhören, und unterbrach mich: »Das ist eine falsche Frage. Du hast die Frage falsch gestellt – darum geht es gar nicht«, hieß es da. In Diskussionen kamen wir daher schnell an eine bestimmte Grenze: Bei Hans gab es immer noch etwas … jenseits. Er hatte etwas, was sonst nur Strenggläubige anderer Religionen haben, etwas Unangreifbares. Dagegen kam man nicht an. Man konnte sich das Hemd vom Leibe reißen oder, wütend, ihm ins Gesicht schreien – er würde einen nur kühl anlächeln.

Ohnehin hätten all die theoretischen Diskussionen, so lenkte er dann ein, wenn er sah, daß sein Gegenüber zornig vor Hilflosigkeit wurde, verdammt wenig mit dem Eigentlichen zu tun, verdammt wenig! Das Debattieren sei doch nur die Widerspiegelung, der Reflex der tieferen sozialökonomischen Konflikte und Widersprüche.

Nein, diskutieren konnte man mit ihm nicht. War man nicht seiner Meinung, so war man, ob es einem nun selbst bewußt war oder nicht, ein Gegner. Und als solcher, auch wenn man sonst miteinander gut auskam und, wie wir etwa, oft bis spät nach Mitternacht Schach spielte, zu bekämpfen.

Nach dem Studium verloren wir uns aus den Augen. Ich habe das übrigens bedauert, weil ich glaubte, daß wir noch nicht fertig miteinander waren. Ich merkte es daran, daß ich mich später manchmal bei einer »Hans-Sicht« auf die Dinge ertappte, mich insgeheim fragte: Was würde jetzt Hans dazu sagen? – um nun meinerseits stumme Gegenargumente zu finden.

Außerdem hatte ich bis zuletzt einen kleinen Stapel Broschüren von ihm, die ich unbedingt hatte lesen sollen, über deren Anfangsseiten ich aber nie herausgekommen war. Einmal hörte ich noch, er wäre Redakteur einer linken Zeitung geworden, dann wieder, er sei nach Moskau gegangen und von dort nach Spanien.

Was von meiner Bekanntschaft mit Hans nachwirkte, war wohl eher eine bestimmte Art zu provozieren, nicht eigentlich ein Gedanke, schon gar nicht die Weltanschauung. So fragte ich zum Beispiel Meyer einmal (als wir uns schon besser kannten), was denn wäre, wenn die Marxisten nun trotz allem recht hätten? Meyer sah mich einen Moment lang erstaunt an. »Und – würde das denn etwas ändern?« fragte er zurück.

Unmittelbar vor unserer Abreise, es muß Mitte März gewesen sein, fielen mir Hans' Broschüren noch einmal in die Hand. Ich war beim Ausräumen, Leerräumen. Die heißesten Exemplare hatte ich schon vorher beiseite geschafft. Übriggeblieben waren nur noch ein paar eher unverfängliche Sachen. Goethes »Egmont« etwa, als »Reclam«-Heft. Aber mit persönlicher Widmung und Unterschrift versehen: »Leben und leben lassen – Dein Hans.«

Unschlüssig, wohin damit, schob ich es beiseite. Zunächst mußte ich ja sowieso erst noch zum Haarschneider. Natürlich, wie immer, wenn ich mich zwischen zwei Sachen nicht entscheiden konnte, fiel mir im richtigen Moment noch eine dritte ein.

Der Salon war gleich um die Ecke. Im Schliffglas der Tür war schräg – von links unten nach rechts oben – in geschwungenen Lettern »Friseur« eingraviert. Ich nahm mir eine Zeitung und setzte mich auf den Stuhl. Warme, parfümierte Luft, es roch wie im Freudenhaus. Nicht lange, und ich war an der Reihe. Der Meister selbst bediente mich. Er wollte mich in ein Gespräch verwickeln, aber ich war nicht bei der Sache – meine Gedanken waren schon weit weg.

Offenbar war der Friseur aber der festen Überzeugung, daß Haareschneiden ohne Reden halbe Sache sei. Da genügte es schon, daß ich meine Anweisungen hinsichtlich der Frisur nur etwas teilnahmslos und gedankenabwesend gegeben hatte und mit der nachgeschickten Bemerkung versehen: Es nütze ja ohnehin nicht viel, die erste Schönheit sei sowieso schon dahin … (letzteres durchaus und unüberhörbar ironisch!) – da setzte der Meister schon munter schnippelnd zu einem langen Exkurs über die inneren Werte des Menschen an, Haare seien auch nicht alles. Gerade er, obwohl das vielleicht niemand denke, sei nach langen Jahren zu dieser Anschauung gekommen, das sei eigentlich die Erfahrung seines Lebens, daß vielmehr das wirkliche Wesen des Menschen … (und so weiter). – Das hatte mir gerade noch gefehlt! Wenigstens auf einen zaghaften Widerspruch hatte ich ja doch gehofft. So aber machte jedes trostspendende Wort alles nur noch schlimmer, trostloser.

Schließlich war ich fix und fertig geschnitten, der Nacken kurz ausrasiert, überall Haarklein. Als ich aus dem Salon auf die Straße trat, wehte es mir kalt um den leeren Kopf, der zu allem Überfluß noch mit Veilchen-Duftwasser besprenkelt worden war. Ich fühlte mich elend – und sah wohl auch so aus.

Wieder in meiner Bleibe, packte ich alles noch einmal um, zog mir das Hemd aus, weil es am Kragen juckte, trank eine Flasche Bier, weil mir kalt war, noch eine, weil mir jetzt warm geworden war, und so weiter – am Ende hatte ich alles soweit zusammengeräumt, daß tatsächlich nur Hans' Sachen und ein paar Briefe Hildegards übriggeblieben waren. Ich saß auf dem Fußboden, um mich herum leere Bierflaschen. Jetzt konnte ich unmöglich die Sachen noch unauffällig irgendwo verstauen oder beiseite schaffen. Ich kroch auf allen vieren zum Ofen, drehte die Klappe auf, mein Gesicht glühte – das ganze Zeug warf ich in die Glut. Dort lag es. Ein grauer Packen; unentschlossen.

Langsam begann es, von der Seite her zu bräunen. Dann rutschte das Braun immer leichter und schneller in breiter Front über das glatte Papier. Mit einem Mal sprang das Feuer auf, helle Flammen schlugen aus dem Packen und warfen ein letztes knisterndes Licht auf meine dunkle Vergangenheit.

Nach einer halben Stunde stocherte ich die schwarzen verkohlten Reste durch den Eisenrost. Aus.

Aus und vorbei.

Neununddreißigstes Kapitel

Aus dem blauen wasserdichten Tagebuch (11)

9.12.42 – Der Reihe nach!
Das Verhängnis, wenn man es so nennen will, oder aber die Erlösung (das wird die Zukunft zeigen –) begann vor drei Tagen.
Schweres Schneetreiben, wie schon lange nicht mehr. Beim »Abschirren«, wie Rapp es nennt, verlor er die Kontrolle über die große schwarze Vorratskiste. Er versuchte, sie zu halten, umsonst. Sie kam ins Rutschen, bald in Fahrt, schließlich raste sie mit Höllentempo dem steilen Abhang zu und verschwand dort vor unsern entsetzten Augen in einem Felskamin. Auf Nimmerwiedersehen! Ich stand etwa fünfzig Meter vom Ort der Absturzstelle entfernt und konnte nur immer fassungslos »Nein, das ist nicht wahr, das ist nicht wahr«, stöhnen. Sofort seilte Rapp sich an und wollte in die Schründe des Kamins hinunter. Zwecklos. Kaum Sicht, nachrutschender Schnee. Die Vorratskiste mitsamt den Lebensmittelvorräten (von kleinen Ausnahmen abgesehen), unsere »Wunderwaffe«, wie wir sie immer nannten, irgendwo, unerreichbar, am Grund der Felsspalte, unter meterhohem Schnee.
Ein weiterer Schicksalsschlag, den wir aber stumm einsteckten, wie Maxe Schmeling einen Schwinger kurz vor dem endgültigen K.o. einsteckt. Um wütend zu werden und uns gegen das Schicksal zu wehren, schon viel zu apathisch, zu schwer angeschlagen.
Tranken Kaffee und besprachen die Lage. Aussichtslos. Rapp, der »Versager«, schüttelte nur immer wieder den

Kopf. Meyer meinte, bei besserem Wetter könne man gegebenenfalls doch noch mal einen Abstieg in den Felskamin wagen. Es liege ja alles gut konserviert dort unten, wie in einem Eisschrank. Ansonsten, falls das nicht klappt, müßten wir den Rückzug ins Auge fassen.
Ich steuerte knurrend bei, daß wir so immerhin von allen Rationierungsproblemen befreit wären – es gäbe ja nun fast nichts mehr zu rationieren.
Eisige Zustimmung.
Ich ging noch mal vors Zelt, Luft schnappen, mir die Füße vertreten. Plötzlich höre ich Meyer schrill aufkreischen, ein unmenschlicher Aufschrei. – Sofort zurück. Ich verstehe zuerst nicht, was los ist. Meyer hochrot, Tränen in den Augen: »Die Pässe! Rapp … der Vollidiot hat vorgestern in seinem Ord-nungs-wahn (dieses Wort zerlegte er regelrecht) den Notkoffer … den Notkoffer von der Schlittentasche in die Vorratskiste umgeräumt … Damit er schön trocken bleibt.« Der letzte Satz, mit zitternder Stimme, nur noch gehaucht.
Ich stürze regelrecht ab, lasse mich auf die Luftmatratze sacken und sage gar nichts mehr. Rapp, der Idiot, versteht überhaupt nichts, grient nur wie irre: »Die Leberwurschtbüchsen, Menschenskind, alles hin. Und die machen hier Aufriß wegen irgendwelcher Amtspapiere. Die hat's aber erwischt, mein lieber Scholli, hat's die erwischt.«
Ich bin plötzlich ganz ruhig. Ja. Jetzt hat es uns erwischt. Eiskalt. Die Tür nach draußen, die letzte vielleicht, ist zugeschlagen.
Ohne die Pässe, tief im Feindesland – der Boden unter unsern Füßen wird heiß, sehr heiß.
10. 12. 42 – Alle Versuche, an die Kiste zu gelangen, fehl-

geschlagen. Schon an die Absturzstelle zu gelangen, war unmöglich. Verloren bei dieser Aktion einen Skistock.
13.12.42. – Als Meyer, ich und Hu vorgestern völlig durchgefroren von einer Begehung der großen Nordplatte zurückkamen, roch es schon von weitem nach Essen. Sinnestäuschung?
Aber auch Hu hatte Witterung aufgenommen und den Zeigefinger nach oben gestreckt.
Tatsache: Rapp, der für den Innendienst eingeteilt war, stand vor dem aufgeschlagenen Zelteingang und bat uns hinein – wie Kinder zur Weihnachtsüberraschung! Auf dem Kocher brodelte Fleischsuppe. Wir stürzten uns heißhungrig über das Essen, löffelten die stark gewürzte Brühe gleich aus dem Topf. Meyer nannte Rapp einen »Mordskerl« – und nach dem Essen sollte er uns ausführlich berichten, wie er denn an die Vorratskiste herangekommen sei. Rapp lächelte langsam, Hu grinste und senkte den Blick.
Sonst keine Gespräche, nur Löffelschlagen und Schmatzen.
Als wir fertig waren – »eine Idee zuviel Muskat vielleicht«, hatte Meyer noch launig bemängelt, aber gleich darauf beschwichtigend den Kopf geschüttelt – und wir uns nun eine Partagas Habana aus der eisernen Reserve genehmigen wollten, Rapp aber nur leise den Kopf schüttelte, nein, Havannas habe er nicht, nur die Stumpen aus der Schlittentasche, und übrigens auch die Vorratskiste nicht, worauf Meyer ihn mit aus den Höhlen tretenden Augen anstarrte und Rapp dann anfing, von »besonderen Umständen«, zu faseln und von Collie, der nun wieder bei uns sei, sozusagen »in uns« ruhe – da hätte ich ihm eins in die Fresse hauen können. Aber ich konnte nicht.

Nur mein Magen krampfte sich zusammen, und in die furchtbare Stille, die augenblicklich im Zelt entstanden war, röhrte aus mir heraus ein nicht enden wollender anklagender Rülpser …
Meyer kroch totenbleich aus dem Zelt. Hu, der gespürt hatte, daß dicke Luft im Anzug war, hatte sich schon verzogen.
Rapp aber rührte stumpfsinnig die Suppe um, die noch im Topf war.
Ich warf mich auf die Seite.
13.12.42 – Nachts, lange wach. Ich wollte heulen, aber es war nur ein Winseln.
14.12.42 – Im Topf ist noch Bouillon, gestern gab es Frikassee.
Kann nicht weiterschreiben. Ende!
15.12.42 – Wann kommen wir endlich wo an? Ich sinke in mich zusammen. Das einzige, was noch läuft: meine Beine. Schritt für Schritt. Anhalten, einhalten, will ich rufen – doch mein Mund ist ein Strich. Stumm geht es weiter. Ich? – Das ist noch eine Handvoll diffuser Gedanken, die in meinem Kopf kreisen. Der klägliche Rest ist Körper und friert.
Letzte Hiobsbotschaft des Tages: Die Stumpen aus der Schlittentasche werden mit Ende der Woche ausgehen. Was dann? Ich wage nicht weiterzudenken. Welch eine Erlösung war das doch, wenn abends, nach dem Essen – immer viel zu fett –, der Zigarrenrauch blau aufwölkte. Da bekam der ganze sinnlose Tag nachträglich einen Sinn. So aber? Ohne Zigarren …
Nun ja, die reichlichen Mahlzeiten, zu deren Krönung man Zigarren brauchte, gibt es ja auch nicht mehr. So gesehen – das Ende ist näher, als wir denken.

Der rote Glutpunkt der Zigarre – das war doch immerhin so etwas wie ein Lebenslicht. Nun wird auch dieses bald ausgeblasen sein.
17.12.42 – Das Befürchtete und Erhoffte ist eingetreten. Wir stoßen immer häufiger auf Anzeichen, Spuren, daß wir nicht allein hier oben sind. Sollte der Secret Service – nicht auszudenken! Eine undichte Stelle in Berlin? Wir wissen es nicht und denken nur daran: Nerven behalten! Mehrere leere Cornedbeefbüchsen u. ä. –
17.12.42 – (abends)
Nichts mehr hoffen, kaum noch etwas fürchten.
Diese tibetanische Gebetsmühle Leben. Wir drehen uns rasselnd im Kreis.
Manchmal: ein unerwartet blauer Himmel, Wolkenfetzen, Ruhe. Manchmal eine Tasse Kaffee-Ersatz. Lohnt es, dafür zu leben? Als Kind hatte ich immer den Traum, fortzugehen. Ich bin da- und dorthin fortgegangen und da und dort angekommen. Dann war ich da oder dort, und das alte Lied begann wieder: der Traum, fortzugehen.
Es müßte ein Fortgehen geben ohne Ende, ein Fortgehen, ohne je anzukommen.
Sicher, auch das gibt es. Das ist der Tod.
19.12.42 – Beim Laufen gegen den Sturm: Erinnerte mich daran, einmal am Meer, im Wasser gegen die Strömung geschwommen zu sein.
Das Element!
21.12.42 – Stoßen immer häufiger auf Spuren. Schwer einzuschätzen.
22.12.42 – Wir haben Tante Gerdas Fell gefunden. Rapp schwenkt es durch die Luft wie eine Siegtrophäe. So geht das aber nicht, Sie Hornochse! rufe ich leise (wir könn-

ten ja abgehört werden) und versuche, ihm das Fell zu entreißen. Es gelingt mir auch, aber da merke ich, daß ich Tante Gerda im Arm halte. Sie ist nackt. Rapp ist mit dem Fell auf und davon.
»Was geschehen ist, ist geschehen«, sagt Tante Gerda und lacht. Ihre Anwesenheit verwundert mich zwar, aber ich sage dazu nichts. Viel mehr beunruhigt mich, daß Rapp das Fell in Hongkong gegen Devisen verkaufen könnte. Dann bekämen wir es nämlich nur ganz, ganz schwer zurück.
(Stenogramm des Traumes von gestern nacht)
24.12.42 – Kein Kommentar!
25.12.42 – Weihnachtsfest in den Bergen.
Weiße Weihnacht, ja. Das ja ...
An Überraschungen fehlt es nicht! Spuren!
26.12.42 – Haben jetzt folgenden Stand: Was wir noch an Lebensmittelvorräten haben, das reicht für ca. zwei bis zweieinhalb Monate. (Es handelt sich da im wesentlichen um die drei separat gepackten Proviantrucksäcke für eventuelle Einzelaufstiege, einen großen Karton mit Traubenzuckertabletten, der immer griffbereit – also nicht in der Vorratskiste – lag, mehrere Cognacflaschen, die wir bruchsicher zwischen den Wechselsocken gelagert hatten, eine große angerissene Kaffeetüte und mehrere Päckchen Tee, die sich am verhängnisvollen Absturztag – nebst einigen anderen Eßwaren – in der Schlittentasche befanden.) Als Ernährung ziemlich einseitig, aber ausreichend.
Da wir mittlerweile das schraffierte Areal erreicht haben (ungefähr in Höhe der Planquadrate 442, 443) und sich nun auch tatsächlich die Anzeichen mehren, daß wir endlich Erfolg bei unserer Suche haben könnten, fällen

wir die Entscheidung, wie es mit uns weitergehen soll, erst in drei bis vier Wochen, also Ende Januar – keinesfalls aber später.
Bis dahin konzentrieren wir uns voll auf die Spuren.
Die Zeit sitzt uns mörderisch im Nacken.
28.12.42 – Spuren, schon wieder! – Meyer euphorisch. Rapp zeigt seine Gefühle weniger. Aber die beinahe gleichgültige Art, mit der er auf die Spuren reagiert, soll uns sagen: Weshalb die ganze Aufregung? Ich habe es ja immer gewußt.
Ich bin mir nicht ganz so sicher.
Irgendwie – verdammt blödes Gefühl dabei.
31.12.42 – Habe einen furchtbaren Verdacht.
Worum dreht es sich? Kurz gesagt: Ich glaube, wir gehen seit Wochen im Kreise, stoßen also immer wieder auf unsere eigenen Spuren. Darum dreht es sich!
Ich zögere, dem Professor meinen Eindruck mitzuteilen. Zumal mir scheint, daß er es ebenfalls bemerkt haben müßte.
Aber da keiner den Anfang macht, nimmt es kein Ende. Herr Hu scheint sogar ausgesprochen zufrieden darüber zu sein.
Schließlich läuft er vorn, und in die zwar immer wieder vom Schnee verwehten, aber doch irgendwie ausgestapften Wege unserer gestrigen und vorgestrigen Wanderungen ist sicherlich leichter eine Spur zu treten. So folgen wir also getrost Herrn Hu und treten in seine Stapfen. Zur Not können wir alles auf ihn schieben, nachher.
Die Sonne hell, weißer Schnee, dunkle Ahnungen usw.
10.1.43 – Bin jetzt ganz sicher: Wir sind auf eine Kreisbahn eingeschwenkt! Will aber den anderen, die es nicht mitbekommen haben oder es einfach ignorieren,

die Freude an den gefundenen Spuren nicht verderben. Also schweige ich. (Oder ist es bei ihnen nur gespielte Freude? Machen sie sich – und mir – nur etwas vor?)
Der Rastplatz, den wir heute entdeckten, zwar vom Schnee verweht – aber ich könnte schwören: Es ist unser Haltepunkt von vorvoriger Woche.
Meyer stochert in den festgefrorenen Exkrementen herum und ist der festen Überzeugung, eindeutige Spuren des (oder der) Schneemenschen aufgenommen zu haben. Bringe es nicht übers Herz, ihm zu widersprechen.
Außerdem, absolut sicher bin auch ich nicht, kann es ja nicht beweisen, da wir seit längerem jegliche Orientierung verloren haben.
Etliche Photos von der Fundstelle.
17.1.43 – Großes Erschrecken vorhin, ich kroch aus dem Zelt: Etwa zehn Schritt von mir entfernt kauerte ein zotteliges Riesenwesen, es wühlte im Schnee ...
Als ich nach Zuruf in jenem »Wesen« schließlich Meyer erkannte, wich zwar der erste Schrecken, Erleichterung aber stellte sich nicht ein: Der Fellbesatz des Kragens, Schal und Mütze so miteinander vereist, daß alles ein einziger Wulst ist. Die Schneebrille (eines ihrer Rundgläser herausgebrochen) scheint fest mit dem bärtigen Gesicht verwachsen zu sein. Die Reste ihres Gummi-Stahl-Rahmens springen aus dem Gesicht hervor wie die dicken Jochbögen und der Nasenknochen eines Neandertalers – riesige, leere Augenhöhlen. Auch sonst kaum Ähnlichkeit mit einem neuzeitlichen Menschen. Die Beine unförmig und da, wo normalerweise Hände sind, Fäustlinge, dicke Pranken.
30.1.43 – Ekelhafte Szene mit Rapp! Furchtbarer Auftritt.

»Schon immer gewußt« und dergleichen Schwachsinn. Kann das nicht mehr hören, wirklich.
Meyer apathisch – schaltet sich nicht ein, hat die Führung aufgegeben. Wer hat hier eigentlich noch den Hut auf?
Jeder sich selbst der nächste.
31.1.43 – Loslassen, abbrechen ... ablassen, losbrechen ... Muß mich entscheiden.
Problem: Zusammen geht es nicht; allein geht es auch nicht. Aber, schwacher Trost: Beide Wege führen zum Ziel, d.h. in die Irre.
1.2.43 – Habe die Gruppe verlassen – auf eigene Faust weiter.
Versuche den Süddurchgang!
4.2. – Allein – besser als erwartet (als hätte ich eine Last abgeworfen!)
9.2. (?) – »Der herr der welt ist, der sich wandeln kann«, George. – Sinnspruch für einsame Wanderer. Geht mir nicht aus dem Sinn, seit Tagen.
– Alpenweiß und Edelglühen, trotzdem: gut voran.
– Kann meine Klaue kaum noch lesen. Wozu noch Aufzeichnungen? Bin auf dem Weg zurück. Fühle mich wieder frei und unbeschwert. Wie ein Kind. (Nein, nicht wie ein Kind natürlich.)
– Seit Tagen kaum mehr gesprochen.
Siehe: Es geht auch ohne. Feierliche Stille.
Raffe mich aber immer wieder auf.
Gang durch meine ewigen weißen Jagdgründe.
– Na knorke: den Fuß gebrochen! Den linken. Oder verstaucht. Weiß nicht. Auf alle Fälle geht es nicht weiter. Mußte den Stiefel aufschneiden. Schrie vor Schmerzen. Fuß stark geschwollen. Dabei fiel mir ein: keine

Ersatzstiefel. Wie es weitergeht? »Gehen«, gar nicht. Mühsames Humpeln, bestenfalls.
Außerdem die Ohren erfroren. Beständig in der Angst, sie könnten abbrechen. Von den Fingern auch nur noch einige zu gebrauchen. Die, in denen noch Gefühl ist, feuerrot. Gefühl, als lägen sie in einem Ameisenhaufen. Durchaus warm.
Wärmegefühl durch Schnee-Einreibung gesteigert. – Ich werde sterben.
Was für eine Banalität – jeder stirbt!
Aber – ich werde sterben. Nicht irgendwann, sondern morgen, spätestens übermorgen, werde ich kalt und tot sein, wenn sich keine Wende abzeichnet. Aber sie zeichnet sich nicht ab.
Ich werde sterben – eine banale Formel, die sich mit Leben füllt … mit Tod!
…
– Versuch, den Stiefel zu flicken, fehlgeschlagen.
Muß ohne gehen.
– Es geht! (Fuß offenbar nur verstaucht.)
– Alles weiß, ich sehe schwarz. Schwarz vor Augen. Blinde Hoffnung. Weiter!
– Lasse auch den andern Stiefel liegen. So: gleichmäßiger Gang. Vorsichtshalber aber noch auf allen vieren. Komme gut voran!
…
– Die Blasen an den Füßen heute wie auf ein Signal geplatzt. Erleichterung.
– Die Kälte kriecht an mir hoch – falsch!
Ein verlogener Satz. Die Kälte – in mir. Sie kommt von innen und breitet sich aus.
Es ist Kälte, und ich bin ein Teil von ihr.

Schnee-Einreibungen, ein vortreffliches Mittel. Eins-werden.

...

– Offenbar in wärmere Gefilde gelangt. Jacke irgendwo verloren, nicht bemerkt – gutes Zeichen.
Grabe mich nachts tief in den Schnee, mollig!
Totgestellt, Schneehuhn gefangen. Blut ausgetrunken, warm. Rohes Fleisch, ganz frisch. Sehr gut.

...

– Wesen gesichtet!
Nicht viele. Weniger als Finger an meiner Hand. Trotzdem Vorsicht!
Als ich mich zeigte, taten sie »vertraut.« Hielt aber Abstand. Nicht täuschen lassen. Machte böse Drohgebärde, worauf sie verschwanden.
– Kamen aber wieder!
Warf mit Eisklumpen nach ihnen. Drohte mit einem Knüppel.
Lief schnell weg. Linker Fuß läuft hinterher.
Fuß und Wesen im Auge behalten. Fuß da. Aber Wesen bald wieder verschwunden. Wohin?

...

– Zum Südpaß!
Habe sie dort gestern abend gewittert. Sie mich auch. Sie lockten mich an. Riefen, winkten.
Ging darauf ein. Aber nur ein paar Schritte.
Plötzlich sprang eins der Wesen hinter dem Fels hervor. Es hielt ein schwarzes Kistchen, einen Apparat, auf mich gerichtet. Ein großes Glasauge, das mich anstarrte und jeden meiner Schritte verfolgte. Ich schwang den Knüppel und warf einen Stein. Da blitzte mich das Auge an. Blind vor Wut verfolgte ich das Wesen, das aber schneller war.

Zurück. Ich stampfte auf das Kistchen, das im Schnee lag. Es knirschte unter meinem Fuß.

– Muß den Wesen einzeln auflauern, sonst Gefahr.

– Über das Wort »Photographieren« nachgedacht.

– Eins der Wesen gesichtet – Strich in den Messerschaft geritzt.

– Das andere Wort, nach dem ich seit Tagen gesucht habe, heißt »Proviant«.

– Suche nach Worten einstellen, dauert zu lange, »Proviant« suchen.

– Jetzt drei Kerben im Messerschaft!

– Große Runde gemacht, Ruhe im Karton.

–

Endlich, wieder eins mit den Kameraden, wieder im Kreise meiner Lieben! Gestern gefunden!

Große Freude und – kleine Wiedersehensfeier.

Habe sie um mich herum im Kreis gesetzt. Ich in der Mitte auf dem Großen Stein. Mußte die Kameraden aber mit Steinen abstützen, sie wären sonst umgefallen, sind noch ganz steif gefroren. Obwohl, es ist schon sehr warm, milde, in der Luft liegt ein schwerer, süßer Geruch. Seit Tagen auch wieder diese großen grauen Vögel in der Luft, kreisen über dem Lager. Vertreibe sie mit Steinen. Kommen aber immer wieder.

Der Sturm orgelt im Felskamin. Sehr feierlich.

Wir sind beisammen. Spüre, daß wir dem Ziel ganz, ganz nah sind. Wärme. Warum hat Meyer den Kopf verloren? Muß besser aufpassen.

Empfinde große Dankbarkeit innerlich. Das ist mehr als Worte sagen können, also schweige ich, wie es auch meine Kameraden tun, seit wir uns wiedergefunden haben.

Nacht.
Ich weiß, wovon ich schweige.
Lege sie, damit sie mir nicht frieren, tief unter die Schnee-
decke, decke sie fest zu.
Die Sterne funkeln mir zu.
Ich halte Wache. Ich halte aus.

Vierzigstes Kapitel

Gestern war gestern.

Und heute ... Was ist heute? Er weiß es nicht.

Seit gestern hat sich einiges geändert. Zunächst: Er ist umgezogen, in eine andere Zelle. Vor allem ist hier, das hat er gleich bemerkt, der Schemel direkt unterm Fenster. Stellt man sich auf den Schemel, kann man hinaussehen. Der Blick geht ein Stück über die Mauer, dort hinten wohl Dächer – und auch die Wipfel von Bäumen. Aber jetzt ist es dunkel, und man sieht nicht viel.

Außerdem hat er hier Nachbarn. Die Eisentür der Nebenzelle stand offen, als sie ihn gestern nach dem Verhör hierherbrachten. Hinter dem Türgitter sah er zwei Jungen, fünfzehn oder sechzehn Jahre alt vielleicht; nicht in Häftlingskleidung. Die Haare kurzgeschnitten. Bei dem einen hing eine trotzige Strähne schräg ins blasse, ernste Kindergesicht.

Er wollte ihnen ein Zeichen machen, doch die Wächter schoben ihn einfach weiter.

Heute aber, beim Hofrundgang, flüsterte ihm der eine – der mit der Strähne – zu, sie seien Werwölfe, man habe sie vor ein paar Tagen im Harz geschnappt – wer er denn sei? und wo sie ihn hochgezogen hätten?

Er wollte etwas sagen, doch da war die Viertelstunde für den Rundgang schon um, und sie wurden wieder hinaufgeführt.

Gestern früh, als ihn der Wärter ins Vernehmungszimmer brachte, sah es dort aus wie in einem Warenlager. Die Kiste war eingetroffen! Also doch ...

Eine olivgrüne Munitionskiste – sie stand geöffnet in

der Ecke. Ihr Inhalt war über das ganze Zimmer verteilt: Zeltreste, ein Spatenblatt, Eispickel, Kleidungsstücke. Die kleineren Sachen hatte Monbluhm auf seinem Schreibtisch aufgebaut: einen Radioapparat, einen Büchsenöffner, Aluminiumbecher, eine Taschenlampe (?), Schreibbücher.

Dann begann wieder eines dieser seltsamen Fragespiele. Monbluhm las eine Liste vor, zeigte auf die jeweils benannten Gegenstände – und er mußte das nun irgendwie bestätigen oder ergänzen. Nicht schwierig – und es war unverfänglich, wenn Monbluhm etwa das Wort »Taschenlampe« vorlas und dabei auf eine rostige Röhre zeigte, konnte man ja ruhig ein bißchen dazu nicken.

Beinahe unbemerkt war während dieses Frage- und Antwortspiels der Beisitzer hereingekommen und hatte einen gelben Umschlag auf Monbluhms Tisch geschoben. Monbluhm unterbrach die Bestandsaufnahme. Er nahm den Umschlag hoch, tastete ihn kurz von außen ab und schüttete dann den Inhalt mit einem Ruck auf den Tisch.

Unter den Fundstücken, erklärte Monbluhm, habe man in einer plattgedrückten Kodak-Kamera (Registriernummer 59) einen unversehrt gebliebenen belichteten Film entdeckt. Dies hier seien die Abzüge.

Sie waren noch feucht. Monbluhm nahm einzelne Bilder hoch und betrachtete sie. Er schob manchmal, um mehr Licht zu haben, den Kopf zurück. Schließlich legte er alle Photos – bis auf eines – zur Seite.

Dieses eine aber betrachtete er lange. Den Kopf leicht schräg, rückte er das Photo auf dem Tisch hin und her. Es war unscharf und überbelichtet, offenbar in großer Eile aufgenommen. Trotzdem, etwas an diesem Bild

schien ihm von großer Wichtigkeit zu sein. Er wies auch seinen Beisitzer darauf hin.
Monbluhm und der Beisitzer, der sich nun hinter Monbluhm gestellt hatte, blickten mehrmals kurz und prüfend vom Photo auf. Sie sahen ihn an, das war ganz unzweifelhaft, dann wieder das Bild. Sie sprachen leise miteinander.
Er kam sich beobachtet vor, und da er sich vor diesen Blicken nicht schützen konnte, versuchte er nun wenigstens seinerseits, etwas von dem Photo zu erspähen. Doch das war schwierig, beinahe unmöglich; sie zeigten es ihm ja nicht.
Auf die Entfernung konnte er nur einen Schemen erkennen, undeutlich, ein Wesen, das – einen Knüppel oder etwas ähnliches schwingend – auf den Betrachter zukam oder, eher wohl, zurannte. Etwas, ein Klumpen vielleicht, hatte sich aus der zum Wurf erhobenen Hand gelöst und hing groß und verwischt am oberen Bildrand.
Er wollte etwas dazu sagen, vielleicht erklären – doch es ging nicht, es ging nicht. Ein Rückfall?
Sprachlos saß er da.
Monbluhm nickte langsam, schüttelte langsam den Kopf. Dann zündete er sich eine Zigarette an. Er klappte den Aktenordner zu. Mit einem Radiergummi entfernte er das große Fragezeichen, das auf dem Rücken des Aktenordners hinter den Zahlen 1943, 1944, 1945 und 1946 stand. Als er damit fertig war, hielt er inne, betrachtete, zuerst über den Brillenrand, kurz sein Gegenüber, dann wieder das Photo. Anstelle des wegradierten Fragezeichens setzte er hinter einer geschwungenen Klammer einen Seitenvermerk. Dieser Vermerk bezog sich offenbar auf ein Dokument im Innern des Ordners, wohin er jetzt

das Photo schob. Genau konnte der Gefangene das aber nicht erkennen. Dann räumte Monbluhm seinen Tisch noch ein bißchen frei.

Die Befragung wurde nicht weiter fortgesetzt. Dafür brachten ihn zwei Wächter (und nicht, wie bisher, einer) zurück in die Zelle. Er mußte seine Sachen packen und wurde in seine neue Zelle geführt.

Das war gestern.

Jetzt ist es dunkel in der Zelle.

Er steigt auf den Schemel. Draußen ist es zwar auch dunkel, aber es liegt etwas in der Luft; schon den ganzen Abend hat er ein Flimmern, ein Knistern gespürt.

Er wartet.

Da zuckt ein Blitz auf, lautlos.

Im Blitzlicht erstarren Baumwipfel und Wolken – ein grelles Standbild. Er starrt es an, bis ein ferner Donner es ins Dunkel rollt.

Dann wieder ein Blitz, schräg gezackt, ein Runenzeichen am Himmel. Gleich noch ein Blitz, diesmal ganz nah. Das Himmelsgewölbe scheint unter der Wucht dieser Blitzschläge zu zerspringen. Einen Augenblick lang ist es von Rissen, einem verzweigten Geflecht goldener Adern und Äderchen durchzogen.

Dumpfer Donner.

Thor, der Donnergott, schickt ihm also Signale. Grollt er ihm? Er weiß es nicht.

Dann wird es etwas stiller.

Von fern hört er ein Geräusch. Es klingt wie ein Wimmern. Er horcht ins Dunkel. Jetzt ist es ganz deutlich; ja, es kommt von nebenan. Die Werwölfe, natürlich, sie haben Angst, sie heulen. Er will ihnen ein Zeichen machen, daß sie sich nicht fürchten müssen – er ist doch da. Doch

die Mauern sind viel zu dick. Sein Klopfen fällt von der Wand zurück. Es wird dauern, lange dauern, ehe er sich durch die Wand gekratzt hat, ehe er bei ihnen ist.
Seine Fingerknöchel sind wund vom Klopfen. Rasch leckt er das Blut ab. Doch die kleinen Schürfwunden an seiner Hand sind bald leer geleckt. Sein Mund gleitet über die Innenfläche der Hand, bis zum Handgelenk. Vorsichtig schlägt er seine Zähne hinein. Ein Schmerz – doch je stärker er zubeißt, desto leichter wird ihm, die fiebrige Hitze weicht stoßweise einer großen, sanften Kühle. Es pulsiert wieder. Zum ersten Mal seit langem spürt er wieder, daß er lebt. Ihm wird ganz leicht. Fast schwebt er. Sein Blick gleitet unbeschwert aus dem vergitterten Fenster.
Draußen kommt Wind auf, fährt in die Baumwipfel, die Äste sträuben sich, sie scheinen für einen Augenblick stillzustehen, zu verharren.
Da stürzt haltlos Regen nieder, als gehe der Himmel zu Boden. Himmel und Erde sind jetzt eins, ein großes, sanftes Rauschen.
So weit sein Auge reicht, senken sich nun unendlich viele grauglitzernde Gitterstäbe auf die Welt herab. Sie vergehen und erstehen im selben Moment wieder neu. Ein riesiges, unter Windböen schwankendes Fallgitter.
Er reißt die Augen auf und starrt hinaus, bis er nichts mehr sieht.

Jens Sparschuh
Ich glaube, sie haben uns nicht gesucht

Zertreute Prosa
Gebunden

Als »Witz mit Methode« (Tagesanzeiger) wurde der Band »Ich dachte, sie finden uns nicht« bezeichnet, und daran knüpft Jens Sparschuh nun mit neuem Elan an. Wieder ist er mit Spaten, Kompass und Federkiel unterwegs, betreibt Berliner Stadtarchäologie genauso versiert wie die Rekonstruktion von Gedankengebäuden, leichtfüßig und geistesgegenwärtig durchmisst er den weiten Raum der Schreib-, Rede- und Denkweisen, imaginiert und rekonstruiert, setzt Denkmäler und bringt andere ins Wanken. Er fördert Aufschlussreiches zutage, stellt Sicheres in Frage und erschließt Mentalitäten ebenso wie Methoden.

»Einer unserer fantasievollsten, wortgewandtesten und politisch sensibelsten Erzähler.« *Der Tagesspiegel*